잘 가라, 서커스

잘 가라, 서커스

천운영 장편소설

문학동네

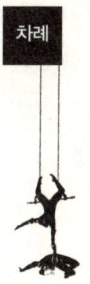

차례

한 무리의 사내애들이 칼놀음을 벌이고 있었다. 칼을 주고받는 사내애들은 하나같이 작고 날렵했다. 일제히 솟아오른 칼들은 부딪칠 듯 아슬아슬하게 스쳐 지나 자석에 끌린 쇠붙이처럼 애들 손에 달라붙었다. 칼이 날 때마다 깡깡이 징후 소리도 덩달아 날아다녔다. 꼭 우르르 몰려다니는 도적떼 같았다.

나는 팔짱을 낀 채 무대를 바라보았다. 어떤 위험한 묘기가 펼쳐진다 해도 나는 감동받지 않을 준비가 되어 있었다. 몸을 기이하게 접고 구부려 탄성을 자아내는 중국 기예단의 묘기는 안쓰러울 뿐이었다. 서커스는 위험을 내포한다. 지독한 훈련을 통해 육체적 한계에서 벗어나는 것이 서커스다. 그러니 서커스에서 얻는 것은 감동이 아니라 측은함이다.

무대를 이리저리 뛰어다니던 남자애들이 인간 탑을 쌓기 시작했다. 열 명의 남자애들이 굉장한 속력으로 칼을 주고받자 사람들의 박수갈채가 쏟아져나왔다. 아이들은 양손에 세 개씩의 칼을 쥐고 팔을 벌렸다. 징후 소리가 멈추고 남자애들은 공중회전을 해 바닥에 착지했다. 미리 던져두었던 칼들이 때맞춰 내려와 애들 손에 안겼다. 다른 칼들은 제자리를 찾았지만 한 개의 칼이 챙― 소리를 내며 바닥으로 나동그라졌다. 궤도에서 벗어난 칼이 누구를 해치거나 하지는 않았다. 잠깐 동안 술렁임이 일었을 뿐이었다. 누군가의 살끝을 스쳐 피라도 보여주었다면 좋았을 텐데. 술렁임을 잠재우듯 남자애들이 화려한 몸동작으로 텀블링을 하며 무대 뒤로 사라졌다.

나는 기분이 좋아졌다. 서커스 단원의 실수는 완벽한 묘기보다 더 흥이 난다. 서커스를 보는 사람들은 실수를 염두에 두는 법이다. 서커스를 보는 것도 환상적인 성공이 아니라 실수를 확인하고 싶어서인지도 모른다. 난이도가 높을수록 관중들이 열광하는 것도 그 때문이다.

남자애들이 사라지자 이번엔 작은 여자애들이 떼로 몰려나왔다. 여자애들은 접시를 돌리고 방석, 의자, 심지어 커다란 항아리까지 닥치는 대로 돌려댔다. 눈을 감아버렸다. 감은 눈 속에서도 항아리는 여전히 돌아갔다. 나는 눈 속에 펼쳐지는 영상에 마술을 걸기 시작했다. 눈 속에서는 접시가 깨지고 항아리가 박살났다.

갑자기 목에 통증이 느껴졌다. 통증은 몸 안의 세포 하나하나에까지 전해져왔다. 소스라치게 놀라 옆에 앉은 형을 바라보았다. 형은 입을 벌린 채 서커스에 열중하고 있었다. 내 눈은 형 목에 그어진 흉터로 향했다. 목숨까지 위협할 수 있는 서커스. 그것이 진짜 서커스다.

"근사하지?"

형이 내 귀에 입을 바싹 대고 속삭였다. 형의 목소리는 풍선 바람 새는 소리처럼 희미했다. 목청을 조금만 높여도 형의 목에서는 쇳톱 소리가 났다. 그래서 형은 말을 하기 전에 먼저 사람들의 귀를 끌어 당겼다. 그런다고 사람들이 형의 말을 알아들을 수 있는 것은 아니었다. 형의 목소리를 들으면 사람들은 눈살을 찌푸렸고, 그럴 때마다 형은 비밀 얘기를 털어놓은 소녀처럼 얼굴이 발개지곤 했다.

쇳톱 소리에서 인간의 목소리를 골라낼 수 있는 것은 그나마 나뿐이었다. 내가 형을 데리고 이곳 중국으로 맞선여행을 오게 된 것도 그 때문이었다. 언제까지나 형의 목소리를 대신해줄 수는 없겠지만, 형의 신붓감을 구해줄 수는 있었다. 우리는 삼박 사일 동안 예닐곱 명의 여자를 만나게 될 것이다. 서커스와 관광은 덤이었다.

"재밌지?"

형이 다시 한번 물어왔다.

"그래, 재밌어."

나도 형처럼 소곤소곤 말했다.

무대조명이 꺼졌다 다시 들어온 사이, 무대 중앙에는 기다란 천이 천장에서부터 바닥까지 늘어져 있었다. 초록빛 그 천은 사람들의 입김만으로 휙 날아갈 것처럼 하늘하늘했다. 바닥에는 연둣빛 덩어리가 놓여 있었는데, 입체감이 느껴지지 않아 덩어리라기보다는 늘어진 천의 일부분처럼 보였다.

바람이 불어와 초록빛 천을 흔들었다. 바람결을 따라 나지막이 피리 소리도 들렸다. 피리 소리는 그저 천뭉치였던 것에 생명을 불

어넣기 시작했다. 보드라운 팔과 다리가 새순처럼 뻗어나오더니 조
그마한 머리가 생겨나고 조그마한 여자아이가 되었다. 여자애의 몸
을 단단히 조이고 있는 연둣빛 옷은 비단처럼 매끈하고 윤기가 흘
렀다.

아이는 양쪽 발목에 천을 휘감고 위로 오르기 시작했다. 팽팽히
당겨진 초록빛 천은 하늘로 오르는 사다리 같았다. 오직 천상의 존
재만이 오르내릴 수 있는 보드랍고 성스러운 사다리. 아이는 서두
르지 않았다. 아주 천천히 천을 감았다 풀고 비틀고 휘감을 뿐이었
다. 가볍게 움직인 것뿐이었는데도 마치 무대 전체가 움직이는 것
같은 울림이 느껴졌다. 아이는 두 줄의 천에 의지한 채 공중에 매달
려 있다가, 한쪽 발에 천을 감고 거꾸로 매달려 팔을 쭉 뻗었다. 천
을 몸에 돌돌 말아 태아처럼 웅크렸다가 사지를 넓게 벌리는 그애
는 번데기에서 막 날개를 펴고 날아오른 나비처럼 보였다.

아이의 몸은 거미줄에서 벗어나려는 곤충 같은가 하면 거미줄을
갖고 노는 화려한 색의 거미 같기도 했다. 거미줄에 걸려 버둥거리
고 있는 것은 오히려 내 몸뚱이였다. 그애가 몸을 비틀 때마다 가느
다란 거미줄을 타고 두려움이 전해져왔다. 온몸이 간질간질했다. 느
닷없이 나타난 거미줄이 얼굴에 휘감기는 기분. 간지러우면서도 섬
뜩한 느낌. 조용하고 평화로웠다. 고요한 피리 소리가 바람처럼 불
었다 멈출 뿐이었다. 피리 소리는 바람에 물결치는 숲속 나뭇잎 소
리 같았다. 이것은 서커스가 아니다. 위험하다기보다는 아름답다.
나는 고개를 가로저었다.

아이는 천을 몸에 감으며 천천히 위로 올라갔다. 어느샌가 피리

소리가 멈추고 아이도 움직임을 멈추었다. 초록 천에 휘감긴 아이는 얼굴만 조금 보였다. 무대 위에는 무서운 정적만 흐르고 있었다. 여자애가 말았던 천을 갑자기 풀며 바닥으로 떨어졌다. 발판이 치워진 사형수처럼, 의식을 잃은 새처럼, 순식간에, 추락했다.

조심해! 나는 낮게 소리쳤다. 형이 내 귀에 대고 속삭이는 것처럼 낮은 목소리였지만, 분명하고 단호했다. 내 입에서 흘러나온 목소리가 낯선 사람의 것 같았다. 사람들의 탄성에 묻혀버리긴 했지만 당혹스러웠다.

그애의 몸이 바닥에 닿지는 않았다. 그러나 바닥과 그애의 머리통 사이에는 겨우 주먹 하나가 들어갈 만한 공간이 있을 뿐이었다. 그애가 다시 천을 감으며 올라갈 때 내 입에서는 옅은 한숨이 새어나왔다.

형과 눈이 마주쳤다. 형은 손으로 목을 쓰다듬으며 나를 쳐다보았다. 형의 눈은 나를 향하고 있는 듯했지만, 내 몸을 뚫고 허공을 향하고 있는 것 같기도 했다. 나는 마른침을 삼켰다. 목구멍이 따끔따끔했다.

여자애는 하늘로 되돌아가는 선녀처럼 줄을 타고 올라가 어둠 속으로 사라졌다. 무대에는 먹먹한 어둠만 남아 있었다.

"요즘엔 베트남으로들 많이 간다 하대예."

오른쪽 볼에 커다란 붉은 점이 있는 남자가 얼굴을 바싹 들이대며 말했다. 음식이 나오길 기다리며 말없이 화차만 홀짝이고 있던 참이었다.

"베트남 아가씨들이 훨씬 더 순종적이다 아입니까. 라이따이한이 얼마나 많웅교. 우리가 아버지 나라라 이 말임더."

남자는 축농증 때문인지 연신 코를 킁킁거리며 말했다. 킁킁댈 때마다 볼의 붉은 점이 더욱더 붉어졌다. 오징어나 문어 따위의 살갗처럼 움찔거리며 색이 변하는 그 붉은 점은 남자와는 상관없이 저 혼자 살아 움직이는 생명체 같았다. 식탁 위에 십여 가지의 요리가 차려지고 나자 사람들은 저마다의 접시에 음식을 옮겨담으며 한마디씩 거들기 시작했다.

"아무리 순종적이어도 그렇지, 어떻게 말도 안 통하는 사람과 살 수 있겠어요?"

"어데예, 한국말 배우는 게 붐이다 아입니까. 모르믄 가르치면 안 되겠습니까. 얼라들도 가르치는데."

"하긴 조선족들도 우리랑 말이 좀 다르긴 하잖아요, 그죠? 체제도 다르고."

"이 사람들이 뭘 몰라도 한참 몰라요. 말이 안 통해야 도망도 못 가는 거라고. 한 이 년 살살거리다가 재산 홀랑 집어들고 도망가는 년들이 어디 한둘이야? 친척들 불러다가 일자리 마련해줘, 뭐 해줘, 다 소용없다니까. 조선족들은 하나같이 어떻게 등쳐먹을까, 어떻게 하면 돈이나 많이 벌어갈까, 그 궁리만 한다구."

"그라믄 아재는 뭐 한다꼬 여기까지 왔습니까?"

"그래도 여기서 소개해주는 여자들은 괜찮다잖아요. 너무 그렇게 몰아붙이지 마세요. 다 그런 건 아니잖아요."

"우리가 들인 돈이 어데 작은 돈인교. 소장이라 카는 여자도 중국에서 시집온 여자라대예."

"여자들이야 러시아 여자들이 최고지. 몸매 하나는 죽이잖아. 한국에선 한 번 데리고 자려면 그게 얼만데. 경비까지 계산한다고 쳐도 열 번만 자면 남는 장사잖아. 근데 부부가 어디 열 번만 자? 여기서 괜찮은 여자 없으면 우리 러시아로 한번 더 가자구. 어때 응?"

러시아 여자 얘기를 꺼낸 사람은 유난히 키가 작은 남자였다. 어찌나 작은지 식탁 위에 얼굴만 겨우 내놓고 있는 형국이었다. 양돈장을 한다는 남자는 출발하면서부터 자리만 잡으면 돼지 얘기였다. 돼지가 삼 주마다 발정이 나고 일 년에 두 번 흘레를 붙인다는 사실도 남자 덕분에 알았다. 남자의 얼굴을 보면서 나는 희디흰 여자 몸 위에서 버둥거리고 있는 개 따위의 짐승을 떠올렸다. 그것은 어떤 페티시 음란물보다 더 불결하고 역겹게 느껴졌다. 양돈장 남자는 찐 돼지 족을 한 점 입에 넣더니 제대로 씹지도 않고 삼켜버렸다. 남자의 입은 기름기로 번들번들했다.

부의 재분배를 위해서 국제결혼이 필요하다며 말문을 튼 남자는 한번 말이 터지자 그칠 줄을 몰랐다. 가난한 남자는 부자 여자와, 부자 남자는 가난한 여자와 결혼을 하는 것이 부의 재분배다, 기업이고 나라고 크게 생각할 필요가 없다, 끼리끼리 결혼하고 끼리끼리 사니까 불평등이 오는 거다, 부의 재분배를 위해서 누구보다 최선두에 설 준비가 되어 있다, 남자는 젓가락으로 식탁을 톡톡 치며 말을 이었다. 그가 부자인지 가난뱅인지는 알 수 없었다. 그가 결혼을 위해 어떤 준비를 해왔는지도 모를 일이었다. 사람들은 먹는 것도 잊은 채 고개를 끄덕이며 남자의 말을 듣고 있었다.

이들 사이엔 여행을 출발할 때부터 강한 연대감 같은 것이 존재했다. 그것은 공동임무를 맡은 군인이나, 같은 죄를 지은 죄수들에게서 보이는 동료의식과 비슷한 것이었다. 그들은 같은 목적을 가졌고 같은 방법으로 그 일을 해결할 것이기 때문이었다. 서커스를 보거나 음식을 먹는 동안에도 그들은 온통 내일 있을 맞선 생각뿐이었다.

잔뜩 차려진 음식은 오히려 식욕을 감퇴시킨다. 나는 팽이버섯과 오이로 무친 냉채만 끼적거리고 있었다. 형은 누가 말을 할 때마다 묵묵히 고개를 끄덕였다. 형의 입가에는 웃음이 가시지 않았다. 그저 웃으며 사람들을 쳐다보았다. 형의 동의가 결정적 판가름이 되기라도 하는 것처럼 남자들은 형에게 얼굴을 바싹 들이밀며 동의를 요구하곤 했다.

"이 양반은 벌써부터 장가간 사람모양으로 싱글벙글이네."

"그러고 보니 그러네요. 말도 별로 없구."

"그런데 둘이 형젠교? 우째 닮은 거 같지 않아예, 맞지예?"

"뭐 그것도 나쁘지 않겠네. 동서끼리 고향 얘기도 하고. 아, 그거 진짜 좋은 생각이야. 근데 형제가 여직 장가도 못 가고 뭐 했대? 나는 두 번이나 했는데."

양돈장 남자는 자신의 결혼에 대해 떠들기 시작했다. 나는 부지런히 젓가락질을 했다. 내가 씹고 있는 것이 양파인지 양고기인지 구분이 가지 않았다. 형은 축축하게 볶은 땅콩을 가지고 장난을 치고 있었다. 사람들은 더이상 말을 걸지 않았다. 저마다 음식 평을 하고 조선족 여자들 얘기를 하느라 여념이 없었다.

나는 사람들의 얼굴을 보지 않으려고 애를 썼다. 붉은 점 남자와
눈이 마주치면 남자의 얼굴을 사포로 문지르고 싶어졌고, 양돈장
남자의 얼굴을 보면 자꾸만 돼지 흘레 장면이 그려졌다. 눈앞에는
벌거벗은 여자 위에 올라탄 난쟁이와 흘레붙은 돼지들과 거대한 문
어떼가 어룽거렸다. 눈을 감는다고 나아지는 것은 아니었다. 얼굴을
보지 않으려고 하면 할수록 그 소리는 더욱 강렬하게 귓전을 파고
들었다. 큼큼거리는 소리가 들릴 때마다 코를 잡아뜯어 누렇고 냄
새나는 농을 쭉 짜버리고 싶은 생각이 솟구쳤다. 그들의 목소리는
점차 소음으로 변해 마침내는 발정난 돼지들의 신음소리로 들렸다.
접시 부딪치는 소리, 쿵쿵거리는 소리, 약간 쉰 듯한 목소리, 모든
소리들이 한데 뒤섞여 먹먹한 웅웅거림으로 변했다.

나는 형을 위해서라도 이들에게 조금 더 관대해지거나 공모자가
되어야 했다. 하지만 아무리 애를 써도 말문이 열리지 않았다. 한시
라도 빨리 그곳에서 벗어나고 싶었다. 온통 그 생각뿐이었다.

누군가 내 모습을 보았다면 냉혹한 면접관 같다고 했을 것이다.
나는 팔짱을 낀 채 뻐딱하게 앉아 여자들을 바라보았다. 첫번째 여
자는 키가 너무 크고 고집스러워 보였다. 두번째 여자는 지나치게
교태를 부렸다. 나이가 아주 어린 세번째 여자는 형의 재산이 얼마
나 되는지에만 관심이 있었다. 네번째 여자는 입가에 살이 늘어져
있어 어쩐지 탐욕스럽게 느껴졌다.

나는 의심의 눈초리를 거둘 수가 없었다. 모두들 착한 형에게 사
기를 치거나 결혼동거비자를 쥐는 즉시 줄행랑을 칠 여자들로만 보

였다. 여자들이 나가고 나면 나는 고개를 가로저었다. 내가 고개를 저을 때마다 형의 표정은 그만큼 더 어두워졌다.

형과 나를 대면하는 여자들은 주도권이 내게 있다는 것을 금세 간파했다. 여자들은 나에게 잘 보이기 위해 애를 썼다. 나를 보며 말을 하고 나를 보며 웃었다. 형은 전혀 상관없는 사람처럼 앉아 냅킨을 접어 무언가를 만들었다. 부지런히 손을 놀리다가는 문득 고개를 들어 여자들을 보고는 또다시 냅킨을 접었다. 착한 형은 흠을 잡을 줄도 모르고 거절할 줄도 몰랐다.

마지막으로 들어온 여자는 아주 작고 마른 여자였다. 서류에는 스물다섯 살이라고 적혀 있었지만 그보다 훨씬 어려 보였다. 어설픈 얼굴 화장 뒤에는 피곤한 기색이 깊게 스며 있었다. 여자의 손가락이 가늘게 떨리고 있었다. 가늘고 기다란 손가락이었다.

형은 여전히 냅킨을 접고 있었다. 바지를 접고, 셔츠를 접고, 얼굴을 접고, 모자를 접었다. 형은 네 개의 냅킨을 이어놓고는 나를 쳐다보았다. 광대였다. 커다란 얼굴보다 더 큰 모자에 작달막한 다리를 가진 어릿광대. 나는 종이광대를 슬쩍 보고 다시 여자에게로 시선을 돌렸다.

"왜 한국에 시집오려 해요?"

"……"

"혹시 한국에 아는 사람 있어요?"

"……"

"말 못 해요?"

"마흔 시간이나 차를 타고 왔슴다. 여기 오느라 직장도 그만두었에요."

내내 말이 없던 여자가 고개를 숙인 채 간신히 입을 열었다.

형이 흐느적거리는 광대를 여자에게 건네주었다. 여자는 조금 멈
칫거리다가 받아들었다. 형의 마음에 드는 여자였다. 무심한 척하면
서 다 보고 있었던 것이다. 나는 다시 의심하기 시작했다. 여자는
다만 결혼증과 한국으로 가는 티켓이 필요한 것이다. 여자의 저 부
드러운 얼굴 뒤에 날카로운 음모가 숨어 있다, 분명.

의심하지 마.

형의 착한 눈이 내게 말했다. 형의 선한 눈동자는 어차피 잃을 것
이 없다고 말하고 있었다.

"형은 목소리가 좀…… 그것 말고는 성품도 착하고, 지금 하고 있
는 식당도 잘되는 편이에요. 목소리는 익숙해지면 괜찮아져요. 아예
말을 못 하는 건 아니니까…… 사고 때문에 목을 다쳐서……"

나는 자꾸 말을 더듬었다. 변명을 늘어놓는 아이처럼, 전의를 상
실한 졸병처럼. 입을 다물고 형을 보았다. 형의 미소가 훨씬 더 커
져 있었다. 형은 바보처럼 웃기만 했다. 웃으면 목에 주름이 잡혀
더 늙어 보이는데.

"저 여자가 좋아."

형이 내 귀에 대고 말했다.

여자의 이름은 해화다. 림해화. 형은 이름이 예쁘다고 말했다. 형
의 말을 들었는지 여자가 처음으로 웃었다. 컥컥컥, 형도 따라 웃었
다. 형이 웃을 때 나도 모르게 여자의 눈치를 보게 되었다. 나는 무
언가 숨기고 있는 사람처럼 뒤꼭지가 근질거렸다. 여자의 얼굴에는

어떠한 표정 변화도 없었다. 여자는 두려움이나 당혹감을 쉽게 내보이는 사람이 아니었다. 그 침착한 얼굴이 어쩐지 무섭게 느껴지기도 했다.

형은 준비해온 선물을 꺼냈다. 중국 여자들에게 인기가 좋다는 한국 화장품 세트였다. 소개소에서는 혼인이 성사될 경우에 필요한 선물을 몇 가지 준비시켰다. 신부와 신부의 부모에게 줄 선물들. 일행은 공항에서 똑같은 화장품 세트를 샀다. 여자는 포장지 귀퉁이만 만지작거리고 있었다. 형이 나를 보며 턱짓을 했다.

"그건 어차피 선물이니까 그냥 가져요. 부담 갖지 마시고요."

내 말이 끝나자 형이 크게 고개를 끄덕이고 귓속말을 했다.

"해화씨만 좋다면…… 형은 좋다고 하네요."

여자는 대답이 없었다. 형이 마음에 안 드는 걸까? 형의 미소가 커질수록, 여자의 침묵이 길어질수록, 나는 점점 더 불안해졌다.

"식…… 올리고 가면, 안 되겠습까?"

여자는 여전히 고개를 숙인 채 말을 했다. 그러고는 천천히 고개를 들어 형을 바라보았다. 금방이라도 눈물을 떨어뜨릴 것 같은 얼굴이었다.

"자식이라곤 저 혼잡다. 부모님이 저를 그냥 보내자고 하니까 아무래도 애로가 있단 말임다. 어차피 약혼식은 하고 간다고 하지 않았습니까? 안 되면 꽃너울 쓰고 사진이라도 한 방 박는 건 일없지요? 사진이라도 두고 가야……"

여자는 나에게가 아니라 형을 향해 말하고 있었다. 나는 그제야 조금 안심이 되었다. 형은 환하게 웃는 걸로 대답을 대신했다.

하루 동안 여자와의 데이트 시간이 주어졌다. 데이트 후에 여자의 부모를 만나고 약혼식까지 올리면 맞선여행은 끝이 난다. 비용은 모두 남자 부담이다. 가이드는 모든 계산과 흥정은 여자에게 맡기라고 했다. 그래야 바가지 쓰는 법이 없다고. 돈을 맡겨서도 안 되며, 해 지기 전에는 돌아와야 한다고 가이드는 몇 번이나 강조해 말했다.

양돈장 남자는 상대를 결정하지 않았다. 남자는 러시아로의 맞선여행을 택했는지도 몰랐다. 붉은 점 남자는 아주 어린 여자의 손을 쥐고 나타났다. 재산에만 관심을 갖던 그 여자애였다. 부의 재분배를 이야기하던 남자는 제 부를 나누어줄 가난한 여자를 찾지 못했는지 혼자였다. 그 남자는 여자들을 더 만나보겠다고 했다. 맞선이 성사되지 않을 경우 이틀을 더 머물 수 있고, 다섯 명의 여자를 더 만나볼 수 있었다. 추가 경비는 들지 않았다.

우리는 일행에서 떨어져 여자의 고향으로 향했다. 공항으로 가는 택시 안에서 여자는 제 손을 형의 손 위에 슬그머니 올려놓았다. 형은 볼을 부풀려 우스꽝스러운 표정을 지었다. 여자는 고개를 모로 꺾고 살짝 미소를 지었다. 그녀가 이 년 만에 사라진다 해도 형은 상관하지 않을 것이었다. 여자와 형은 말없이 앉아 있었다. 굳이 말을 하지 않아도 그 둘 사이에는 이미 무언가 전달되는 것이 있는 듯했다.

비행기를 타고 옌지(延吉)로, 옌지에서 다시 버스를 타고 세 시간을 달려 둔화(敦化)에 도착했다. 여자의 집이 있는 사허옌(沙河沿)까지 가려면 다시 작은 버스를 타고 삼십 분을 더 들어가야 했다.

여자는 이 길을 사십 시간 걸려 왔다고 했다. 기차여행으로는 도저히 상상이 안 가는 시간이었다. 여자는 결혼식 준비를 한다고 사허엔 집으로 들어가고 우리는 둔화 시내에 숙소를 잡았다. 돈을 쥐여주었지만 여자는 끝내 받지 않았다.

형과 나는 한 침대에 누워 있었다. 방은 조도가 낮고 조용했다. 공항에 내리면서부터 풍기던 야릇한 냄새가 방 안 곳곳에 배어 있었다. 향냄새나 강렬한 향신료 냄새 같았다. 잠이 오지 않았다. 무겁게 짓누르고 있는 적막이 두려웠다. 형의 고른 숨소리만이 무거운 공기를 살며시 흔들고 있었다.

형 쪽으로 돌아누워 형을 바라보았다. 형은 똑바로 누운 채 눈을 감고 있었다.

"형, 그 여자 기억나? 초록 천을 타고 오르던 여자. 참 예뻤지? 선녀 같았어. 하늘에서 내려온 선녀 말야."

나는 형의 등에 대고 형이 말하는 것처럼 조용히 말했다. 형은 아무 대답이 없었다.

"가만히 생각해보니까 형수 될 사람, 그 서커스 하던 여자랑 닮은 거 같아. 작고 예쁘고, 위험해 보이기도 하고."

대답 없는 형의 등에 대고 나는 혼자 중얼거렸다. 꼭 고려장을 목전에 둔 자식이 된 기분이었다. 형이 까마귀밥이 된다 해도, 들짐승에게 내장과 눈알을 파먹힌다 해도, 나는 상관치 않을 것이었다.

눈을 감았다. 어디선가 까마귀 소리가 들리는 것 같았다. 음울하고 불길한 소리였다. 나는 다시 형에게서 등을 돌리고 누웠다.

형이 착하지 않았으면 좋겠어. 사람들 즐겁게 해줄 생각도 하지 말고, 바보처럼 당하지도 말고, 속 썩이지도 말고. 내가 언제까지나 형을 보살필 수는 없어. 그래, 정말 선녀 같잖아. 날개옷 같은 건 태워버려. 도망가지 못하게.

나는 내 속에 대고 조용히 말했다. 그러고는 눈을 꼭 감아버렸다. 눈 속에서 별이 쏟아져내렸다.

꿈속에서 나는 한 여자를 보았다. 몸에 천을 휘감은 작고 가녀린 여자. 거미줄을 만들어내는 거미처럼 여자에게서는 끊임없이 천이 생겨났다. 가녀린 여자의 몸. 내가 손을 대려 하면 여자는 재빨리 천을 풀며 멀어졌고, 나는 여자가 풀어놓은 천에 휘감겨 버둥거렸다. 숨이 막혀 잠에서 깨어나면 방 안은 여전히 짙은 어둠 속에 싸여 있었다. 겨우 잠이 들면 나는 다시 꿈속에서 푸른 천에 휘감겼다. 둔화의 밤은 길고 길었다.

"오늘은 신랑 이인호군과 신부 림해화양의 동방화촉의 날입니다. 결혼증을 선독하고 간단한 발급식이 있겠습니다. 신랑신부는 주례가 묻는 말에 높은 목소리로 똑똑하게 하객들이 다 들을 수 있게 대답해주십시오. 오늘은 계미년 동짓달 스무엿샛날입니다. 곧 결혼증을 발급하게 될 이 엄숙한 순간에 신혼부부 쌍방에 정중히 묻겠습니다. 중화인민공화국 혼인법 결혼규정에 따르면 가정에서 부부 쌍방의 지위는 평등한 것입니다. 그렇게 할 수 있겠습니까?"

형과 여자는 나지막이 대답했다. 형의 목소리는 여자 목소리에 묻혀 들리지 않았다.

"부부 쌍방은 상호부양의 권리와 임무가 있습니다. 그렇게 할 수 있겠습니까?"

이번엔 형이 목청을 높여 대답했다. 북 찢어지는 소리가 났다. 형의 목소리는 어수선한 실내에 찬물을 끼얹었다. 나는 두 손을 모으고 발만 내려다보았다.

"결혼 선물을 교환하겠습니다."

사회자의 목소리가 조금 떨렸다. 여자와 형은 시내 백화점에서 급하게 구입한 반지를 교환했다. 아무 장식도 없는 한 돈짜리 순금 반지였다.

"다음은 신랑신부 맞절이 있겠습니다. 서로 부딪치지 않을 정도의 거리를 두고 떨어져 허리를 굽혀 맞절을 합니다."

형과 여자는 부딪치지 않았다. 형은 머리가 땅에 닿도록 깊숙이 고개를 숙였다. 사람들의 웃음소리가 분위기를 조금 누그러뜨렸다. 나는 웃지 않았다. 웃을 수 없었다. 사람들의 웃음소리에 형은 한번 더 절을 했다.

"혼인서약을 하겠습니다. 신랑 이인호군과 신부 림해화양은 어떠한 경우라도 항시 사랑하고 존중하며 어른을 공경하고 진실한 남편과 아내로서의 도리를 다할 것을 맹세합니까?"

형과 여자가 동시에 대답을 했다. 대답을 한 형은 뒤를 돌아 나를 쳐다보았다. 나는 잠깐 손을 흔들어주었다.

"성혼선언이 있겠습니다. 이제 신랑 이인호군과 신부 림해화양은 일생 동안 고락을 함께할 부부가 되기를 굳게 맹세하였습니다. 이에 주례는 이 혼인이 원만하게 이루어진 것을 여러분 앞에 엄숙하게 선언합니다."

사람들이 손뼉을 쳤다. 나는 깊은 숨을 내쉬었다. 주례사가 이어졌다.

"신랑 이인호군과 신부 림해화양은 오늘 이 자리에서 합법적인 부부로 공인되었습니다. 희망하건대 가정에서 부부간에 서로 충실하고 존중해야 하며 가정 성원간에 로인을 공경하고 아랫사람을 사랑하면서 평등하고 화목하며 문명한 혼인관계를 수호해야 합니다. 친척간에 화기롭고 이웃간에 화목하고 사회에 기여하는 훌륭한 부부가 되고 한 쌍의 원앙이 되어 청실홍실 늘이면서 찰떡궁합으로 아들 하나에 딸 하나 오순도순 살아가기를 진심으로 부탁합니다."

주례를 마지막으로 결혼식은 끝이 났다. 식이 진행되는 동안 형은 계속해서 손장난을 치거나 내가 있는 곳을 돌아보곤 했다. 식이 끝날 때까지 나는 내내 불안했다.

형과 여자가 여자의 부모에게 큰절을 올리고 나자, 누군가 노래기계를 틀었다. 여자의 일가친척들이 일어나 노래를 부르고 춤을 추기 시작했다. 찰떡궁합으로 아들 하나에 딸 하나, 나는 터져나오려는 웃음을 겨우 참았다. 사람들은 모두 나와 얼싸안고 춤을 추었다. 노인들의 어깨춤과 사교춤이 뒤섞인 묘한 춤이었다.

이상한 결혼식이었다. 어쨌거나 이제 형은 결혼을 하게 되었다. 이 모든 것이 일주일 만에 이루어진 일이었다. 이제 남은 일은 한국으로 돌아가 여자가 오기를 기다리는 일뿐이었다. 형은 계속 웃기만 했다. 바보처럼.

2

나는 한국으로 간다. 그의 목소리가 되고, 그의 시중을 들고, 그의 아이를 낳을 것이다. 나는 내 나그네의 충실한 아내가 되리라. 그리고 나는 행복해질 것이다.

다짐은 희망이 되고 희망은 그대로 내 몸을 관통해 사라졌다. 희망이 사라진 자리에는 고통만이 남았다. 바람이 내 몸을 뚫고 지나갔다. 마음은 바싹 마른 이파리들처럼 바스락거리며 부서지고 있었다.

나그네의 얼굴을 떠올렸다. 그러나 어렴풋한 형상만 있을 뿐 명확히 잡히는 것은 없다. 나그네 옆에 앉아 있던 아우의 얼굴은 언뜻 기억이 났다. 생김새가 영 날카로워 잊히지 않는 얼굴이었다. 뱀처럼 가느다란 눈은 나를 살피고 더듬었다. 나는 다시 나그네의 얼굴을 기억해내려 애를 써보았다. 하지만 컥컥거리는 웃음소리만 들릴 뿐 아무것도 기억나지 않았다.

바람은 매서운 독기를 누그러뜨리기 시작했다. 겨우내 아이들이 얼음을 지치던 청년호(靑年湖)도 조금씩 물길을 텄다. 조금 있으면 청년호의 버드나무들이 애릿한 자태를 뽐내기 시작할 것이다. 청년 호텔은 늑골을 드러낸 채 흉흉하게 서 있었다. 처음 이곳으로 왔을 때와 똑같은 모습이었다. 어둠이 내려앉고 있었다. 켜켜이 내려앉은 어둠 속에서 우두커니 앉아 청년호를 바라보았다.

"야하, 오래 기다렸구나. 손님 하나 받고 나오느라 그랬다."

어느 결에 영옥이 다가와 내 손을 덥석 끌어당겼다.

"나와도 된?"

"안 될 게 뭐 있니. 자, 여기 네 짐하고, 로임 계산해왔다."

영옥은 종이에 꼭꼭 싼 돈봉투와 가방 하나를 건네주었다. 몸만 달랑 들어왔었는데 짐이 제법 불어 가방 하나가 오롯이 들어찼다. 중요한 물건은 없었다. 그저 안마할 때 입는 옷과 쓰다 남은 오일 병, 세면도구들이 들어 있을 터였다. 그러고 보니 영옥과 함께 안마를 시작한 지도 이 년이 흘렀다.

"어찌, 준비는 잘 되어가구?"

"뭐 준비랄 게 있어야지. 다음주에 선양(瀋陽) 가서 비자만 받으면 다 끝난다. 그런데 화순이는 어째 연락이 안 되었니? 함께 나오라지."

"지금은 연락도 아이 된다. 길어야 일 년이라고 그리 말했는데도. 말없이 사라지면 그나마 다행이라고. 아무리 말해도 귓전으로도 아이 듣더라 말이다. 그런데 그 사내가 새 애인하고 버젓이 나다니더라 말이다."

"그 한국 남자? 그래서 어찌 된?"

"그래, 어찌 연정이 변하냐고 울고불고하더니만, 지금은 어데 붙어 살고 있는지도 모른다. 그 무치한 낯판때기를 후려갈겼어야 내 성이 풀릴 텐데."

"그리 된? 가게 하나 할 돈이나 마련하지 않고 여태 뭐 해. 한 달에 이천원씩이나 생활비 받고 그래지 않안?"

"한국 물건이라면 환장을 하고, 오락성 다니고, 칭커하겠다면서 돈을 물 쓰듯 쓰지 않아. 나그네가 와서 한국 데려갈 거라구 철석같이 믿고 있었다 말이! 창시쟁이처럼 알락달락 화장을 하고 다니는 꼴을 보고 있자니 내가 결이 나서, 나도 그냥 쏘아붙였지. 그래 저도 맘이 상했는지 인차 연락도 안 하고 있지 않니?"

"글쿠나, 그리 되었구나. 나는 소식 끊긴 지 오래되어나서. 그래도 너하곤 소식 주고받는 줄 알았다."

화순은 청수동에 들어온 지 석 달 만에 한국 남자와 살림을 차렸다. 웃는 게 예쁘고 한국말도 곧잘 해서 한국 손님들에게 인기가 많던 화순이었다. 살림을 차린 지 얼마 안 되어 화순은 남의 살을 주무르는 대신 제 몸을 내맡기고 우유와 꿀과 계란으로 마사지를 받기 시작했다. 동무들을 불러모아 요리를 산다, 선물을 준다 하더니만 결국은 그리 된 모양이었다. 화순의 얘기를 듣자 하니 또 한번 싸한 바람이 가슴을 뚫고 지나갔다.

"야야, 청수동에서는 이제 너를 제일 부러워하게 되었다. 남들은 서류 넣어놓고도 일 년 동안 맞선 한 번 못 봤다는데. 너는 성공했다, 야. 그리 약골을 가지고 애먹더니. 잘되었지 않고."

"성공은 무슨 성공. 그저 그런 게지."

"나그네는 어째 연락 자주 핸? 괜찮은 사람이겠지?"

"전화는 못 하고…… 우리 어디 가서 저녁이나 먹자. 내 오늘 네게 크게 선사하게."

나는 그냥 말을 흘리고 영옥의 손을 잡아끌어 요리점으로 향했다. 아직 밤이 익지도 않았는데 시대광장과 미식가 주변은 사람들로 북적거리고 있었다. 시내는 온통 다방과 오락성, 요리점 투성이였다. 오백위안을 받는 복무원이나 천위안을 받는 교원이나 한국 사람들 노는 식으로 휘청휘청 노는 판이었다.

새로 개업한 해선성(海鮮城)으로 들어갔다. 요즘 새로이 들어서기 시작한 날생선집이었다. 요리점 입구에 놓인 수족관에는 낯선 물고기들이 놀고 있었다. 좀더 눅은 집으로 가자고 옷자락을 잡아당기는 영옥의 손을 겨우 잡아끌어 안으로 들어갔다. 옷을 잘 갖춰 입은 접대원들이 몰려나와 큰 소리로 인사를 하며 맞았다. 차림판에 쓰인 요리들은 낯설었다. 나는 접대원이 권유하는 대로 요리 몇 가지를 시켰다.

"어째 이러니, 간단히 시키지 않고!"

"오늘은 내 하는 대로 둬라, 연회도 제대로 못 했는데. 한참이나 못 보지 않아."

"그래도 문명하지 못하다, 야. 둘이 어째 다 먹겠나? 아주 못 볼 것도 아닌데 무슨 말을 그리 하나."

영옥은 물수건으로 손을 닦아내며 말을 흘렸다. 나는 영옥을 보며 그저 씽긋 웃어주었다. 영옥이 찻주전자를 들다 말고 가방을 뒤져 파스를 꺼냈다. 내가 앓음소리를 내면 제 팔의 통증은 잊은 채 나를 뉘어놓고 주물러주던 영옥이였다. 밤낮으로 사람들 몸을 주물러봤자 남는 건 시큰거리는 팔목과 돈 몇 푼뿐이었다. 영옥의 콧잔등에 벌써부터 땀방울이 앉았다. 안마 한 번 끝낼 때마다 목욕을 하고, 쉬는 시간에도 옥찜질방에 들어가 있으니 땀구멍이 모조리 열릴 만도 했다. 조금만 움직여도 앙가슴으로 땀이 흘러내리고, 안마를 하는 동안에는 굵은 땀방울이 뚝뚝 떨어졌다.

"잘되었구나, 잘되었어. 안마보다야 낫지 않네. 빨리 자리잡고, 자리잡으면 동무도 잊지 마라."

"내가 어찌 너를 잊니. 너도 차라리……"

영옥에게도 결혼소개소를 찾아가보라고 하려다 그만두었다. 영옥은 사내들보다 씩씩하고 아귀찼다. 다른 사람들이 노래방이니 오락성이니 드나들어도 한 번 휩쓸려나가는 적이 없었다. 하지만 안마는 오래 할 수 있는 일이 아니었다. 아무리 씩씩한 영옥이라도 얼마나 더 버틸 수 있을지 알 수 없었다.

"복무원한테 방조 좀 해달라고 하지."

"일없다. 남자 복무원들도 하나같이 연애질할 생각만 하고 놀 생각만 하지 뭐야. 그러잖아도 다들 노는데 머절싸하게 나 혼자 빠진다고 복무원들도 좋아라 안 한다. 그렇게 놀아봤자 빚만 가뜩 질걸. 그게 다 문명하지 않아서 그런 거다."

"그래 옳다. 그래도 구라파 식이 로임이 세지 않니. 한식이야 손목만 아프지, 남는 게 있어야지. 오일이라고 세게 비싼 것도 아니지 않아. 복무원들 좀 달래놓으면 구라파 식으로 알아서 넣어주지 않니? 내 말이 옳지, 아니나?"

"걱정 마라. 내 이래 봬도 손목 하나는 타고났지 않니. 집 마련할 때까지는 끄떡없다."

"집은 언제까지 옮겨야 한다는데?"

"모르겠다. 조만간 공사가 시작된다는데, 아직까지는 뭐 지령이 없다. 작년에 새로 지은 한족 집은 벽지도 못 바르고 있지 않아. 돼지우리도 다 비었다. 빈집이 한둘이 아니다. 지금은 반이나 남았을까? 어릴 때야 그게 뭐 대단한 줄 알기나 했나? 그저 돌멩이가 쌓여 있구나 했지, 성터인지 뭔지 알 리가 있나. 복원을 한다고 하니 그런가보다 하는 게지. 깨진 기왓장 들고 뭐라뭐라 하는데 그게 우리하고 무슨 상관이 있겠냐. 쓸 데라고는 없는 기왓장일 뿐이지 않니. 아버지는 이사할 생각은 안 하고 맨날 마작만 놀고 있다. 애들도 마찬가지고."

"양들은 다 어쩌고?"

"이제 열 마리도 안 남았지 뭐."

"연길에 일자리 좀 알아보시라지."

"돈벌이가 어디 쉽니? 단번에 성사할 일이라면 누구나 다 벼락부자가 안 되었겠니. 이악스럽게 있다보면 성공하지 않게. 추주 한 대 살 돈만 마련되면 첫째나 오라고 할 생각이다. 연길에 택시가 넘쳐난다 해도 저 먹고살 벌이는 되지 않겠니."

영옥의 말끝에 물기가 묻어났다. 영옥은 헤이룽장성(黑龍江省) 닝안현(寧安縣) 발해진(渤海鎭)에서 왔다. 가옥이라고는 기껏해야 서른 채 남짓한 시골 마을이다. 마을 주변으로 성터가 있는데 작년부터 성터를 복원한다고 집들을 이주시키는 모양이었다. 제 몸이야

청수동 세욕중심에서 거두어 살 수 있지만 가족들이 걱정이었다. 남들은 하나도 많다고 아이를 안 낳는 판에 영옥이네는 동생이 셋이나 있었다. 소수민족에겐 둘까지는 괜찮지만 그 이상은 벌금을 내야 했다. 영옥의 부모는 벌금을 내면서까지 그애들을 호적에 올릴 수 없었다. 동생들은 서류상으로는 존재하지 않는 사람이 되었다. 그러다보니 학교도 다닐 수 없었고 변변한 직장을 구하기도 힘든 일이었다. 한푼 허투루 쓰는 법 없이 모조리 집에 보내주지만 영옥은 늘 허덕허덕할 수밖에 없었다.

새우와 향채로 무친 냉채를 시작으로 요리가 나왔다. 영옥은 내게 술을 따르고 음식을 덜어주었다.

"한국, 어디로 가니? 서울?"

"글쎄, 서울 근처에 어디, 부천이라고 하더라."

"그래, 부천……"

영옥은 부천이라는 단어를 여러 번 소리내어 발음했다. 그렇게 하지 않으면 영영 잊어버릴 것처럼. 나도 영옥을 따라 '부천'이라고 발음해보았다. 내 입에서 나온 그 소리는 너무 낯설고 이물스러웠다. 나는 생선 한 점을 입에 넣고 입술을 꼭 깨물었다. 내가 씹고 있는 것이 물고기 살이 아니라 쓰디쓴 약초 같았다. 입에서는 자꾸 쓴맛이 올라왔다.

영옥과 나는 오랫동안 담소를 나누며 요리를 먹었다. 영옥의 눈시울이 붉어지는 것을, 내가 자꾸만 한숨을 쉬는 것을 우리는 서로 모른 척하며 부지런히 젓가락질을 했다. 요리점에서 나올 즈음에는 흰술 한 병을 다 비워내 둘 다 얼굴이 불콰해졌다.

바람이 제법 찬기를 품고 있었다. 얼굴이 쌩, 하니 당겨왔다. 영옥은 돈이 없으면 우세당한다며 백위안짜리 지전 두 장을 꼬깃꼬깃 접어 내 손에 쥐여주었다.

"부조다. 많이는 못 한다. 딴생각 말고 잘 살라. 괜히 화순이 짝 나지 말고. 알안?"

나는 말없이 고개를 끄덕였다. 영옥이 다시 청수동 세욕중심으로 들어갈 때, 로임으로 받은 돈봉투를 영옥의 주머니에 슬쩍 넣어주었다. 영옥의 어깨가 유난히 무거워 보였다.

나는 다시 터덜터덜 걷기 시작했다. 낮게 내려앉은 공기에서 매캐한 석탄 냄새가 났다. 한국에 가면 이 냄새도 그리워질까? 숨을 깊게 들이마시며 주위를 둘러보았다. 거리에는 짙은 황사가 솜이불처럼 덮여 있었다. 머릿속도 온통 황사였다.

가방 위에 한국 지도를 펼쳤다. 손가락으로 짚어가며 부천이라는 지명을 찾았지만 아무 감흥도 없는 그저 무의미한 지명일 뿐이었다. 눈은 나도 모르게 속초를 향하고 있었다. 부천에서 속초까지는 한 뼘의 거리였다. 하지만 그것은 가늠되는 거리가 아니었다. 나는 사진첩에 숨겨놓은 편지를 꺼냈다. 그에게서 온 마지막 기별이었다.

'나는 매일 아침, 모든 것을 버리고 떠나는 사람처럼 집을 나와 아무 기대도 없이 그 집으로 들어가. 이걸 집이라 할 수 있을까? 나는 여기서 먹지도 싸지도 않아. 어두운 방 안에 불 켤 여유도 없이 그대로 쓰러져 잠들었다가 날이 밝으면 문을 열고 나와. 문을 잠그고 골목을 나설 때면 꼭 살인이라도 하고 도망가는 사람처럼 마음이 조급해져. 집 안에 들어서면 무언가 살아 있는 듯 축축한 기운이 내 몸에 휘감겨와. 그 집에서 살아 있는 것은 내가 아니라 방이야. 방에서는 이끼가 자라고 씨앗이 뿌리내리고 뿌리 사이로 개미들이 드나들어.

나를 견디게 해주는 건 그 무덤이야. 우리 둘이 함께 들어갔던 그 무덤 말야. 나는 여기 조금 더 있어야 해. 지금 돌아가면 다시는 못 올 테니까. 그러니 기약은 할 수 없다. 속초에서 본 바다를 너한테도 보여줄 수 있다면 좋을 텐데.'

그를 견딜 수 있게 하는 것은 무덤이라고 했다. 그것은 나도 마찬가지였다. 무덤은 나를 꿈꾸게 했다. 시린 손목을 붙들고 남자들의 살을 주무르면서도 무덤을 생각하면 참을 수 있었다.

붉은빛이 감돌던 석실. 호롱불에 어렴풋이 드러나던 벽화. 나는 시종과 악사로 둘러싸인 공간에 내 잠자리를 만들고 식탁을 차렸다. 거기서는 음악이 흐르고 웃음이 피어났다.

무덤은 일종의 송신탑 같은 것이었다. 멀리 있어도, 오랫동안 연락이 없어도, 그와 나를 이어주는 송신탑. 그 송신탑은 끊임없이 신호를 보내며 서로의 존재를 확인시켜주곤 했다. 무덤을 떠올리면 내 입가에는 저절로 미소가 떠올랐다. 나는 오래전 무덤가를 배회하던 그때를 떠올렸다.

마을은 비밀스런 술렁임에 휩싸여 있었다. 밤이 이슥해지면 마을 어른들은 삽이나 곡괭이를 들고 어디론가 몰려갔다. 어른들이 어디로 가는지, 무엇을 하러 가는지, 아무도 묻지 않았다. 묻지 않아도 어른들이 무엇 때문에 밤 외출을 하는지 모두 알고 있었다. 낮에는 발굴조사단이 무덤을 파헤쳤고 밤이면 마을 어른들이 그곳을 차지했다. 아이들에게 그곳은 범접할 수 없는 공간이었다.

해질녘이었다. 발굴단이 모두 돌아가고 어른들도 움직일 시간이 아니었다. 어른들은 어둠이 내리고 한참 후에나 움직이곤 했으니까. 나는 호기심을 참지 못하고 무덤으로 향했다. 길 옆의 자작나무들이 사열받는 군인처럼 일정한 간격으로 늘어서 있었다. 나는 석양을 받아 붉은빛으로 반짝이는 자작나무 기둥을 만지며 걸었다. 바람에 흔들린 이파리들이 사그락사그락 소리를 냈다. 발끝에서는 흙먼지가 하얗게 피어올랐다. 붉은 깃발과 줄이 쳐져 있는 무덤 근처에 이르러 걸음을 멈추었다. 그러고는 커다란 바위에 앉아 어둠이 내릴 때까지 무덤을 바라보았다. 호기심이 가득했지만 두려움을 이기지는 못했다.

결국 발을 돌려 집으로 돌아가려는 순간이었다. 누군가 내 앞을 가로막아 섰다. 남자는 장비들을 옷에 주렁주렁 매달고 내 앞에 서 있었다. 볕에 그은 남자의 얼굴에서 광채가 나는 것 같았다.

들어가보고 싶니?

남자가 물었다. 나는 겨우 고개만 까딱였다. 남자는 성큼성큼 계단을 내려갔다. 나는 남자의 등에 바싹 붙어 뒤따라갔다. 이끼 냄새 같은 것이 났다. 아주 오랫동안 묻혀 있던 무덤. 안은 텅 비어 있었다. 남자가 가지고 온 호롱불에 불을 붙이자 어둡던 무덤 내부가 서서히 드러났다.

무덤은 담담한 붉은빛이었다. 남자는 벽에 코를 바싹 들이댔다. 나도 남자를 따라 코를 대고 냄새를 맡았다. 매캐하면서도 향긋한 냄새가 났다. 그것은 깊이를 헤아릴 수 없는 세월의 냄새였다.

'봐, 발해 공주 무덤이야. 발해가 망하지 않았다면 우리가 이렇게 소수민족으로 살고 있지는 않았을 거야. 여기 관이 두 개 있었어. 지금은 옮겨놓았지만. 하나는 문왕의 넷째딸 정효공주의 관이고, 그 옆의 관은 남편 것이지. 이 앞에, 여기쯤에 비석이 서 있었는데 거기 쓰여 있기에는 남편이 먼저 죽었대. 슬픔에 잠겨 있던 정효공주는 일 년 뒤에 죽었고. 정효공주의 죽음을 슬퍼한 아버지 문왕이 사위와 공주의 관을 나란히 쓰고 비석을 세운 거야. 그들은 참으로 사랑했던 모양이야. 정효공주가 죽은 후 일 년 뒤에는 문왕마저 죽어. 강력한 왕이 죽고 난 후 왕국은 쇠락의 길을 걷기 시작했고. 그러고 보면 발해가 사라진 건 이 무덤 때문인지도 모르겠어.'

남자는 빈 무덤 안에 관과 비석이 실제로 있는 것처럼 손짓을 하며 말했다. 그것이 발굴을 돕는 학생과 호기심 많은 열 살짜리 소녀의 첫 만남이었다.

그가 처음 내 앞에 섰을 때 나는 그의 얼굴을 똑바로 쳐다볼 수 없었다. 무덤 속에 들어가서야 비로소 그의 얼굴을 좀더 자세히 살펴볼 수 있었는데, 호롱불을 받은 그의 얼굴에서는 흐릿한 붉은빛이 비쳤다. 입매를 일그러뜨리며 웃는 그의 얼굴은 어쩐지 슬퍼 보이기도 하고 고집스럽게 보이기도 했다.

그와 나는 무덤이 폐쇄되기 전까지 몇 번 더 그곳으로 들어갔다. 무덤에 들어가면 그는 나긋한 목소리로 옛날이야기를 들려주곤 했다. 내가 그의 말을 모두 이해한 것은 아니었다. 하지만 그의 말 속에 묻어나는 뿌듯함과 애처로움은 지금까지도 분명하게 가슴속에

박혀 있었다. 그의 이야기를 듣고 있으면 벽화에 그려진 악사가 비파를 연주하고 무희들은 옷깃을 펄럭이며 춤을 추었다. 나는 들어본 적 없는 왕국 속에서 살았다. 그 속에서 호흡을 하고 그 속에서 잠을 잤다. 아주 오래전 사라져버린 작은 왕국. 무덤 속에 묻혀버린 잊힌 나라.

얼마 후 현 당국에서는 도굴을 막기 위해 무덤을 폐쇄했고, 도굴에 관여했던 마을 어른들 몇은 징계를 받았다. 교원이었던 아버지가 사허옌으로 쫓겨나게 된 것도 그 때문이었다.

그는 후에 대학에서 사학을 전공했고, 동북 지역의 무덤과 성터를 전전하다가 돌연 한국으로 떠났다. 왜 갑자기 한국으로 가야 하는지는 말해주지 않았다. 기다리라거나 기다리지 말라거나 하는 말도 없었다. 내게는 그의 한국행을 붙들 수 있는 명확한 이유가 없었다. 그는 자주 편지를 보내왔다. 언젠가부터 편지가 뜸해지더니 이년 전에 받은 그 편지 이후로는 아무 소식이 없다.

여태 한국에 있기는 한 건지, 그가 있는 곳이 속초인지, 아니면 아예 죽어버린 것은 아닌지, 나는 아무것도 알지 못한다. 안다고 해도 그를 만날 수 있는 것도 아니었다. 나는 이미 다른 사내의 아내가 된 몸이었다.

나는 무덤으로 향하고 있었다. 버스를 타고 허룽(和龍)으로, 거기서 다시 택시를 타고 룽수이샹(龍水鄉)으로 들어갔다. 포장이 안 된 길은 얼었던 땅이 녹아 질척질척했다. 흙더미가 신발에 들러붙어 다리를 무겁게 잡아끌고 있었다.

가던 걸음을 멈추고 깊게 숨을 들이마셨다. 바람을 따라 들어오는 나무 냄새 흙냄새를 맡았다. 모든 것에서 친밀하면서 아득한 냄새가 느껴졌다. 은빛 살을 반짝이는 자작나무들은 예전보다 키가 훌쩍 커져 있었다. 아버지가 근무했던 소학교는 형편없이 망가져 예전 모습을 찾을 수 없었다. 창문은 깨지고 부서진 나무의자들은 운동장을 뒹굴었다. 학교를 뒤로 하고 걸음을 재촉했다. 물이 제법 많아 여름이면 멱을 감던 내는 바싹 말라 있었다. 모든 것이 예전같지 않았다. 멀리 펼쳐진 들판으로 말들이 뛰어가는 것이 보였다. 먼 데서부터 들려온 말발굽 소리가 가슴을 밟고 지나갔다.

무덤이 가까워지면서 바닥에는 깨진 기왓장들이 부쩍 눈에 띄었다. 나무 한 그루 없는 밋밋한 야산 위에 붉은 벽돌건물이 보였다. 무덤이 있던 자리였다. 조급한 마음에 걸음을 빨리 하려 했지만 신발에 들러붙는 흙덩이는 여전히 내 몸을 무겁게 잡아끌고 있었다.

'전국 중점문화유물보호단위 정효공주묘.' 무덤을 알리는 안내석이었다. 무덤이 사라진 것은 아니었다. 나는 안내석을 슬쩍 보고는 벽돌건물로 향했다. 건물 사면에는 창문 하나 없고 남쪽에만 철문이 나 있었다. 철문으로도 모자라 철문 앞에 쇠창살문까지 덧달린 것이 꼭 감옥 같았다. 주위를 둘러보았지만 철창과 벽돌로 막힌 무덤에는 들어갈 구멍이 없었다. 나는 건물 앞에 있는 안내판을 읽어보았다. 화강암에 붉은 글씨로 쓰인 글만이 건물 안에 무덤이 있음을 말해주고 있었다.

'정효공주는 발해의 제3대왕 대흠무의 넷째딸로서…… 벽화인물형상은 분을 바른 얼굴에 입술은 붉고 낯은 둥글며 머리에 복두를

쓰고 발에는 삼신을 신었는데 짙은 당조 시기의 회화 풍격을 나타 내고 있다.'

나는 붉은 입술의 여인을 머릿속에 떠올렸다. 그러나 붉은 기운 만 떠오를 뿐 명확히 잡히는 것은 없었다. 철창 틈으로 안을 들여다 보았다. 시큼한 냄새가 어둠과 함께 밀려나왔다. 아무리 기억해내려 해도 그와 함께 들어갔을 때의 석실 냄새는 떠오르지 않았다.

어디선가 고함소리가 들려왔다. 나는 소스라치게 놀라 뒤를 돌아 봤다. 관리인이었다. 모든 관리인들은 위압적이고 적대적이다. 나는 머리를 조아리고 관리인이 가까이 오기를 기다렸다. 가만히 보니 어릴 적 동무의 아버지다.

"덕실이 아즈바이 아닙까? 저 해화예요. 저 다리 아랫마을에서 살았는데…… 덕실이와 소학교 동무예요. 아버지는 여기 소학교 교 원이었지 않아요? 모르시겠습까?"

"오호, 글쿠나. 왜서 여기 이러고 있나?"

"어릴 때 생각나서 오지 않았어요. 왜 예전에 동네 아저씨들이 밤 마다 곡괭이 들고 몰려다니지 않았습까?"

"그랬지. 가락지 하나라도 나올까 해서. 소학교 물품 산다고 그랬 지 않니."

"그때 뭐가 나오긴 나왔어요?"

"글쎄다. 일찌감치 나섰던 사람들은 뭐 건졌다는 얘기도 있고. 마 을에서 발견된 건 당국에서 모조리 가져갔다 말이다."

"근데 들어갈 수 없습까?"

"말도 꺼내지 말라. 특별지시가 내려와서 아무도 못 들어간다."

"어서 허가증이라도 받을 수는……?"

"모른다. 뭔 일인지 엄포를 놓더라 말이다. 한국 사람들은 근처에도 못 오게 하라고. 조선족은 물론이고 한족이라도 한국 사람들 데리고 오면 문제가 생긴다 하더라 말이다. 들어가봤자 아무것도 없는데 뭐 한다고 들어가려구 하니? 여기 나온 건 창춘박물관에 있다는 얘기도 있으니, 볼라믄 거서 봐라. 괜히 여기서 얼쩡거리다 나까지 곤란하게 하지 말고."

덕실이 아버지는 철창 앞에 떡 버티고 서서 손사래를 쳤다. 무덤에 대해서는 더이상 물어볼 수 없었다. 어쩔 도리 없이 걸음을 돌렸다. 덕실이 아버지는 자물쇠를 다시 한번 점검하고는 내가 사라질 때까지 붉은 벽돌건물 앞에 서 있었다. 바싹 마른 내를 건너다 걸음을 멈추고 뒤를 돌아보았다. 무덤은 없었다. 내 가슴바닥도 물기가 말라 흙먼지가 일었다.

거기 무덤이 있긴 있었던 걸까? 공주와 남편의 무덤. 그 무덤에 무슨 일이 일어난 거지? 모든 것이 거짓말 같았다. 무언가 강탈당한 기분이 들었다. 빼앗긴 것은 내 심장이었다. 심장이 있던 곳은 차갑고 공허했다.

꽃밥통. 흰색 칠에 장미꽃이 그려진 꽃밥통은 요즘 쓰지도 않지만 구하기도 어렵다. 엄마가 시집갈 때 주겠다고 틈틈이 준비해둔 비수개 중 하나였다. 엄마가 꺼내놓은 짐에는 그릇이며 이불이며 거울 등속이 들어 있었다.

농이라도 해줘야 되는데…… 엄마는 부엌에서 찬장을 행주질하며 말했다. 시집올 때 엄마의 엄마가 해주었던 꽃찬장. 붉은 모란꽃이 그려진 그 찬장을 엄마는 무던히도 아꼈다. 엄마가 유독 욕심을 보이는 것은 꽃밥통이었다. 엄마는 플라스틱이나 사기로 된 그릇들보다 싸구려 꽃밥통을 더 귀하게 여겼다. 아버지의 밥을 아랫목에서 따뜻하게 보온해주는 것도, 어쩌다 떡이라도 생겨 이웃과 나누어 먹을 때에도 꽃밥통이었다.

가방 맨 아래에 꽃밥통을 넣었다. 가방은 아직 반도 채 차지 않았다. 옷 몇 벌과 사진첩, 나그네의 식구들에게 줄 선물, 나그네에게 받은 화장품 세트를 넣으니 더 넣을 것도 없었다. 나는 채워지지 않는 가방을 앞에 두고 한참 동안 멍하니 앉아 있었다. 엄마는 내가 짐을 다 쌀 때까지 괜히 부엌을 서성이며 방 안으로 들어오지 않았다.

짐을 문 밖으로 내놓을 때 결국 엄마의 눈에 눈물이 비쳤다. 나는 엄마의 등을 다독여주고 문을 나섰다. 옌지 역까지만이라도 따라나서겠다는 엄마를 뒤로 한 채 허겁지겁 집을 빠져나왔다.

어둠침침한 옌지 역은 사람들로 북적거렸다. 일찌감치 역에 나온 사람들은 자리를 잡고 해바라기씨나 호박씨 같은 것을 까먹고 있었다. 저녁 간식거리가 든 비닐봉투를 들고 선 부부, 근처 상점에서 구입한 가방에 짐을 옮겨담는 여자, 과일사탕을 파는 아이, 괜히 어슬렁거리며 사람들에게 추근대는 남자, 음울한 표정으로 멍하니 앉아 있는 아짐, 틀니가 없는 늙은이, 요란하게 화장을 한 계집애들, 땟국 질질 흐르는 두터운 솜옷을 입은 사내, 조선족들, 몽골족들, 한족들…… 나는 역 한가운데 우뚝 서서 사람들을 바라보았다. 떠나자니 모든 것이 새롭게만 보였다.

검표가 시작되자 사람들은 밀치고 떠밀며 바깥으로 나갔다. 기차 출발시간까지는 아직 이십 분가량 남아 있었다. 사람들은 투먼(圖們) 쪽을 쳐다보며 기차가 오기를 기다렸다. 기차가 도착하자 사람들 사이에 또 한차례의 실랑이가 벌어졌다. 사람들은 남보다 먼저 기차에 오르려고 애를 썼다. 나는 멀찍이 서서 사람들이 모두 올라타기를 기다렸다. 시간은 많았다. 배웅을 나온 듯한 노인네가 창가에 매달려 눈물을 찍어내고 있었다. 엄마를 오지 못하게 한 것은 잘한 일이었다.

기차에 오르자마자 자리에 누웠다. 호각 소리와 함께 기차가 출발했다. 세 칸짜리 침대칸은 어둡고 답답했다. 천장과 침대 사이에는 겨우 세 뼘 정도의 공간이 있을 뿐이었다. 두터운 솜이불에서는 쿰쿰한 냄새가 났다. 아래칸의 한족 사내들은 불이 꺼질 때까지 요란하게 떠들며 카드놀이를 했다. 나는 가방을 머리맡에 두고 잠을 청했다.

잠은 쉽게 오지 않았다. 기적 소리가 들렸다. 기적 소리는 아주 먼 곳에서 오는 듯 아련하게 들려왔다. 간혹 기차가 역에 멈추어 서면 음식을 파는 복무원들의 외침 소리가 들렸다.

꿈속이었다. 꿈을 꾸고 있다는 것을 꿈속의 나도 알고 있었다. 나는 커다란 가방을 질질 끌고 어디론가 가고 있었다. 둔화의 어느 곳이기도 했고 말떼가 풀을 뜯고 있는 들판이기도 했다. 어쩌면 한 번도 가보지 못한 아주 낯선 곳인지도 몰랐다. 나는 자주 걸음을 멈추었다. 내가 든 가방은 너무 크고 무거웠다. 가방을 열어보면 가방 속에는 쓸모없는 기왓장이나 돌멩이 같은 것들이 들어 있었다. 나는 무덤을 파헤치는 사람처럼 손톱을 세워 가방을 비워냈다. 아무리 돌멩이를 들어내고 기왓장을 던져버려도 가방은 비워지지 않았다. 손목이 시려왔다.

선양 역에 도착한 것은 아침 여섯시였다. 선양 역은 옌지 역에 비해 크고 화려했다. 위생간에서 대충 세수를 하고 역을 나섰다. 아침 바람이 제법 쌀쌀했다. 잔뜩 흐린 하늘은 금방이라도 빗방울을 떨어뜨릴 것 같았다. 나는 옷깃을 세우며 역 앞에 멀뚱히 서 있었다. 영사관 문이 열리려면 아직 시간이 있었다. 짐을 끌고 역 근처 죽집으로 들어가 흰 쌀죽과 호박이 든 만두 두 개를 시켰다. 입안이 써글써글했다.

반 그릇을 겨우 비우고 밖으로 나왔다. 골목 뒤로 돌아가다가 구석에 죽어 나동그라진 쥐를 보았다. 죽은 쥐는 네 다리를 하늘로 꼿꼿이 세운 채 입을 벌리고 있었다. 아침에 죽은 쥐를 보면 불길하다고 엄마는 말하곤 했다. 그 죽은 쥐가 내 앞길을 운명짓기라도 할 것처럼 가슴이 내려앉았다. 꼼짝도 할 수가 없었다. 마침 쓰레기를 버리기 위해 골목으로 들어온 죽집 여자가 아니었다면 나는 계속해서 그렇게 서 있었을 것이었다. 여자는 아무렇지 않게 발끝으로 쥐를 차 멀찍이 치워버렸다. 갑자기 신물이 넘어왔다. 나는 넘어오는 욕지기를 참으며 허겁지겁 택시를 잡아탔다.

각국의 영사관이 몰려 있는 화평리에 들어서자 한국영사관이 바로 눈에 띄었다. 다른 나라 영사관 앞에 줄을 선 사람들은 기껏 열 명이 넘지 않았다. 한국영사관 앞에만 유독 긴 줄이 늘어서 있었다. 어찌할 바를 모르고 서 있는 내게 누군가 다가와 말을 걸었다.

"지금 줄을 서봤자 오늘 안에 들어가지도 못한다. 일백위안만 내라."

앞니 사이가 심하게 벌어진 남자였다. 남자의 입에서는 담배에 전 내가 났다. 그러지 않아도 메스꺼운 속이 울렁거려왔다. 때마침 영사관에서 나온 관리원이 무섭게 눈을 부라리며 짠뚜이를 외치기 시작했다. 관리원은 사람들을 이리 밀치고 저리 밀치며 함부로 다루었다. 줄을 선 사람들은 줄에서 밀려날까봐 눈치를 보며 몸을 움직였다. 모두들 피곤하고 불안한 낯빛이었다.

"그럼 칠십위안만 내라, 앞줄에 세워준다."

나는 말없이 돈을 건네주고 사내 뒤를 따라갔다. 영사관 안은 바깥보다 줄이 더 길었다. 조금 앞이긴 했지만 기다리기는 마찬가지였다. 비자를 받은 것은 반나절이 지나고 난 후였다.

내 손에 쥐어진 것은 F-2 비자였다. 한국에서 자유롭게 살 수 있고, 부모까지 초청할 수 있는 동거방한사증. 많은 사람들이 그토록 원하는 비자가 내 손에 들려 있었다. 뭔가 대단한 것이라도 쥔 것처럼 몸이 부르르 떨려왔다. 이것을 위해 화순은 직업도 버리고 순정도 버렸다. 그는 이것이 없어 무덤 같은 지하방에 숨어 지냈다. 또 누군가는 몇만위안을 들여 위장결혼을 하거나 밀입국을 한다고도 했다. 그것이 지금 내 손에 있는 것이다. 단 한 번의 만남으로. 십수가지의 서류가 필요하긴 했지만 그 모든 것은 나그네의 돈으로 소개소에서 알아서 해주었다. 도대체 이게 무어길래. 한낱 종이쪽지에 불과할 뿐인데. 알 수 없는 서러움이 가슴을 치고 올라왔다.

비자를 받아들자 한국으로 간다는 것이 실제로 느껴지기 시작했다. 혹여 누가 채가기라도 할까, 비자와 여권이 든 가방을 가슴에 품고 영사관을 빠져나왔다. 길게 늘어서 있던 줄이 더 길어져 있었다. 때마침 빗방울이 떨어지기 시작했다. 빗방울은 점점 굵어지는데 영사관 앞에 늘어선 줄은 흩어지지 않았다.

비행기가 구름 위를 날기 시작하자 잠이 쏟아졌다. 인천공항에 도착할 때까지 한 번도 깨지 않았다. 잠에서 깨어났을 때 창밖에는 어둠이 내려앉아 있었다. 죽음에서 걸어나온 것 같은 느낌이 들었다. 아니면 죽음 속 어떤 세상에 도착한 것인지도 몰랐다.

저기 내 나그네가 있다. 환하게 웃고 있는 저 사내. 나를 향해 다가오는 사내가 나는 너무 낯설었다. 전혀 모르는 사람 같았다. 내가 걸어나왔던 길을 되돌아보았다. 하지만 사람들에게 밀려 오래 서 있을 수는 없었다. 이제 나는 다른 공기를 마시고, 다른 땅을 밟고 살게 될 것이다. 그리고 나는 행복해질 것이다.

나는 어린애를 달래듯이 내 자신을 설득했다. 내 속의 착한 어린애는 그 말을 곧이곧대로 들었다. 어차피 도망갈 길은 없었다.

3

　엄마와 형이 평상 위에 나란히 앉았다. 엄마는 복숭아나무를 쳐
다보고, 형은 산 저쪽을 바라보고 있었다. 엄마는 꽃을 기다리고 형
은 여자를 기다린다. 형과 엄마는 몇 시간째 같은 모습이었다.

　구부정한 등을 내보인 채 꼼짝도 않고 앉아 있는 엄마는 고목 같
았다. 물기라고는 모조리 말라버려 껍질을 투둑투둑 떨어뜨리는 고
목. 엄마는 어쩌면 고목이 아니라 겨울나무인지도 몰랐다. 죽은 듯
하지만 꽃눈 속에 모든 욕망을 응축한, 통통하게 꽃살을 찌웠다가
한순간에 망울을 터뜨리는 나무.

　겨울을 나는 동안 엄마는 죽음에 바싹 다가선 듯했다. 죽음의 그
림자는 몸 곳곳에 퍼져 있었다. 엄마의 당뇨병은 이제 회복 불가능
이었다. 주름으로 늘어졌던 와잠과 눈두덩은 부기가 빠지지 않았다.
지난겨울에는 합병증으로 왼쪽 발목 아래를 절단해야만 했다. 발을
잘라내긴 했지만 혈액순환이 되지 않아 다리가 저리다고 여전히 앓

44

는 소리를 냈다.

그래도 엄마는 금세 죽지는 않을 것이다. 적어도 복사꽃이 필 때까지는 살아 있을 것이다. 꽃에 대한 엄마의 욕심은 끈질겼다. 복사꽃이 지면 라일락과 모란의 향기를 기다리고, 그 꽃마저 지고 나면 세 번 피고 져야 쌀밥을 먹는다는 백일홍을 기다린다. 복사꽃이 만개하면 엄마는 죽음의 기운을 말끔히 없애고 생의 기운을 되찾게 될지도 모를 일이다.

엄마는 삶의 끈을 쉽게 놓는 사람이 아니다. 복사꽃을 기다리느라, 다디단 복숭아 과즙의 맛을 못 잊어서, 죽을 수가 없었다. 얼마 남지 않았다는 의사의 말이나, 덕지덕지 앉은 저승꽃이나, 발을 잘라버려야 할 정도로 심한 당뇨나, 그 외의 어떤 합병증도, 엄마를 굴복시키지 못했다.

엄마가 이번 겨울을 날 수 있었던 것은 형의 결혼 덕분이었다. 엄마는 형의 결혼을 보기 전에는 죽을 수가 없다고 했다. 중국 맞선여행을 계획한 것도 엄마였다. 이제 결혼을 했으니 손주 하나는 보아야 할 테고, 그 손주가 몸을 뒤집고 걷고 말을 하는 모습을 보아야 죽을 것이었다. 그때가 되면 또다른 삶의 핑곗거리를 찾아내겠지.

나는 지쳐 있었다. 항상 웃고 있지만 호시탐탐 기회를 노리며 도망갈 궁리만 해왔다. 내 어깨에 짊어진 짐을 떼어내 저 멀리 내동댕이치고 싶었다. 그것을 더이상 내 몸에 들러붙어 있게 할 수 없었다. 적어도 내 짐을 나누어 들 누군가가 필요했다. 나는 여자의 얼굴을 떠올렸다. 처음 보았을 때 여자는 젖은 솜털을 가진 여린 새처럼 보였다. 이제 막 알에서 깨어난, 첫눈에 보이는 물체를 제 어미라고 믿는 어린 새. 그 새는 형을 보았다. 하지만 그 상대가 오히려 보호를 필요로 한다는 것까지는 알지 못했다.

중국에서는 여자보다 먼저 황사가 날아들었다. 강한 바람을 타고 날아온 황사는 여자가 살고 있는 둔화를 지나 서해를 건너 여기까지 온다. 형은 황사 속에 여자의 체취가 묻어 있기라도 한 것처럼 허공에 대고 코를 킁킁거리곤 했다. 한 달이면 올 수 있다던 여자는 두 달이 되어서야 소식을 전해왔다. 여자가 올 때쯤이면 복사꽃도 흐드러지게 피기 시작할 것이다.

여자를 맞을 준비는 모두 끝났다. 형과 나는 벽지를 새로 바르고 장판을 깔고 가구를 들였다. 벽지를 바르는 동안 형은 풀을 몸에 묻힌 채 방 안을 휘젓고 다녔다. 곱구나, 고와. 엄마는 구석에 앉아 새 벽지를 쓰다듬으며 중얼거렸다. 자잘한 꽃이 그려진 분홍빛 벽지였다. 결국 약냄새가 깊이 밴 엄마 방에도 새로 도배를 해주었다.

"눈앞에 검은 날파리가 날아다녀야."

누구에게랄 것도 없이 엄마는 손을 휘휘 저으며 혼잣말을 했다. 엄마가 눈을 끔벅이면 진물 같은 눈물이 눈꼬리에 달렸다. 형은 엄마를 슬쩍 보고는 다시 먼 곳을 바라보았다.

"새아가 오믄 꽃구경 가자. 경복궁도 좋고 창경원도 좋다."

형은 그제야 엄마 쪽을 향해 몸을 돌리고 웃었다. 기분이 좋아진 형이 자리를 털고 일어나 물구나무를 섰다. 또 시작이다. 한번 시작된 형의 재주넘기는 쉽게 말릴 수가 없다. 하지만 형을 계속 쳐다볼 수는 없었다.

어릴 적 형은 서커스를 하고 싶어했다. 높은 담에서 뛰어내리고,

46

재빠르게 나무를 타고, 달리는 오토바이 뒷자리에 서서 묘기를 부리는 것이 형의 서커스였다. 자기로 인해 누군가 즐거워하면 형은 그것으로 만족했다.

나 또한 형의 서커스를 좋아했다. 형이 오토바이 위에 서서 한쪽 발을 들고 있으면 나는 달리는 오토바이를 뒤쫓아가며 환호성을 질렀다. 위험해, 조심해! 소리는 그렇게 질렀지만, 내심 좀더 근사하고 좀더 위험한 묘기를 보여주길 바랐다. 내 응원에 힘을 얻은 형은 과감하게 몸을 움직였다. 형 뒤를 쫓아 달리는 동안에는 나 또한 서커스 단원이 된 듯 우쭐해졌다. 내 응원이 형의 목숨을 위협하게 되리라고는 생각하지 못했다.

전날 내린 폭우에 쓰러진 전신주 때문이었다. 형은 그날도 오토바이 뒤에 서서 묘기를 부리고 있었다. 하늘을 향해 고개를 꼿꼿이 세우고 두 팔을 쫙 벌리던 순간이었다. 늘어진 전선이 정확히 형의 목울대를 강타하고는 목을 한 바퀴 더 휘감았다. 형은 새처럼 날아올랐다. 비상은 잠시였다. 형은 땅바닥에 그대로 내리꽂혔다. 그것은 형이 보여준 최고의 서커스였다. 혀를 빼물고 전선에 휘감긴 채 누운 형은 우스꽝스러웠다. 나는 그것이 형이 꾸민 묘기인 줄만 알고 폴짝폴짝 뛰며 즐거워했다.

목숨을 건진 것이 다행이라면 다행이었다. 형은 목숨을 건진 대신 목소리를 잃었다. 형은 목소리만 잃은 것이 아니었다. 인간이 가질 수 있는 모든 나쁜 생각을 목소리와 함께 버린 것 같았다. 형은 바보처럼 착하기만 했다. 어쩌면 사람들 말대로 바보가 되었는지도 몰랐다.

내가 형의 서커스를 좋아하지 않았다면, 늘어진 전선을 내가 먼저 보았다면, 형은 괜찮았을까? 모든 것이 나의 응원에서 시작된 것은 아니었을까? 아무리 아니라고 가슴을 다독거려봐도 죄책감은 지워지지 않았다. 자꾸 고개를 치켜드는 죄의식은 오히려 나를 냉정하게 만들고야 만다. 결국 나는 엄마를 향해 소리를 질렀다.

"지금은 창경원이라고 안 해요. 그리고, 다리가 그래서 무슨 창경원이에요. 괜히 사람들 고생시키지 말고……"

나는 경솔했다. 이제 엄마의 길고 긴 꽃타령이 시작될 것이었다. 내 목소리는 슬그머니 꼬리를 감추었다.

"그래도 꽃구경은 창경원이 최고란다. 왜정 때 심은 벚나무가 오죽이나 많으냐. 창경원에 벚꽃 피면 밤마다 사람들이 모여들었어. 사진사에게 사진도 박고, 사람들 구경도 하고. 그냥 서 있기만 해도 좋았다. 진달래는 다 졌지야? 봄마다 화전을 해먹었었는데. 요즘엔 그런 맛도 없이 사나보구나. 기름 살짝 두르고 찹쌀반죽을 얹으면 퍽퍽한 것이 말갛게 변하지 않니. 진달래 색은 또 얼마나 고우냐. 꿀에도 찍어 먹고 조청에도 찍어 먹고, 느이 아버지도 참 좋아했지. 여가 다 복숭아밭 아니었냐. 복사꽃 피면 볼 만했다. 서울에서고 인천에서고 복사꽃 구경하러 많이들 왔어야. 꽃잎 하나하나 주워서 물에 띄우고 세수도 하고 그랬다. 그게 다 옛날 얘기구나. 눈이 이래 침침해서 보이지도 않는데 무슨 꽃구경이냐. 내가 빨리 가야 너들도 편하지. 무슨 꽃 욕심이 많아 이리 가지도 않고 너를 괴롭히나 모르겠다. 아무래도 나는 꽃 피기 전에 갈 모양이다. 그렇지야? 의사 선상도 그렇게 얘기하지야? 다리는 썩어문드러지고…… 얼렁

가야지 느이들이……"

"그래, 가요! 제발 좀 그만 가라구요!"

엄마의 말허리를 매몰차게 잘라버렸다. 순간 엄마와 형이 모든
움직임을 멈추고 내 쪽을 쳐다보았다. 나는 당황했다. 내 입에서 나
온 말을 나도 이해할 수 없었다. 내가 말하고 싶었던 것이 엄마더러
저세상으로 가버리라는 뜻이었을까? 내게로 향한 형과 엄마의 눈동
자가 그렇게 말하고 있었다.

"가자구요. 형수 오믄 경복궁도 가고 창경궁도 가구 다 가요. 가
서 꽃도 지져 먹고, 꽃놀이도 하고 환영 파티도…… 해야죠."

나는 말을 흐리며 땅바닥만 쳐다보았다. 하지만 수습될 수 있는
일이 아니었다. 형은 자리를 털고 일어나 오리 우리가 있는 쪽으로
어슬렁어슬렁 걸어갔다. 오리에게 사료를 주고 나면 형은 또다시
저곳에 앉아 먼 곳을 바라볼 것이다. 엄마는 여전히 평상에 앉아 복
숭아나무를 바라보았다.

나는 엉거주춤 서서 괜히 복숭아나무만 흘겨보았다. 햇살이 너무
따가웠다. 등짝을 후려치는 햇살이 꼭 채찍 같았다.

복사꽃이 첫 망울을 터뜨리자 꽃들은 불이 옮겨붙은 듯 화르륵
피어올랐다. 바람이 불면 꽃잎들은 한 잎 한 잎 떨어져 방 안까지
들어왔다. 엄마는 하루 종일 복숭아나무 아래 앉아 꽃비를 맞았다.
엄마의 얼굴은 복사꽃처럼 발그레했다.

오래전 이 일대에는 복숭아나무가 가득했었다. 이곳 옛 이름이
복사골인 것도 그 이유였다. 아파트 단지가 생기고 외곽순환도로가

놓이고 공원이 생기면서 그 많던 복숭아나무들은 대부분 잘려나갔다. 아파트 부지로 선택되지 않아서이기도 했지만 엄마가 이곳을 떠나지 못한 것은 언덕에 있는 복숭아나무 때문이었다. 엄마는 오리와 닭을 키우며 식당을 차렸는데, 워낙 손맛이 있던 엄마는 금세 단골손님을 만들었다. 당귀와 감초를 듬뿍 넣고 끓인 엄마의 백숙은 인기가 좋았고, 갓김치나 파김치를 따로 사가는 사람이 있을 정도였다.

엄마는 이제 아무것도 하지 못한다. 맛을 보지도 못하고 김치를 담그지도 못한다. 그저 넋 놓고 앉아 꽃타령을 하거나 저린 발을 주무를 뿐이었다. 형이 주방까지 맡았지만 엄마의 손맛을 따라갈 수는 없었다. 형은 대신 놀고 있는 땅에 푸성귀를 심었다. 상추며 치커리며 토마토 같은 걸 키워서는 손님들이 돌아갈 때 한 봉지씩 싸주곤 했다. 김치 맛은 잃었지만 형의 푸짐한 선물 때문인지 오히려 손님이 늘어났다. 아파트 단지가 생기면서 외식을 즐기는 사람들도 늘었고, 근처에 있는 인천공원을 찾는 사람들도 한몫했다. 조류독감 파동으로 찾는 사람이 조금 줄긴 했어도 타격을 입을 만큼은 아니었다. 어쨌든 형이 새로운 가족을 꾸리기에는 부족함이 없었다.

여자가 도착한 것은 밤 아홉시가 다 되어서였다. 여자는 두꺼운 겨울외투 차림이었다. 짐은 그리 많지 않았다. 공항에서 집까지 오는 내내 여자는 말이 없었다. 그저 창밖에 시선을 고정하고 바깥 풍경만 바라보았다. 영종대교를 지날 때나 상동 호수공원에 이르러 내가 소개를 해주어도 고개만 조금 움직일 뿐이었다. 형의 얼굴엔 웃음이 가시지 않았다. 아주 가끔 여자와 형이 서로의 얼굴을 쳐다보며 웃었다.

마당에 차를 세우자마자 엄마가 달려나왔다. 엄마는 꽃이 피기를 기다리던 때처럼 평상에 앉아 자갈길 위를 구르는 차바퀴 소리를 기다리고 있었을 것이었다. 어쩌면 몇 번이고 마당에 나와 큰 도로에서 들어오는 길을 쳐다보곤 했는지도 몰랐다. 엄마의 눈에는 벌써부터 눈물이 그렁그렁했다.

"아가, 오느라 고생했지야. 어여 들어가자."

엄마는 여자의 손을 덥석 쥐고는 여자를 방으로 이끌었다. 형은 그 뒤를 바싹 따라갔다. 형과 내가 마중을 나간 사이 엄마는 저녁상을 차려놓았다. 식탁 위에는 갖은 약초를 넣고 끓인 오리백숙과 봄 나물들이 차려져 있었다. 그리고 복사꽃으로 장식한 화전이 상 한 가운데 자리잡고 있었다. 엄마는 저녁 내내 시원찮은 발을 종종거리며 꽃을 따고 화전을 부쳤을 것이었다.

"야야, 새사람 온다고 내가 하루 종일 화전을 지졌다. 어디 얼굴 좀 보자. 꽃보다 네가 더 곱구나. 어려워 말고, 여기가 내 집이다 생각하고 편히 해라. 이제 여기가 니 집인 거, 알지야?"

엄마는 한 손으로 여자의 손을 쥐고 다른 손으로는 여자의 얼굴을 쓰다듬었다. 나무껍질처럼 두툼하고 거친 손이 여자 얼굴을 스칠 때마다 여자의 입가에는 보일 듯 말 듯한 미소가 스몄다. 그것은 미소라기보다는 울기 직전의 일그러뜨림 같기도 했다.

"엄마, 그러지 말고 어서 앉으세요. 옷이라도 벗고요. 형수 배고프겠어요."

"그래, 그래야지."

말은 그렇게 하면서도 엄마는 한참을 여자의 얼굴을 들여다보고
서 있었다. 식탁에 앉자 여자의 손은 형의 차지가 되었다. 형은 새
로 산 장난감을 쥔 어린애처럼 마냥 즐거워했다. 형이 여자의 귀에
대고 무언가 속삭이면 여자는 눈을 지그시 내리뜨고 형의 말에 귀
를 기울였다. 형이 말을 끝내면 여자는 형이 하는 것처럼 귀에 대고
소곤거렸다. 엄마는 그 모양을 흐뭇하게 바라보았다. 무언가 훈훈한
기운이 감도는 풍경이었다. 그러나 나는 뜻밖의 봄날을 맞은 사람
처럼 당혹스러웠다. 가시지 않는 여자의 미소가, 그 알 수 없는 일
그러뜨림도 불편했다.

"어째 음식이 안 맞는 모양이다. 거기 음식하고 좀 다르지야?"

"아니에요, 아주 맛납다. 전 료리를 잘 못해놔서. 차차 가르쳐주
십시오."

"그런 걱정은 할 게 없어. 새아가는 걱정 말고 이거나 어여 먹어
봐. 느이 남편이 사료 주고 해서 키운 오리다, 이것이."

엄마가 고기 살을 발라 여자 밥그릇에 얹어주었다. 밥을 먹는 동
안 엄마는 여자에게 끊임없이 말을 걸었고, 여자는 그때마다 조그
마한 목소리로 짤막하게 대답을 하곤 예의 그 미소를 띠었다. 그 옆
에서 형은 엄마와 여자를 번갈아 보며 환하게 웃었다. 여자는 많이
먹지 않았다. 이것저것 젓가락을 대었다가는 슬그머니 내려놓곤 했
다. 속사포처럼 퍼붓는 엄마의 질문이 멈추면 여자는 틈틈이 주위
를 둘러보았다. 그러다 문득 나와 눈이 마주치기라도 하면 성급히
식탁 위로 눈길을 돌렸다.

식탁을 치우고 나서도 엄마는 한참 동안 여자 손을 붙들고 놓아

주질 않았다. 한 손은 엄마에게, 또 한 손은 형에게 빼앗긴 여자는 말없이 웃기만 했다. 한 여자의 호감을 사기 위해 경쟁하는 남자들처럼 형과 엄마는 여자에게 바싹 붙어앉아 있었다.

"식도 안 올리고 이렇게 맞아서 어쩌냐. 거기서 간단히 했다니, 나중에 느이 부모님 오시면 그때 정식으로 하자. 괜찮지야?"

"일없슴다. 아이 해도 됨다."

"엄마, 형수 피곤할 텐데 이제 그만 들어가라고 하죠. 짐도 풀어야 하잖아요."

엄마는 못내 아쉬워하며 여자를 놓아주었다.

자정이 훌쩍 넘어 있었다. 한 움큼의 약을 먹은 엄마는 피로한 기색으로 자리에 누웠다. 엄마 옆에 자리를 깔고 눕자 한숨이 새어나왔다. 화장실 문이 열렸다 닫히고 물 흐르는 소리가 들렸다. 물소리는 오래도록 이어졌다. 나는 아주 작은 소리에도 신경이 곤두섰다. 쿵쿵거리는 형의 발소리에 이어 맨발로 마룻바닥을 밟는 소리가 났다. 냉장고 문 여닫는 소리, 가방 끄는 소리, 컥컥거리는 형의 웃음소리. 형의 방문이 닫히는가 싶더니 밖에서는 더이상 아무 소리도 들리지 않았다.

"잘 살겄지야."

엄마는 꿈결인 듯 웅얼거렸다. 나는 대답하지 않았다.

방 안에는 시계 초침 소리만 가득했다. 잠이 올 것 같지 않았다. 눈을 감으면 여자의 얼굴이 불쑥 다가섰다. 여자는 웃고 있었다. 여자의 얼굴을 지우려 하면 할수록 여자는 점점 더 실제적으로 다가왔다. 나는 고개를 저으며 자리에서 일어났다. 안도감과 함께 묘한 상실감이 느껴졌다. 그러나 내가 잃은 것이 무엇인지는 확신할 수 없었다.

텔레비전을 켜고 최대한 볼륨을 줄였다. 어두운 방 안에 텔레비전 화면만 어룽거렸다. 지난 쇼 프로그램을 방영하는 채널이었는데, 남녀 연예인들이 짝을 지어 게임을 하고 있었다. 출연자들은 서로의 어깨를 치며 웃고 떠들고 춤을 추었다. 소리가 제거된 화면은 사람들의 몸짓들을 더욱 과장되게 부풀렸다. 사람들의 입 모양을 보며 그들이 하고 있을 대화를 상상하려 애를 썼다. 하지만 내가 궁금한 것은 벽 저편에 있는 형의 방이었다. 내 귀는 온통 형과 여자가 있는 방을 향해 촉수를 세우고 있었다.

엄마의 고른 숨소리가 들려왔다. 담배 생각이 간절했다. 그때 문 열리는 소리가 들렸다. 형 방 쪽에서 들리는 소리였다. 순간적으로 벽시계를 보았다. 세시가 조금 넘은 시간이었다. 문은 아주 느리고 조심스럽게 열렸다. 다시 문이 닫히고 발소리가 들려왔다. 발끝으로 걷는 듯 들릴 듯 말 듯 이어지는 그 발소리에는 망설임과 불안이 배어 있었다. 현관문이 열린 것은 한참 뒤였다. 문은 아주 조심스럽게 열렸다가 닫혔다. 나는 다시 현관문이 열리고 발소리가 들리길 기다렸다. 하지만 한참을 기다려도 문 소리는 나지 않았다.

잘못 들은 것이 분명했다. 방으로 향해 있던 내 몸의 신경들이 형의 방문을 열었는지도 몰랐다. 아니면 그저 스쳐 지나간 바람 소리였는지도. 나는 담배를 집어들고 조용히 방을 빠져나왔다.

현관문을 열기 전 나는 형의 방문을 쳐다보았다. 굳게 닫힌 방문은 그곳이 내가 침범해서는 안 될 비밀스러운 공간이라고 말하고 있었다. 담배를 꺼내 입에 물며 현관문을 열었다. 문을 열자 바람이 얼굴을 쓰다듬었다. 밤공기가 제법 서늘했다.

복숭아나무 아래, 여자가 서 있었다. 여자는 등을 내보인 채 꼼짝도 하지 않았다. 달빛만이 복숭아나무 아래 서 있는 여자의 뒷모습을 교교히 비추고 있었다. 나는 여자가 울고 있다고 생각했다. 바람이 여자의 머리카락을 흩뜨렸다. 여자가 손을 들어 머리카락을 쓸어올렸다. 여자의 손가락 사이로 머리카락들이 빠져나오는 것을 나는 숨죽여 바라보았다.

바람은 여전히 여자 주변을 서성이고 있었다. 여자의 머리칼이 흩어질 때면 향긋한 냄새가 나는 것도 같았다. 문득 여자의 손을 잡고 싶어졌다. 형과 엄마가 그랬던 것처럼 여자의 손등을 오래오래 쓰다듬고 싶었다. 나도 모르게 여자를 향해 다가갔다.

흩날리는 머리칼, 가느다란 손가락. 손을 뻗어 여자에게 닿으려는 순간, 갑자기 불어온 바람이 내 뺨을 후려쳤다. 가슴이 내려앉았다. 나는 그 자리에 우뚝 서서 가늘게 떨리고 있는 내 손을 들여다보았다. 돌이킬 수 없는 살인을 저지른 사람처럼, 지금 막 저지른 범죄가 믿어지지 않는 사람처럼, 두려움에 떨며, 천천히 손을 들어올렸다. 달빛을 받은 내 손은 창백했다.

여자의 검은 머리칼 위로 복사 꽃잎이 하늘하늘 떨어지고 있었다. 나는 담배를 집어던지고 얼른 집 안으로 들어왔다. 현관문 소리가 유난히 크게 들렸다. 가슴이 심하게 요동치고 있었다. 나는 이불을 뒤집어쓰고 누워 심장소리를 들었다. 불덩이 같은 것이 심장 깊숙한 곳에서부터 입까지 밀고 올라오는 것 같았다. 나는 솟구치는 불덩이를 틀어막으며 숨을 죽였다. 여자의 얼굴을 떠올리면 잔잔해지면서도 고통스러웠다. 도무지 알 수 없는, 불가해한 밤이었다.

4

완연한 봄이다. 가벼운 바람과 따스한 햇볕. 나는 겨울 끝자락에
서 계절을 훌쩍 뛰어넘어 봄 한가운데에 도착했다. 선한 표정의 어
머니와 친절한 나그네. 모든 것이 훈훈하기만 했다.

더없이 평온한 봄날 오후였다. 여태 내 옆에서 꽃나무를 바라보
고 앉았던 어머니는 어느새 팔을 베고 잠이 들었다. 따사로운 햇살
이 어머니 얼굴에 내려앉고 있었다. 꽃가지에 감기는 바람 소리와
옆에 누운 어머니의 낮은 숨소리만 고즈넉했다. 만개한 복사꽃은
가벼운 바람에도 화들짝 놀란 나비들처럼 팔랑팔랑 날개를 폈다.
바람이 불어올 때마다 분홍빛 꽃잎에 머물던 햇살도 함께 부서졌
다. 절로 콧노래가 흘러나왔다.

종다리 꾀꼴새야 노래해다오, 연분홍 진달래야 춤추어다오, 우리
마을 과수나무 꽃 피어난다네, 처녀 솜씨 하도 좋아 범나비 난다,
해당패 자동차야 빨리 와다오, 우리 마음 담뿍 싣고 북경에 간다네,

사과배는요 연변의 사과배는요, 목마른 갈증이 뚝 떨어진다네, 삼복 철 스리슬슬 녹는 꿀맛이라네.

내 눈앞엔 어느새 하얗게 핀 사과배 꽃잎이 펼쳐졌다. 봄이면 희 디흰 꽃잎들이 눈처럼 나부끼던 너른 밭. 작은 소쿠리 옆에 끼고 동 무들과 들판을 뛰어다니며 꽃잎 주워담던 어린 시절. 혹여 손가락 끝으로 전해지는 온기가 꽃잎을 무르게 할까 가느다란 나무젓가락 으로 살포시 잡아올리곤 했었지. 소쿠리 속에 꽃잎들이 가득 들어 찰 즈음이면 흰 꽃잎들은 석양에 물들어 발그레 달아올랐지.

눈을 감고 깊게 숨을 들이마셨다. 바람결에 단내가 배어나오는 것 같았다. 꿀을 잔뜩 품은 꽃내음은 이내 과즙 냄새로 이어졌다. 그것은 먼 북쪽에 남겨두고 온 향기. 한입 베어물면 입안 가득 고이 던 사과배 냄새였다. 눈시울이 뜨거워졌다. 울컥 솟구치는 마음에 노래를 멈추고 복사나무만 뚫어지게 바라보았다.

바람이 휙 몰아쳤다. 바람이 눈에 물기를 거두어가는 순간 복사 꽃잎도 화르륵 날아올랐다. 꽃잎인가 했더니 그 틈에서 나비 한 마 리가 날갯짓을 했다. 흰나비였다. 아무 무늬도 없고 자그마한 흰색 나비.

"오호, 나비로구나."

나도 모르게 내뱉은 말이었다. 목소리가 너무 컸는지, 누워 있던 어머니가 몸을 일으켜세웠다.

"꽃이 피었으니 나비가 나는 건 당연하지 않니. 네가 꽃인 걸 나 비들도 아는 모양이구나."

"저도 모르게 그만…… 곤한 잠을 깨워 곤란하게 되었습다."

"안 잤다. 그냥 눈만 감고 있었지 뭐냐. 이렇게 좋은 봄날에, 새아가도 옆에 있는데 어디 잠이 오겠니. 근데 나비가 그리 반갑더냐?"

머리를 매만지며 일어난 어머니는 어느새 내 손을 꼭 거머쥐고는 환하게 웃었다.

"봄에 흰나비를 보면 영 운이 좋단다."

"무슨 운이 오기에 새아가 입매가 이리 올라가누?"

"왜서 그런가 하면 흰나비는 사랑도 이루어주고, 뭐든 좋은 징조람다. 그래서 처자들이 꽃놀이 갈 때면 흰나비를 찾으려고 서로 애를 쓰고 그랬단 말임다. 꽃도 좋지만 흰나비까지 봤으니 어찌 좋지 않겠슴까?"

봄에 처음 본 나비가 흰색이라면 그리운 사람을 만나게 된다고 했다. 그리운 사람. 무언가 묵직한 것이 가슴을 짓누르고 지나갔다. 꽃을 바라보는 어머니의 눈 속에도 어쩐지 허전함 같은 것이 들어 있었다. 고개를 돌려 나비가 날아올랐던 곳을 바라보았다. 나비는 꽃대 속으로 다시 숨어들었는지 사라지고 없었다. 내가 본 것은 나비가 아니라 그저 흰 꽃잎이었는지도 몰랐다.

느닷없이 맞은 봄이었다. 아무 준비 없이 갖게 된 훈훈함이 나는 오히려 불안했다. 내 몸은 봄을 맞을 준비가 되어 있지 않았다. 여전히 북쪽의 차가운 바람 속에 서서, 그래서는 안 될 그리움을 품고 있었다. 자칫하다가는 봄을 송두리째 빼앗겨버릴지도 모를 일이었다. 가슴을 쓸어내리며 어머니 손을 꽉 움켜쥐었다.

"내가 다리가 이래서 꽃놀이도 못 하고 봄이 간다. 여자란 자고로 발이 고와야 하는데, 살겠다고 발까지 자르고서는……"

발목부터 양말을 꿰어신고 바짓부리로 부여맨 어머니의 발. 나는 아무 말 없이 뭉뚝한 발만 쳐다보았다. 어머니는 종아리를 주무르다가는 꽃을 보고, 발을 매만지다가는 한숨을 쉬었다.

"제가 살던 용정에는 사과배라는 게 있슴다. 그 사과배라는 게 저희 중국의 조선족들과 똑같단 말임다. 왜서 같은가 하면 조선에서 이주해오면서 사과 묘목을 갖고 온 사람이 그걸 연변 참배나무에 접목시키지 않았겠슴까. 모두 세 그루였는데 그중 용케 한 그루가 살아남았담다. 그래서 열린 거이 모양은 사과 비슷하고 맛은 배 비슷한 희한한 과일이 나왔단 말임다. 그것이 이젠 용정의 특산물이 되었지 않았슴까. 용정에 있는 제일 큰 과수원은 그 면적이 만 무가 넘는다고 만무과원이라 함다. 그러니 중국에서 터전을 잡은 우리 조선족들과 어찌 같지 않겠슴까. 복사꽃 날리는 걸 보니 자꾸자꾸 사과배꽃이 생각나지 않겠에요? 얼마 있으면 그곳에도 배꽃이 피겠슴다."

어머니와 함께 있으면 말문이 절로 열렸다. 이렇게 무람없이 말을 할 수 있게 된 것은 꽃밥통 때문이었다. 옌지에서도 잘 쓰지 않는 꽃밥통을 꺼내면서 내심 불안했었다. '십원점'만 가도 아무 데나 굴러다니는 게 꽃밥통이었다. 촌스럽다고 웃음거리나 되지 않으면 다행이다 싶었는데, 어머니는 꽃밥통을 덥석 받아안으며 반가워했다. 딱 이런 무늬의 꽃밥통을 어머니도 쓴 적이 있다고, 밥도 담고 떡도 담았더라고, 몇 번을 쓰다듬으며 말했다. 그러고는 착착 아물리고 보기에도 정갈한 플라스틱 찬통을 치우고, 그 자리에 가지런히 올려놓기까지 하는 것이었다.

"그래? 사과배는 도대체 어떤 맛이냐?"

"그거이 겉은 사과같이 생겼는데, 껍질은 더 단단하고 속살은 꺼끌꺼끌하지 않아 부드럽슴다. 한입 베어물면 시원하면서도 단맛이 싸악 도는 것이 아주 맛남다. 나중에 함께 가셔서 맛도 보고 그럼 좋겠슴다. 벼이삭이 누렇게 익어갈 때쯤이면 어른 주먹만한 게 주렁주렁 열리는데 다들 차를 끌고 먹으러 가지 않슴까. 겨울에는 얼려서 먹기도 한단 말임다. 그걸 뚱리라고 하는데, 말 그대로 언 배라는 뜻임다. 깡깡 언 뚱리를 물에 불궈서 얼음이 빠져나오게 한 다음 먹으면 단물이 주르르 나오는데 별맛이지요."

"네가 그렇게 말하니 입안에 침이 가득 고인다. 여기 복숭아도 참 달어야. 껍질 싹 벗기고 팔꿈치까지 단물 뚝뚝 흘리며 먹어야 제 맛이지. 세상이 노랗게 될 정도로 달단다. 그나저나 내가 복숭아 익을 때까지 살아 있을랑가 모르겠다. 아무래도 그냥 가지 싶다."

"왜서 그런 소리를 하셔요? 아직 이렇게 고우시지 않에요? 복숭아도 잡쉐고 사과배도 잡쉐고 할 테니 걱정하지 마세요. 예로부터 복숭아는 신선의 열매라 하지 않았슴까? 신선의 꽃을 보고 있으니 어머니는 오래오래 사시겠슴다. 누워보시게요. 제가 팔은 이렇게 가늘어도 안마 하나는 잘함다."

어머니는 그만두라고 손을 내저으면서도 내가 하라는 대로 돌아누웠다. 나는 한쪽 발을 거머쥐고 안마를 시작했다. 두툼한 발바닥에서부터 발목으로 올라가며 힘을 주자 어머니는 낮게 신음소리를 냈다. 몸이 퉁퉁 부어 혈을 잡고 근육을 누르기가 쉽지 않았다.

"아가는 어디 도망갈 생각 안 하지야? 거짓부렁으로 결혼해서 금세 도망가고 그러는 사람들하고 다르지야?"

어머니는 꿈결인 듯 말했다.

"저는 그런 사람들하고 다릅다."

"그럼, 달라야지. 그렇게 숭악한 생각 갖고 살면 나중에라도 벌받는 거다. 암, 그렇고말고."

애초부터 이악스러운 맘으로 결혼을 하는 여자들 얘기는 익히 알고 있었다. 한국에 가기 위해 몰래 이혼을 했다가 다시 결합하는 부인들이나 비자만 따내고 나서 결혼생활은 하지 않는 여자들도 있었다. 그런가 하면 처음부터 좋은 맘으로 한국에 갔다가도 만신창이가 되어 돌아오는 일도 심심찮게 들려왔다. 웬 중늙은이에게 시집간 여자는 하루에도 몇 차례나 요구하는 잠자리에 질려 도망을 쳤다고도 했고, 술주정이나 폭력에 시달렸다는 여자들도 있었다. 대학까지 나와 교원질 하던 여자가 생판 해보지도 않은 돼지농장에서 고생만 하다가 겨우 이혼하고 돌아온 경우도 있었다.

"어머니가 이렇게 계시는데 제가 어디에 가겠에요. 그런 걱정은 하지 마십쇼. 그게 다 호상간에 소통이 없어서 그리 되는 검다. 어머니와 저는 이렇게 소통이 잘되지 않슴까."

"그래, 널 못 믿어서 그런 말 한 건 아니다. 노인네가 주책이지 않구…… 새아가 오믄 꽃구경 가자고 그랬는데. 창경원 벚꽃은 다 졌고, 이따 애들 오믄 네가 한번 졸라봐라. 여자는 무뚝뚝하면 사랑을 못 받는 법이다. 그냥 조르고 얼르고 해야 이쁜 줄 알지. 큰애가 목소리가 그래서 그렇지, 어릴 때부터 계집애처럼 살가웠던 애였다. 목소리도 사람들 즐겁게 해주려다가 그리 된 거 아니니. 사료 사러

나간다면서도 네 손 끝까지 못 놓는 거 보았지야. 그게 다 지 아버지 닮아서 그런 게다. 그 양반 살아 있었을 때 날 참 애지중지했다. 큰애 가졌을 때 입덧이 얼마나 심했는지. 별걸 다 먹어봐도 입덧이 가라앉질 않더란 말이야. 그때야 다들 어려운 시절이라 봉지쌀 겨우 사먹고 그랬을 땐데, 그 양반이 어디서 구해왔는지 바나나를 한 무더기나 사왔더구나. 그게 비싸다는 걸 알아서 그랬나 정말 입덧이 싹 가라앉지 뭐냐. 너도 빨리 애를 낳아야지. 사내애도 좋고 계집애도 좋고. 내가 너 같은 딸 하나만 더 낳았어도 그 양반 억울해서 그리 안 갔을 게다. 봄이면 꽃구경 시킨다고 남산이며 창경원이며 데리고 다니고, 여름이면 포도 먹으러 안양꺼정 가고 그랬다. 그 양반 살아 있었으면 우리 아가 우리 아가, 하면서 참 좋아했을 텐데. 그 양반 갔을 때 나도 따라갔어야 싶다. 발이 이 모양으로 되어나서 나중에 하늘 가면 무슨 낯으로 보겠니."

어머니의 말은 끊어졌다 이어지곤 했다. 나는 묵묵히 발을 주무르고 허리를 눌렀다. 어디선가 벌들이 잉잉거리는 소리가 들려오는 듯했다. 마지막으로 어머니의 두 팔을 잡아 뒤로 잡아당길 때, 마당을 가로지르는 차바퀴 소리가 들려왔다. 안마를 멈추고 차 문이 열리고 나그네가 내려서는 것을 바라보았다. 나그네는 벌써부터 입가에 함박웃음을 달고 있었다.

"사랑받는 건 다 여자 하기 나름이야. 알겠지야? 내 그 양반한테 헝클어진 모습 한 번 보여준 적이 없다. 너도 큰애한테 예쁜 옷도 사달라고 하고 얼굴 마사지도 받고 그래라. 여자란 도시 감기는 맛이 있어야 하는 법인 거 잊지 마라, 알았지야?"

어머니와 나는 오래된 비밀을 나눈 사람들처럼 서로를 바라보며 웃었다. 슬쩍 복사나무를 쳐다보았다. 복사꽃은 여전히 분홍빛을 반짝이며 하늘하늘 떨어져내리고 있었다. 그리고 그 틈에서 한 무리의 나비를 본 것도 같았다. 나비들은 하얀 분진을 날리며 어디론가 한없이 날아가고 있었다. 꼭 꿈인 것만 같았다.

매지구름이 몰려오더니 태질을 하듯 나무를 휩쓸면서 비가 쏟아졌다. 비는 일주일 내내 지루하게 이어졌다. 일주일 동안 내린 비는 먼지를 씻어내고 꽃나무를 적시고 웅덩이를 만들었다. 오랜 비에 복사 꽃잎들은 우수수 떨어져 땅 위에 수를 놓았다.

어머니는 처마 밑에 쭈그리고 앉아 지는 꽃을 아쉬워했다. 여우볕이 들 때나 잠깐씩 꽃 수놓인 땅을 밟을 뿐, 도통 움직이려 하지 않았다. 다시 따사로운 햇볕이 가득해졌는데도 어머니는 쇠한 기운을 회복하지 못하고 있었다. 눈에는 진물 같은 눈물이 맺혔고 구토를 하거나 정신을 잃는 일도 있었다. 어머니는 이제 평상에 앉아 복사나무를 바라보는 날보다 방 안에 누워 앓는 소리를 내는 날이 많았다.

비가 오는 날에는 식당을 찾는 손님도 뜸했다. 주말에 차를 나누어 타고 온 모임 손님이 있긴 했지만 힘들 정도는 아니었다. 모든 일은 나그네가 알아서 했다. 오리를 잡고 털을 뽑고 고압가마에 갖은 약초를 넣고 끓이는 동안 나는 밑반찬 정도만 날랐다. 나그네는 천성이 부지런해 쉬지 않고 몸을 움직였다. 산 밑 텃밭에는 고추와 상추를 가득 심었고, 토마토나 오이 같은 열매채소를 심기도 했다.

새아가 구경도 좀 시켜주고 시장도 가고 그래라. 데이트도 안 하고 결혼했지 않니. 어머니가 등을 떠밀면 나그네는 우왕좌왕 외출 준비를 했다. 나그네와 나는 인근에 있는 수산시장이나 공원으로 갔다. 내 손을 잡고 다니는 나그네는 꼭 어린애 같았다. 들떠 있는가 싶으면 어느샌가 집으로 돌아가고 싶어 안달이 나 다시 내 손을 잡아끌었다.

나는 목소리가 아니라 표정이나 몸짓으로 대화하는 법을 배워가고 있었다. 바람 빠지는 듯한 나그네의 목소리에는 쉽게 적응이 되지 않았다. 목소리 때문인지 나그네는 말보다 먼저 몸이 움직였다. 저녁을 먹고 난 후 어머니와 텔레비전을 보고 앉아 있으면 슬며시 방에 들어가 이불을 펴고 내 손을 잡아끌었고, 내 몸을 파고들다가는 불현듯 일어나 허리를 꼬며 좋아라 했다.

나그네는 누구보다 친절하고 선량한 사람이었다. 악의라고는 찾아볼 수 없는 나그네의 눈은 마소의 눈처럼 크고 깊었다. 한없이 평화로운 눈동자, 도저히 거절할 수 없게 만드는 눈빛. 나그네가 깊은 눈동자를 끔뻑이며 나를 바라볼 때면, 나는 몰래 품은 연정을 들켜버린 여자처럼 불편해지곤 하는 것이었다.

시동생은 아침밥도 먹지 않고 일찌감치 집을 나섰다가 한밤중에나 돌아오곤 했다. 집에 와서도 한번 방으로 들어가 문을 닫으면 밖으로 나오려 하지 않았다. 한국에 온 지 한 달이 되어가지만 시동생과는 말을 섞을 기회가 별로 없었다. 창틀이나 문짝 같은 것을 만드는 일을 하고 있다거나, 나이가 나보다 다섯 살이 많다거나 하는 것들은 모두 어머니에게서 들은 얘기였다. 어머니나 나그네에 비해 시동생은 차갑고 냉정했다. 중국에서 처음 맞선을 볼 때부터 시동생은 나를 탐탁지 않아 했다. 간혹 마주치기라도 하면 내게 보내는 냉랭한 눈빛. 그것은 해로운 곤충을 마주하거나 도둑으로 의심되는 사람을 감시할 때 보이는 눈빛과 같았다. 그런 시동생이 가족 나들이를 계획한 것은 의외였다.

"더 더워지기 전에 가족들 다 같이 어디 가죠? 형수 오면 꽃구경 가자는 것도 못 했는데. 더워지면 어머니 다니기도 힘들고. 가까운 데 하루쯤, 괜찮겠죠?"

가족 모두가 둘러앉은 저녁 밥상에서 시동생이 느닷없이 말해왔다. 나는 숟가락을 든 채 시동생을 올려다보았다. 아우의 말에 나그네는 뛸 듯이 기뻐했고, 텔레비전만 흘깃거리던 어머니도 오랜만에 함박웃음을 지었다.

"그래, 어디가 좋겠니? 그래도 가족 모두가 처음으로 같이 나들이 가는 건데, 좋은 데 가야지. 맛있는 것도 먹고."

오랜만에 듣는 활기찬 목소리였다. 나들이 계획만으로도 어머니는 활기를 되찾은 것 같았다.

"형수는 어디가 좋겠어요?"

무중 당한 질문에 나는 당황했다. 고개를 숙인 채 더듬거리며 말을 했다.

"어디가 좋겠는가 하고, 갑자기 물음을 제출하면 제가 어쩌겠습니까. 어디든 일없으니, 어머니 좋으신 곳으로 가면, 좋습다."

"궁에 가자. 경복궁이나 비원이나. 내 서울 나들이 가본 지가 언제인지 모르겠다. 남대문시장도 구경하고, 남산 케이블카도 타면 좋겠구나. 왜 외국에서 관광 오면 그런 데들 가지 않니. 여기서도 중국 가면 자금성이라는 데 먼저 가지, 그렇지?"

"자금성은 저도 못 가봤슴다. 연길에서는 장백산이다 경박호다 많이들 갑니다. 다들 북경에 가보고는 싶어하지만 쉬운 일은 아니잖슴까? 사람은 서울로 보내라고 했으니 그게 좋겠슴다."

그때 나그네가 아우의 귀에 대고 뭐라 말을 했다. 시동생은 눈을 내리깐 채 나그네의 말에 귀를 기울였다.

"그래요. 주말엔 너무 북적거리고, 식당에 손님도 많이 들고 하니까, 돌아오는 월요일이 좋겠어요. 서대문 근처에 당뇨전문 치료원이 있다니 오는 길에 어머니 진료도 좀 받아보죠. 괜찮죠?"

말을 마친 시동생은 몸을 일으켜 밖으로 나가버렸다. 시동생이 나가고 나자 어머니는 옷 걱정을 시작했고 나그네는 벌써부터 카메라를 꺼내고 옷장을 뒤적이느라 분주했다. 나는 조용히 방을 빠져나와 마당으로 나갔다.

촉촉한 풀냄새를 품은 산바람이 불어오고 있었다. 텃밭을 지나 산 쪽으로 걸어가는 시동생의 뒷모습이 보였다. 느릿느릿 걷는 시동생의 뒷모습은 꼭 산 밑에 서 있는 나무 같았다. 그 나무는 어둠 속으로 서서히 모습을 감추었다. 나는 산바람을 맞으며 그 어둠을 오랫동안 바라보았다.

차창으로 들어오는 바람이 신선했다. 어머니는 아침 일찍 일어나 분을 바르고 치장을 하느라 곤했는지 고속도로에 들어서면서부터는 고개를 숙이고 잠이 들었다. 시동생은 말없이 앞만 보며 운전에 열

중했고, 그 옆에 앉은 나그네는 자주 뒤를 돌아보며 웃었다.

광화문이 보이고 주차장에 차를 댈 즈음 어머니가 잠에서 깨어났다. 제일 먼저 차 문을 열고 나간 어머니는 허리를 앞으로 내밀고 팔을 뒤로 갖다 저으며 젖버듬하게 걸었다. 검표를 하는 홍례문 앞 주변에는 집단으로 온 관광객들과 사진을 찍느라 부산을 떠는 아이들이 보였다.

안내판을 읽으며 궁을 살피는 동안 어머니와 시동생은 저만치 앞서 걸어갔다. 왕이 살았다는 강녕전을 지나 왕비의 거처인 교태전에 도착했을 때 낯익은 말소리가 들려왔다. 중국에서 온 단체 관광객이었다. 노란 깃발을 중심으로 모인 사람들은 안내자의 말에 귀를 기울이고 사진을 찍었다. 일산을 든 여자들이 벽에 기대서서 왕비의 거처를 바라보았다. 안내자는 돌벽을 가리키며 교태전의 곡선을 가장 아름답게 감상할 수 있는 자리라고 말했다. 관광객들이 모두들 담벼락으로 향하는 것과 동시에 나도 모르게 발길이 그쪽으로 움직였다. 그때부터 나는 걷기만 하던 관람을 그만두고 중국 관광객의 뒤를 쫓았다. 안내원의 말에 귀를 기울이면서도 한편으로는 아무것도 못 알아듣는 사람처럼 어느 정도의 거리를 유지했다.

아미산을 지나 향원정에 이르렀을 때 어머니는 녹초가 되어 있었다. 중국 관광객들은 향원정 앞에 잠깐 머물렀다가 커다란 탑 모양의 건물로 향했다. 나무그늘 아래 자리잡은 어머니는 어느새 신을 벗고 손부채질을 하고 있었다. 어머니 몸상태로는 아무래도 무리였다. 나는 곁에 앉아 어머니 발을 주물렀다. 잠시 내 손에 발을 맡기고 앉았던 어머니가 슬그머니 발을 뺐다.

"오랜만에 나왔더니, 너무 힘들구나. 나는 집에 가만있는 건데, 괜한 고생을 시킨다. 그러지 말고 난 여기서 쉬고 있을 테니, 큰애 랑 아가는 더 둘러봐라. 좀 쉬면 괜찮겠다. 어여!"

"그렇게 해. 이왕 온 거 좀더 둘러봐야지. 엄마는 내가 옆에 있을 테니 걱정 말고, 형은 형수랑 얼른 가봐."

아우의 허락을 기다렸다는 듯 나그네가 내 손을 잡아끌었다. 나 는 못 이기는 척 나그네 뒤를 따랐다. 나그네가 이끈 곳은 민속박물 관이었다. 나는 슬며시 나그네의 팔에 내 팔을 끼워넣었다. 여태 내 손을 빼앗듯 잡고 있던 나그네가 환히 웃으며 나를 바라보았다. 그 러고는 다짜고짜 손을 끌고 기념품점으로 들어갔다. 나그네는 자개 로 된 자그마한 손거울을 골라주었다. 검은 칠에 모란무늬가 새겨 진 거울이었다.

첫번째 전시실에는 고대 사람들의 생활이 재현되어 있었다. 토기 나 의복 같은 생활품들이 전시되어 있고, 신라의 수도 경주의 모습 도 보였다. 나무와 집 들, 궁궐과 무덤 들. 작지만 정교한 모형이었 다. 화살표를 따라 방향을 바꾸려던 나는 제자리에 우뚝 서고 말았 다. 눈앞에 펼쳐진 풍경을 믿을 수가 없었다.

무덤이었다. 공주의 무덤. 발해 공주의 무덤이 바로 내 눈앞에 있 었다. 다리에 힘이 빠졌다. 팔다리가 매시근한 것이 도무지 움직일 수가 없었다. 머릿속에는 눈보라가 매삼치고 물사품이 일었다. 아무 생각도 나지 않았다. 손끝이 저릿저릿했다. 나그네의 팔에 감겼던 팔이 저절로 풀어졌다. 그와 함께 내려갔던 무덤, 벽화가 있던 그 무덤이 유리관 속에 들어가 있었다. 석관과 비석을 제외하고는 예전에 보았던 그대로였다. 나는 자리에 붙박인 채 공주의 무덤을 뚫어지게 바라보았다.

나그네가 손을 잡아끌었다. 어쩔 수 없이 몇 발짝 움직이긴 했지만 다리가 더이상 말을 듣지 않았다. 나그네가 이끈 곳에는 커다란 화면이 설치되어 있었다. 해동성국 발해. 자막이 지나가고 말을 타고 달리는 장수들이 나왔다. 나그네는 말 타는 흉내를 내며 웃어 보였다. 나는 웃을 수 없었다. 그저 눈앞에 펼쳐지는 화면만 바라볼 뿐이었다. 눈에 익은 풍경이 화면에 나타났다가 사라졌다. 금세 지나가긴 했지만 나는 그곳을 속속들이 알고 있었다. 내가 어린 시절을 보냈던 곳, 개오동나무가 울창하고 강물이 굽이치는 그곳. 울컥 눈물이 나올 것만 같았다. 금세 싫증이 난 나그네가 또다시 손을 끌고 다른 곳으로 이동하려 했다. 하지만 내 발은 땅에 붙박인 채 움직이지 않았다. 나그네는 아이처럼 끈질기게 보챘다.

"이것만 보고 가요!"

내 목소리는 단호했다. 나그네는 어쩔 수 없다는 듯 손에 힘을 빼고 내 옆에 섰다. 이윽고 공주의 무덤이 나왔다. 화면은 그와 함께 내려갔던 돌계단을 따라 조금씩 아래로 내려갔다. 뒷목덜미에서 차갑고 섬뜩한 기운이 스쳐 지나갔다. 영혼이 육신을 떠나는 것 같은 서늘한 느낌. 벽화 속 인물들이 하나씩 나왔다가 들어가기를 반복하더니 글씨가 새겨진 비석이 나왔다. 그리고 암전. 나그네가 기다렸다는 듯 내 손을 잡아끌었다.

너부죽한 나그네 손에 끌려가면서도 나는 여전히 발해 공주 무덤에 머물렀다. 무덤에서 멀어지면 멀어질수록 머릿속은 하얗게 비어갔다. 또다른 전시관으로 들어가고, 나그네가 손짓으로 무언가를 가리켜도 나는 집중할 수가 없었다. 공주의 무덤이 내 영혼을 모조리 가져가버린 것 같았다. 식은땀이 흐르고 어지럼증이 일었다. 불이라도 삼킨 듯 입안이 활활 타오르고 숨이 막혀왔다. 겨우 숨을 내쉬면 뜨거운 김이 몰아쳤다. 마지막 전시실에서 나올 때쯤 내 몸은 온통 땀으로 범벅이 되어 있었다. 결국 나는 박물관에서 나오는 계단참에 주저앉고 말았다. 나그네가 손을 잡아끌었지만 다리에 힘이 풀려 꼼짝할 수가 없었다.

"못, 움직이겠에요."

나는 몸을 부들부들 떨며 가까스로 말했다. 나그네의 얼굴이 심하게 일그러졌다. 나그네는 주위를 두리번거리며 안절부절못했다. 내 몸을 흔들다가는 발을 구르고, 뭐라 소리를 치다가 어디론가 급하게 달려갔다.

주위에 온통 나비떼가 날아다녔다. 희고흰 나비들. 수많은 나비들이 내 몸을 휘감아돌며 하얀 분진을 떨어뜨렸다. 온몸이 근질거리고 정신이 아뜩해졌다. 겨우 다리에 힘을 주고 몸을 일으켰다. 무언가 물리칠 수 없는 힘이 내 몸을 강력하게 끌어당기고 있었다. 아무것도 보이지 않았다. 그저 희뿌연 분진뿐이었다. 분진이 걷히고 정신이 들었을 때, 나는 공주의 무덤 앞에 서 있었다.

들어가보고 싶니? 그의 목소리가 들려왔다. 나는 고개를 끄덕였다. 나는 천천히 무덤 속으로 들어서고 있었다. 허물어진 계단을 밟아가는 내 발은 떨리지도 저리지도 않았다. 혼몽했던 정신이 맑아지고 있었다. 한 칸 한 칸 내딛는 걸음마다 힘이 솟아났다. 무덤 속으로 들어가자 회칠한 붉은 벽이 보였다. 그 위에 어렴풋이 드러나기 시작한 벽화. 매캐한 냄새가 풍겨오고, 냄새와 함께 그의 목소리도 따라 울렸다.

손에 활을 든 이 사람은 공주를 호위하던 시위인 것 같아. 어깨에 메고 있는 검은 것은 철퇴겠지. 활과 철퇴를 들고 공주를 호위했던 시위가 공주의 관을 지키는 거야. 무사는 문을 지키고, 몸종들은 시중을 들고, 악사들이 음악을 연주하고, 내시들은 일산을 받쳐들고. 이곳은 무덤이 아니라 궁전인 거야. 들어봐, 퉁소 소리가 들리는 것 같지 않아?

그의 목소리는 가깝고도 멀었다. 나긋나긋한 그의 목소리가 사라지고 음악 소리가 들려왔다. 눈앞이 뿌예지면서 퉁소를 든 악사가 벽에서 걸어나왔다. 퉁소 소리가 점점 더 커지고, 소리에 맞춰 벽화 속 인물들이 하나씩 하나씩 밖으로 걸어나왔다. 붉은 두건을 쓴 무사가 걸어나오고, 일산을 든 내시가, 시종들이 나왔다. 그들은 내 주위를 돌며 노래를 부르고 춤을 추었다.

울컥 눈물이 솟구쳤다. 문득 그의 숨결이 느껴지는 것 같았다. 당신임까? 나는 소리내어 그를 불렀다. 내 목소리에 시종과 무사가 모습을 감추고 그의 숨소리도 사라졌다. 주위를 둘러보았다. 주위에는 아무도 없었다. 악사들도 다시 유리관 속으로 들어가고 어둠만이 남았다. 나는 두 손으로 얼굴을 감싸쥐고 자리에 주저앉고 말았다. 울음이 터져나올 것 같아 얼른 입을 틀어막았다. 그러나 참았던 눈물은 막을 수 없었다. 나는 입을 막은 채 큭큭거리며 눈물을 흘렸다.

누군가 내 어깨를 만지는 손길이 느껴졌다. 나는 천천히 고개를 들어 위를 올려다보았다. 한 남자가 내 앞에 우뚝 서 있었다. 그는 무덤 속에서 막 걸어나온 사람처럼 창백한 표정으로 나를 바라보았다. 그가 두 팔을 뻗어 내 겨드랑이 사이에 끼고 나를 일으켜세웠다. 그리고 내 몸을 부드럽게 감싸안았다. 온몸에 힘이 빠져나갔다. 나는 그의 팔에 의지한 채 겨우겨우 중얼거렸다.

"어째 이제 옴까?"

그가 내 등을 다독였다. 나는 아주 깊은 잠 속으로 빠져들어가는 것만 같았다.

5

은행나무 가지 사이로 보이는 하늘은 청명했다. 오래 묵은 은행나무 가지들은 유영하는 새의 날개처럼 너르게 팔을 벌리고 바람을 타고 있었다. 바람 소리는 아주 먼 곳으로부터 들려오는 파도 소리 같았다. 간혹 아이들의 웃음소리가 꿈결인 듯 들려올 뿐 주위는 조용했다. 오랜만에 맞는 한적하고 평화로운 오후였다. 일렁이는 바람 소리를 들으며 까무룩 잠이 들었던 참이었다.

누군가 내 어깨를 격렬하게 흔들어대고 있었다. 나는 눈을 치켜뜨고 해를 등지고 선 남자를 바라보았다. 손가리개를 한 후에야 형의 얼굴이 보였다. 나는 천천히 몸을 일으켜세웠다.

"지금 오는 거야?"

형은 몹시 흥분한 상태였다. 얼굴은 금방이라도 울음을 터뜨릴 것처럼 일그러지고, 목덜미는 땀범벅이 되어 있었다. 계속해서 뭐라 말을 하고 있었지만 알아들을 수가 없었다. 소리를 높이면 높일수록 형의 목소리는 더욱더 갈라지고 뒤엉켜서 해독 불가능한 암호처럼 들렸다.

"흥분하지 말고 천천히 말해, 도대체 무슨 일인데 그래?"

선잠에서 깨어난 나는 짜증스럽게 쏘아붙였다.

"없어, 없어졌어."

순간 무언가 섬뜩한 느낌이 등줄기를 훑고 지나갔다. 형은 혼자였다. 여자는 없었다. 한순간도 형 손을 놓지 않고 궁을 거닐던 여자가, 아까까지만 해도 형을 바라보며 화사하게 웃던 여자가, 사라졌다.

"아파, 물, 없어."

쇳소리 같은 형의 목소리에서 골라낸 말은 그것뿐이었다.

"형수가 아파? 어디 있었는데?"

형은 더이상 말을 잇지 못하고 손만 겨우 들어 박물관 쪽을 가리켰다. 거대한 탑 모양의 건물은 어색할 정도로 육중하고 위압적이었다.

"무슨 사단이 난 거냐? 니 처는 어따 두고 너 혼자 와?"

마침 잠에서 깨어난 엄마가 다급하게 물었다. 엄마의 말에 형은 격렬하게 몸부림쳤다. 핏대를 세워 소리치는 형의 목소리는 소름끼칠 정도로 날카로웠다. 나는 형의 어깨를 잡고 세차게 흔들었다.

"흥분하지 말고 잘 들어, 형. 잠깐 화장실이나 어디 간 건지도 몰라. 우리가 여기 있는 걸 아니까 이쪽으로 오겠지. 형은 엄마랑 여기 있어. 형이 여기 없으면 형수가 못 와. 내 말 무슨 말인지 알겠지? 모두 나서면 안 된단 말야. 찾는 건 내가 할게. 알았어?"

말은 그렇게 하고 있었지만 불길한 생각에서 벗어날 수가 없었다. 머릿속이 온통 암흑이었다. 문득 중국에서 보았던 서커스가 떠올랐다. 초록 천을 감아오르던 소녀. 여자도 그 소녀처럼 사라져버린 건 아닐까? 숨겨놓은 날개옷을 찾아 하늘로 날아간 선녀처럼, 그렇게 사라져버린 건 아닐까.

박물관에서 건춘문에 이르는 길을 샅샅이 살펴보았지만 원두막에서 점심을 먹는 유치원생들이 있을 뿐 한낮 볕에 돌아다니는 사람은 없었다. 돌장승 산책로와 물레방아 쉼터 화장실까지 구석구석 찾아보았지만 여자는 보이지 않았다. 궁 안내도에 따르면 바깥으로 나가기 위해서는 내가 있던 향원정을 지나야 했다. 나는 박물관으로 시선을 돌렸다.

안내 데스크에는 아무도 앉아 있지 않았다. 입구 기념품점 여자는 다급한 내 물음에 어깨만 슬쩍 추어올릴 뿐 이내 고개를 돌렸다. 입이 바싹바싹 타들어갔다. 눈에 보이는 대로 첫번째 전시실로 들어갔다. 전시실은 조용했다. 낯선 행성에 첫발을 디딘 우주인처럼 버둥거리며 겨우겨우 앞으로 나아갔다. 중력도 호흡할 공기도 느껴지지 않았다. 어디선가 짤막한 울음소리가 들려왔다가는 사라졌다. 그 짤막한 울음소리가 나를 이끌었다.

여자였다. 여자는 한구석에 앉아 얼굴을 감싸고 있었다. 여자의 가느다란 손가락 사이로 울음이 새어나오고 있었다. 나는 천천히 여자에게 다가갔다. 그러곤 여자의 어깨에 가만히 손을 올려놓았다. 심장이 두근거렸다. 아무 생각도 할 수 없었다. 여자의 숨죽인 울음소리가, 가느다랗게 들썩이던 어깨가, 내 손을 잡아끌었을 뿐이었다. 여자가 고개를 들어 나를 바라보았다. 여자의 눈길이 내 몸을 뚫고 지나가 허공을 날았다. 도저히 거부할 수 없는 어떤 애절함이 여자의 촉촉한 눈가에 묻어 있었다.

나는 손을 뻗어 여자를 일으켰다. 그리고 조용히 여자를 감싸안았다. 여자는 힘없이 무너졌다. 내 품에 안긴 여자는 의식을 잃고 죽어가는 여린 새 같았다. 나는 어린 새를 보호하는 어미 새처럼 여자의 등을 쓰다듬었다. 보드라운 깃털을 쓰다듬듯 조심스럽게.

"어째 이제 옴까?"

현기증이 일었다. 절벽에 선 것처럼 아찔했다. 눈앞에 보이는 것은 깊고 어두운 강물이었다. 나는 여자를 안고 절벽에서 강물로 뛰어내렸다. 그리고 물속 깊이 내려갔다. 커다란 돌덩이라도 안은 듯 끝이 없이 가라앉았다. 영원히 머물고 싶었다. 그곳이 죽음처럼 어둡고 차가운 곳이라 할지라도 언제까지 추락할 수 있었다. 얼마나 지났을까. 여자의 울음이 멈춘다 싶더니 이내 내게서 몸을 떼었다. 나는 순식간에 수면 위로 떠올랐다. 수면 위에는 채찍처럼 강한 햇볕이 따갑게 쏟아지고 있었다.

눈물을 훔친 여자는 냉정을 되찾았다. 어쩔 수 없이 여자의 어깨에 대고 있던 손을 거두었다. 여자의 얼굴은 아무 일도 없었다는 듯 말끔해져 있었다. 눈썹에 맺힌 눈물방울만이 그녀가 울고 있었다는 것을 가까스로 기억하게 할 뿐이었다. 그나마 남아 있던 눈물방울조차 여자는 소맷부리로 단숨에 지워버렸다.

"어디 아파요?"

겨우 물은 말이었다. 목소리가 심하게 떨렸다. 여자는 아주 조금 고개를 끄덕였다.

"일없슴다."

여자는 단호했다. 여자가 슬쩍 뒤를 보더니 출구 쪽으로 걸음을 옮겼다.

형이 나타난 것은 그때였다. 아니, 나타났다기보다는 그 자리에 붙박인 듯 서 있었다. 언제부터 거기 서 있었는지, 무엇을 보고 무엇을 보지 못했는지, 형의 표정으로는 도무지 감을 잡을 수가 없었다. 다만 퍼렇게 질린 형의 얼굴에서 안도감과 경계심이 동시에 느껴졌을 뿐이었다. 나는 꼼짝도 못 하고 그 자리에 서 있었다. 무언가 말을 하려 했지만 아무 생각도 나지 않았다. 여자가 달려가 형의 손을 잡고, 형이 여자의 몸을 감싸안고, 한 덩이가 된 여자와 형이 전시실을 나갈 때까지 나는 움직이지 않았다. 내가 정신을 차린 것은 어디선가 소리를 지르며 나타난 한 사내아이 때문이었다.

"이햐, 이것 좀 봐라."

아이는 내 앞에 멈춰 서서 소리를 질러댔다. 그제야 사물들이 제 모습을 갖추고 눈에 들어오기 시작했다. 천천히 주위를 둘러보았다. 제일 먼저 눈에 띈 것은 가야의 야철공방이었다.

챙강챙강 쇳소리와 풀무 소리가 들려왔다. 그것은 내 귀에 대고 무언가를 말하는 형의 목소리 같았다. 형의 목소리는 조금씩조금씩 내 귀를 장악해갔다. 불에 달구어지는 쇠처럼 얼굴이 홧홧해지고, 망치에 두들겨맞은 듯 몸 구석구석 통증이 찾아왔다. 어지럼증이 일었다. 귓가를 때리는 쇳소리에 구석으로 뒷걸음질쳤다. 다리에 힘이 풀리며 바닥에 주저앉고 말았다.

쇳소리는 한참 동안 사라지지 않았다. 겨우 고개를 들었을 때 내 앞에는 석관 하나가 놓여 있었다. 푸른 이끼나 곰팡이가 번식한 것 같은 얼룩덜룩한 관이었다. 잃어버린 왕국, 해동성국 발해. 글자가 조금씩 눈에 들어왔다. 무덤이었다. 벽화가 그려진 무덤. 두 개의 관. 무덤의 주인은 발해의 공주와 그녀의 남편이라고 쓰여 있었다. 여자를 품고 뛰어들었던 곳은 깊은 강물이 아니라 저 눅눅하고 어두운 무덤 속은 아니었을까? 나는 모든 해답이 무덤 속에 들어 있기라도 하듯 가만히 서서 무덤의 심부를 응시했다. 무덤 속에는 아무것도 없었다.

도망치듯 전시실을 빠져나왔다. 여자를 품고 있던 잠깐 동안 억겁의 시간을 지나온 것 같았다. 꿈이었는지도 몰랐다. 밀물처럼 다가왔던 꿈은 흔적도 없이 사라졌다. 아무 생각도 나지 않았다. 어째 이제 올까? 여자의 목소리만이 머릿속에서 끊임없이 울려퍼지고 있었다. 나는 박물관 앞에 서서 담배를 피워물었다. 한낮의 담배연기는 맵고 아렸다.

엄마는 여자의 머리를 가슴에 품고 앉아 있었다. 형은 그 옆에서 여자의 등을 어루만졌다. 머리를 쓰다듬는 것은 엄마였지만, 등을 다독이는 것은 형이었지만, 어쩐지 위로받고 있는 것은 여자가 아니라 엄마와 형인 것 같았다. 이윽고 자리를 털고 일어난 여자가 길을 걷기 시작했다. 형은 여자의 손을 놓지 못하고 있었고, 엄마 또한 절뚝거리며 여자의 걸음에 속도를 맞췄다. 다시는 헤어지지 않겠다는 듯 꼭 붙어 걷고 있는 그들의 등은 침범해서는 안 될 성벽처럼 견고하고 단호해 보였다. 나는 낙오자처럼 멀찍이 떨어져 뒤를 따라갔다. 경회루에 이르렀을 때 앞서 가던 엄마가 걸음을 멈추었다.

"사진 한 방 박고 가자."

엄마가 손을 들어 가리킨 곳은 관광객을 대상으로 전통의상을 빌려주고 사진을 찍어주는 부스였다. 유리부스에는 같은 옷을 입고 같은 배경으로 찍은 사진들이 붙어 있었다. 형과 여자가 옷을 입는 동안 나는 부스 옆에 바싹 붙어서서 사진들만 쳐다보았다. 사진들은 철 지난 달력처럼 색이 바래고 희미했다.

형은 사모관대를 하고 여자는 활옷에 족두리를 썼다. 옷을 갖춰 입은 형과 여자가 경회루를 배경으로 나란히 섰다. 형은 결혼식 때처럼 연신 함박웃음이었고, 여자는 혼례복 위에 수놓아진 모란꽃만 만지작거렸다. 사진사가 카메라를 들이밀자 여자는 그제야 고개를 들어 입가에 살짝 미소를 띠고 앞을 바라보았다. 사진사가 즉석카메라와 디지털카메라로 사진을 찍는 동안 나도 가져온 카메라로 사진을 찍었다. 뷰파인더를 통해 본 신랑신부의 모습은 내게 어떤 신호처럼 느껴졌다. 그것은 내가 손대어서는 안 되는, 일종의 절대적이고 위험한 경고문이었다.

프레임 작업은 모두 마쳤다. 이제 아치형 프레임에 렉산으로 지붕을 올리고 실리콘 작업을 하면 된다. 작업장은 지상 오층. 높이에 대한 인간의 두려움이 극대화되는 지점이다. 그러나 내겐 이층집 난간공사나 고층빌딩 외벽공사나 별반 차이가 없다. 두려움은 높이에서부터 오는 것이 아니라 심장에서부터 온다. 나는 어떤 높이에서도 동요하지 않는 단단하고 차가운 심장을 가졌다.

송반장은 바닥에 엉덩이를 붙이고 앉아 담배를 피우고 있었다. 반장은 언제나 심각한 고민에 빠진 사람처럼 두 무릎 사이에 얼굴을 들이박고 담배를 피운다. 그러면 내뿜은 담배연기가 날아가지 못하고 얼굴과 몸에 감겨 꼭 온몸으로 담배를 피우는 것처럼 보인다. 고개를 획 쳐든 것은 이제 그만 담배를 끄겠다는 신호였다. 손가락 끝에서 튕겨나간 담배꽁초는 배수구 근처에 불똥을 튀기며 떨어졌다.

"너 왜 요즘 집에 안 들어가고 맨날 사무실에서 자냐? 고스톱 패에 낀 건 아니지? 너 노름이라면 질색이었잖아."

"언제 제가 노름하는 거 봤어요? 요즘 일 많잖아요. 왔다갔다하는 것도 귀찮고. 그래서 그러지요, 뭐."

"집안일이라면 열 일 제쳐놓고 뛰쳐가던 놈이, 무슨 소리야. 아무리 귀찮아도 꼬랑내 나는 사무실이 뭐가 좋아. 사내들만 득실득실해가지고서는. 집에 무슨 일이라도 있는 거야?"

"일은요, 맨날 똑같죠 뭐. 반장님이나 집에 좀 일찍일찍 들어가요. 기다리는 사람도 있는데, 꼬랑내 나는 사무실에 왜 자꾸 남아 있어요?"

사무실이라기보다는 합숙소나 잡부 대기소 같은 곳. 통조림캔 따위를 놓고 술을 마시거나 고스톱을 치는 이들로 북적거리는 그곳에서, 나는 눅눅하고 더러운 구석 소파를 차지하고 지냈다. 자고 일어나면 온몸이 뻐근한 것이 피로가 가시지 않았고, 머리칼이며 옷가지엔 온통 퀴퀴한 냄새가 배어 있었다.

나는 낙원에서 쫓겨난 태초의 인간처럼 숨을 곳을 찾았다. 여기

저기 뜯겨나가고 얼룩이 심한 천소파에 숨어지는 것은 아니었지만, 그렇다고 집에 돌아갈 수도 없었다. 집은 이제 침범해서는 안 될 어떤 금기의 장소가 되어버렸다. 나 없이는 대책이 안 서는 집이었다. 끊임없이 무언가를 요구하는 엄마와 모든 걸 나를 통해 해결하려 했던 형. 나는 언제나 그곳에서 벗어나고 싶어 안달했었다. 형의 결혼을 서두른 것도 그 때문이었는데, 이젠 그 집이 나를 밀쳐내고 있었다. 형은 전보다 더 활기차고 씩씩해 보였고 엄마 또한 인슐린 투여량이 늘긴 했지만 웃음이 가시지 않았다. 여자는 내가 바랐던 것 이상으로 형과 엄마에게 성심을 다했다. 이젠 여자 없는 집은 생각할 수가 없었다.

프레임을 밟고 위로 올라갔다. 태양은 정수리로 곧게 내리꽂히고 있었다. 가벼운 어지럼증이 일었다. 내려다보이는 아스팔트가 아득하게 멀었다. 심장이 물러진 걸까, 전에 없이 두려움이 느껴졌다. 나는 정신을 가다듬고 반장이 건네주는 렉산을 받아 배치했다. 간단한 캐노피 작업이라 혼자서도 충분했다. 반장의 친척 일만 아니었다면 강화까지 올 필요 없이 밑의 애들 몇만 보내도 될 일이었다. 실리콘 작업을 마치고 표면을 덮고 있는 비닐을 떼기 시작했다. 아래쪽에서는 반장이 마지막 실리콘 작업을 하고 있었다. 떼어낸 비닐을 아래로 내던지려다 나는 중심을 잃고 미끄러졌다. 끄윽, 신발 밑창과 렉산이 마찰하는 소리가 날카롭게 울렸다. 눈을 질끈 감고 다리에 힘을 주었다. 얼른 중심을 잡긴 했지만 아뜩한 기분이 발끝에서부터 머리까지 찌르르 올라왔다.

"뭐야? 괜찮어?"

반장이 고개를 내밀고 소리쳤다.

"그냥 좀 헛디뎠어요. 별일 아녜요. 지금 내려가요."

심상하게 말하긴 했지만 가슴이 심하게 요동쳤다. 나는 어느새 박물관에서 여자를 안고 있던 때를 떠올리고 있었다. 영원히 머물고 싶었던 강물 속. 나는 절벽에서 몸을 날려 깊은 강 속으로 빠져드는 상상을 했다. 나는 강바닥으로 곤두박질쳤다. 무수한 바위와 돌멩이 들이 몸을 긁어대고 어지러운 수초가 내 몸을 휘감았다. 온몸이 쓰라리고 숨이 막혀왔다. 버둥거리며 수면 위로 올라와 가까스로 도착한 강둑에서 나는 맨몸이었다. 내겐 아무것도 남지 않았다. 여자의 숨소리와 낮은 울음소리만 귓가를 맴돌았다. 어째 이제 옴까. 나는 여자의 말만 되씹고 되씹었다. 무엇이 여자에게 눈물을 보이게 했던 걸까, 여자가 기다렸던 것은 대체 누구였을까…… 무수한 질문이 머릿속을 휘젓고 있었다.

마무리 작업을 마치고 사무실에 도착했을 때는 여덟시가 다 되어 있었다. 강화에서 돌아오는 길의 정체가 유난스러워 브레이크에 발을 올려놓은 채 꼼짝도 않는 앞차의 뒤꽁무니만 바라보아야 했다. 뉘엿뉘엿 해가 지고 있었다. 담배연기 가득한 사무실에는 이미 탕수육이며 양장피 같은 중국요리를 놓고 술판이 벌어져 있었다.

"아이고, 이제 오십니까, 형님. 여전하시네예."

혁진금속이 집 보수나 잡일을 주로 했던 초창기 시절, 함께 고생했던 상원이었다. 상원은 나를 슬쩍 보고는 반장 손을 움켜쥐고 악수를 했다.

"너 오랜만에 왔다. 너 아직도 정화조 청소 하냐?"

"일본 발 끊었어예. 그라고 제가 일본에서 어디 정화조 청소만 했습니까? 연애도 하고예, 돈도 벌고예. 할 거 안 할 거 다 했다 아입니까."

"너는 어째 세월이 가도 변하지를 않냐."

반장은 금세 손을 풀고 술판에 합류했다. 상원이 내 쪽으로 슬슬 걸어왔다.

"뭐 하고 지냈어? 통 소식도 없더니. 일본에서 아예 들어온 거야?"

"뭐가 그리 급하노? 어디 가서 목이나 축이면서 얘기하자."

상원이 다짜고짜 내 손을 잡아끌었다. 상원과 나는 근처 포장마차에 자리를 잡았다. 수족관까지 갖춘 대형 포장마차였다. 인도까지 내놓은 파라솔마다 사람들이 가득 찼다. 상원은 해물과 그밖에 안주 몇 가지를 시켰다.

"뭘 이렇게 많이 시켜?"

"니, 저녁도 안 먹었을 거 아이가, 배가 든든해야 술도 안 취한다. 마이 묵자. 묵는 게 남는 거 아이가. 근데 니 전보다 좀 애빈 것 같다."

"마르긴. 노가다 하는 몸에 어디 군살 붙는 거 봤냐?"

"그렇지, 우리가 몸 하나는 된다 아이가. 헬스다 뭐다 해갖고 밤낮 뛰어봐야 우리만 하겠나. 그게 어디 가스나들이나 할 일이지, 사내자슥들이 할 일이가."

"넌 좋아 보인다."

"안 좋을 게 또 뭐 있노? 일은 할 만하나?"

"일이 많아. 이제 여기 예전의 혁진금속 아니야. 대형극장 갈바등 박스도 하고 아파트 샤시도 하구. 고정적으로 일하는 사람만 해도 열댓 명은 돼. 때마다 사람도 쓰고."

"그게 사장 좋은 일 시키는 기지, 니 좋은 일이가? 일당이야 뻔한 건데."

나는 입을 다물었다. 술과 안주가 차례로 나오고 난 후, 나는 한동안 말없이 술잔만 기울였다. 상원은 소주가 제일이라느니 횟감이 형편없다느니 다른 안주를 시키느니 하며 술을 따르고 종업원을 부르느라 정신이 없었다. 거친 면이 있긴 하지만 속정도 깊고 의리도 있는 녀석이었다. 초창기부터 고락을 같이하며 함께 일했던 터라 육 개월이나 일 년쯤 연락이 끊겼다 불쑥 나타나도 어제 헤어진 친구처럼 무람없었다.

"넌 요즘 뭐 하고 사냐? 통 소식도 없구."

"내? 내 요즘 배 탄다 아이가."

"원양어선?"

"배가 고깃배밖에 없나? 니는 그래서 안 되는 기다. 소무역상이라 들어봤나. 중국말로는 따이공이라고, 대리무역 해주는 사람이라 이 말이다."

"보따리상?"

"뭐 그리 말해도 되는데, 우리끼리는 그리 안 부른다. 빈번 출입자. 쪼매 자주 출입하는 사람이라 말이지. 그라고 내는 일반적인 보따리상하고 차원이 다르다 아이가. 컨테이너도 하고, 중국에서 일본으로 직접 보내기도 하고. 내 이래 봬도 동춘항운에선 제법 큰 선주데이. 그래서 말인데, 니 배 안 탈래? 수입도 꽤안타."

"배는 무슨. 싫어. 너나 수입 많이 올려."

나는 잘라 말하고 단숨에 술잔을 비웠다.

"사내자슥이 도전의식도 있고, 배포도 있고 해야지. 말도 안 들어보고 그리 잘라 말하나. 이게 있다 아이가, 내도 처음엔 뭐 한다고 열몇 시간씩 배 타고 다니믄서 그 짓거리 하나 안 그랬나. 근데 이게 마약이데이. 지금은 배 수리 들어간다고 며칠 쉬는 긴데, 배 안 타고 한 일주일만 놀면, 몸이 근질거려싸서 미치겠다 아이가. 그라고 내 일본에 있을 때는, 지네 하기 싫어하는 정화조 청소 해주면서 돈 받는 긴데, 은근히 사람 무시 안 하나. 돈 많이 주믄 뭐 하노. 사내가 가우가 있어야지. 안 맞나. 그란데 중국에 가믄 내가 왕인 기라. 돈만 있으믄 안 되는 게 없다. 많이도 필요 없다. 우리 지금 이렇게 먹는 거, 거 가믄 만원도 안 친다. 거가 바로 천국이다, 천국. 을매나 좋노. 니도 함 가보믄 맘이 바뀔 기다. 내 장담한다. 그라지 말고, 니 한 일주일 휴가 내가, 내랑 함 가보자."

"됐어. 근데 청도나 천진 뭐 그런 데로 가는 거야?"

"거는 사람이 너무 많아 낄 수도 없다. 초장에 기선을 제압해야 되는 긴데, 내 끄트머리 들어가서 시다 노릇 할 기가. 내는 속초에서 자루비노로 들어가, 훈춘으로 간다. 거가 지금 경제특구다 뭐다 해서 붐이라. 따이공들도 별로 없고. 그 기선 제압이란 게, 쪽수로 밀어붙이는 게 우선인데. 내 줄도 있고, 자금도 되는데 쪽수가 안 된다 이 말이지. 거기 속초 토박이들이 먼저 자리잡았다고 을매나 유센지. 낫살이나 먹어갖고 기껏 곡식보따리나 쪼매 나르믄서. 그래서 말인데…… 니가 좀 오믄 안 되겠나?"

나는 대답하지 않았다. 하지만 어쩐지 못 할 것도 없다는 생각이 들기도 했다.

빈속에 들이붓는 술은 내장까지 싸르르하게 내려갔다. 상원은 나와는 상관없이 끊임없이 무언가를 말하고 안주를 더 시키느라 정신이 없었다. 나른한 피로가 덮치고 팔다리가 무거워졌다. 상원과 나는 포장마차에서 단란주점으로 다시 해장국집으로 옮겨가며 술을 마셨다. 해장국집에서 나왔을 때는 날이 희뿌옇게 밝아오고 있었다.

"하지라 카더니, 날 진짜로 일찍 밝아뿌네. 날 훤언할 때 나오니 기분 쪼매 이상하네. 내 먼저 간다. 연락해라이. 내가 한 말 잊지 말고! 알겠나?"

상원은 한자와 한글이 함께 적힌 명함을 넘기고 어디론가 급히 걸음을 옮겼다. 속이 쓰리고 몸이 축축 늘어졌지만 정신은 이상하게 맑아지는 것 같았다. 나는 해장국집 앞에 주저앉아 상원이 남기고 간 명함을 들여다보았다. 그것은 꼭 다른 세상으로 들어가는 티켓처럼 보였다.

하지. 낮의 길이가 가장 긴 날이었다. 결국 낮의 길이가 짧아지기 시작하는 날이기도 했다. 차라리 낮이 계속 짧아지고 짧아져서, 밤만 있는 날이 왔으면 좋겠다는 생각이 들었다. 강물 속처럼 어둡고 탁한 밤.

엄마가 죽었다. 봄 내내 꽃타령을 하던 엄마는 결국 꽃그늘 아래에서 숨을 거두었다. 배롱나무가 보랏빛 꽃망울을 터뜨리기 시작한 지 얼마 지나지 않은 날이었다.

엄마는 배롱나무꽃이 피기 시작하면 그때부터가 여름이라고 말했었다. 꽃이 피고 지기를 세 번 하면 가을이 온다고, 꽃이 다 지고 나서야 햅쌀을 먹는 법이라고 했다. 엄마는 첫 꽃이 채 지기도 전에 세상을 떴다. 더위가 본격적으로 시작된다는 초복이었다.

일찌감치 찾아온 무더위에 인부들은 모두 지쳐 있었다. 사장은 초복을 맞아 모든 일을 쉬고 회식을 기획했다. 형의 오리집으로 장소를 정한 것은 사장의 특별한 배려였지만, 내게는 껄끄럽고 부담스러운 일이었다. 나는 차에서 내려 쭈뼛거리며 서 있다가 달려나온 엄마에게 붙들렸다. 병색이 짙긴 했지만 그렇다고 죽음을 생각할 정도는 아니었다. 나는 엄마에게 간단한 인사만 하고 사람들과 섞여 자리에 앉았다.

나는 그동안 엄마의 병세가 악화되었다는 것도, 밤이면 도로까지 힘들게 걸어나와 서성이곤 했다는 것도 알지 못했다. 엄마는 어쩌면 죽을 날을 미루며 내가 오기만을 기다렸는지도 몰랐다. 초복이 아니었으면, 인부들을 끌고 식당으로 몰려간 사장이 아니었으면, 그래서 엄마가 나를 보지 않았더라면, 엄마의 죽음이 조금은 미루어졌을까?

엄마의 죽음을 맞닥뜨리기 전까지 나는 엄마를 안중에도 두지 않았다. 엄마가 외출복으로 갈아입고 의족을 뺀 다리로 절름거리며 배롱나무를 향해 걸어가는 동안, 나는 인부들 틈에 끼어 형과 여자를 훔쳐보았다. 여자는 전보다 조금 더 여위어 보였다. 여자의 몸은 연약한 꽃대 같았다. 손만 대면 부러질 듯한, 부러지자마자 시들어버릴 여린 꽃. 내 눈은 틈만 나면 여자의 몸을 쓰다듬고 탐했다. 이

불경한 욕망. 어쩌다 여자와 눈이 마주치기라도 하면 나는 황급히 시선을 돌려야만 했다. 여자의 눈은 단도라도 품은 듯 날카로웠다. 여자의 눈 속에 든 단도는 내 심장을 겨냥하고 깊숙이 파고들어왔다. 짧고 강렬한 상처에 피가 솟구치고 심장이 멎었다. 엄마가 죽어가는 동안, 나 또한 그렇게 죽어갔다.

형은 끊임없이 오리를 잡고 솥을 올리느라 바빴고, 여자도 쟁반을 들고 반찬을 나르느라 정신이 없었다. 음식이 나오기를 기다리는 동안 인부들 몇은 군용 모포를 깔고 고스톱을 쳤고, 몇은 양파와 무김치에 술을 마셨다. 형이 압력솥을 들고 왔을 때 안면이 있는 반장이 형을 붙들었다. 장가갔다더니 신수가 훤해졌다고, 제수씨가 예쁘다고, 형이 장가를 갔으니 이제 나만 가면 엄마가 한시름 놓겠다고 반장은 너스레를 떨었다. 반장이 그렇게 얘기할 때에도 나는 한시름 놓아야 할 엄마에 대해 떠올리지 않았다.

가위질을 하는 형의 손이 날래졌다. 살의 결을 해치지 않고 날개와 다리와 몸통을 적당히 자르는 일. 형이 오리를 잡는 것보다 더 정성스럽게 하는 일이다. 적당히 다 자르고 난 다음 형은 가위를 내려놓고 내 손을 덥석 쥐었다. 형의 눈에선 금세 눈물이 고였다.

"아무리 바빠도 집에 와서 자, 윤호야. 엄마가 너 보고 싶어해."

형이 내 목을 바싹 끌어당겨 귀에 대고 말했을 때에도 나는 고개를 들어 엄마를 찾아보지 않았다. 그저 김이 모락모락 오르는 오리 접시만 바라볼 뿐이었다. 나는 고개를 들 수 없었다. 고개를 들어 형의 눈을 마주하면 어디론가 도망쳐야 할 것 같았다. 나는 접시를 쳐다보며 고개만 겨우 끄덕였다.

상 위에 발라낸 뼈들이 어지럽게 널리고 찹쌀과 녹두를 넣고 끓인 죽까지 모두 비워질 때쯤, 여자가 쟁반에 수박을 하나 가득 담아왔다. 인부들은 저마다 담배를 피우거나 이를 쑤시며 앉아 있었다. 나른하고 한가한 시간이었다. 적당히 배가 불렀고, 평상 위로 산들바람이 불어왔고, 급히 해결해야 할 일도 없었다. 엄마의 죽음을 알게 된 것은 그때였다.

산 쪽으로 볼일을 보러 가다가 배롱나무 아래 누운 엄마를 보았다. 낮잠을 자고 있다고 생각했다. 나무그늘 아래에서. 나는 엄마가 깨지 않도록 발소리를 죽이며 산 밑 도랑까지 갔다. 비가 오면 제법 시원하게 흐르는 도랑에 볼일을 보고 나서 담배까지 한 대 피우고 돌아오는 길이었다. 엄마는 갈 때 보았던 모습 그대로 누워 있었다. 엄마에게 다가가 기척을 내도, 엄마의 어깨를 흔들어대도, 엄마의 누운 모습은 변함이 없었다. ……엄마의 죽음은 그렇게 발견되었다.

엄마는 한없이 편안한 얼굴로 누워 있었다. 마침 배롱나무꽃 하나가 엄마의 약간 벌어진 입 위로 떨어졌다. 꽃그늘 아래 누운 엄마는 꼭 혀를 빼어물고 죽은 거대한 새 같았다. 어찌 보면 먹이를 물고 있는 것 같기도 했다. 사람들이 엄마를 에워쌌다. 엄마의 죽음이 믿어지지 않았다. 엄마가 죽어가는 동안 나는 여자만 바라보고 있었다. 엄마의 임종을 지켜본 것은 붉은 배롱나무꽃뿐이었다. 나는 눈물도 흘리지 못했다. 엄마의 죽음을 목격한 여자는 그 자리에 맥없이 쓰러졌다.

사인은 심장마비였다. 어쩌면 엄마에겐 심장을 조절할 능력이 있어 죽음을 조절했는지도 몰랐다. 내가 두려움을 조절했던 것처럼.

그래, 나를 보고 난 후에야 죽음을 감행했을 것이었다. 엄마의 시신은 의족도 없이 뭉뚝한 발인 채로 염습을 했다. 집 안 곳곳을 뒤져보아도 엄마의 의족을 찾을 수 없었다. 의족 대신 습신 안에 솜을 넣어 모양을 잡았다.

조문객은 많지 않았다. 함께 일하는 인부들과 몇몇 거래처 사람들, 얼마 되지 않는 외가 사람들, 집 근처에서 비슷한 식당을 하는 이웃들이 전부였다. 삼일장을 치르는 동안 여자는 자주 울음을 터뜨렸고, 형은 문상객이 올 때나 겨우 일어나 맞을 뿐 넋 나간 사람처럼 앉아 있었다. 나는 빈소 한쪽에 앉아 엄마 영정만 바라보았다. 영정은 엄마의 마지막 나들이 때 찍은 사진이었다. 형과 여자가 혼례복을 입고 사진을 찍고 난 후, 손을 잡아끄는 여자의 성화에 엄마도 옷을 갈아입었었다. 사진 속에서 엄마는 새색시처럼 부끄럽게 웃고 있었다.

삼일장을 마치고 엄마의 시신은 화장장으로 옮겨졌다. 어차피 옆에 묻힐 아버지 묘도 없었고, 미리 보아둔 묏자리가 있는 것도 아니었다. 당뇨로 퉁퉁 부었던 엄마의 몸이 잿빛 가루가 되기까지는 세 시간도 채 걸리지 않았다. 유족 대기실에서 진행상황을 알려주는 전광판을 지켜보는 내내 형은 여자의 무릎에 기대 목울음을 놓았다. 자주 울음을 터뜨리던 여자는 오히려 차분함을 되찾은 듯 보였다. 여자는 아기를 다루듯 조심스럽게 형의 등을 도닥여주었다.

수골실에서 유골함을 받아들 때에야 비로소 엄마의 죽음이 실감났다. 엄마는 이제 꽃타령을 하며 보챌 수도 없고, 당뇨에 좋지 않은 음식에 식탐을 부릴 수도 없었다. 진물 같은 눈물을 흘리며 아버지가 살아 있던 때를 추억할 수도 없었다. 엄마는 그저 훅 불면 날아가버릴 잿가루에 불과했다.

"집으로 모셔가면 좋겠습다."

유골함을 든 여자가 말했다. 나는 엄마의 유골함을 화장장 옆 납골당에 안치할 생각이었다.

"어머니는 꽃을 좋아하시지 않았습까? 조만하면 집에 가져가 꽃나무 아래 묻으면 어쩌겠는지……"

나지막하지만 단호한 목소리였다. 여자의 말에 형은 말없이 고개를 주억거렸다. 기껏 몇 달을 살았을 뿐인데, 몇십 년을 같이 산 우리보다도 엄마를 더 잘 읽고 있었다. 화장장에서 집까지 가는 동안 유골함은 여자가 들었다. 여자는 그것이 세상에 가진 유일한 것이라도 되는 듯 가슴에 품고 내려놓지 않았다. 품에서 멀어진 순간 세상 전부를 잃어버리기라도 할 것처럼.

집은 어수선했다. 제때 버리지 못한 음식물 쓰레기봉투는 들고양이들이 헤쳐놓았고, 그 주변으로 썩은 물이 흘러 지독한 냄새를 풍겼다. 미처 치우지 못한 그릇들이며 나동그라진 신발 등속이 엄마가 죽던 날의 상황을 그대로 보여주었다. 되는대로 쓰레기를 버리고 집을 정리하는 사이 형은 삽을 들고 배롱나무 옆을 파기 시작했다. 여자는 엄마의 유골을 든 채 그 옆에 꼼짝도 않고 서 있었다.

엄마는 배롱나무 아래 묻혔다. 엄마는 여름 내내 배롱나무꽃을 맞으며 살아갈 것이었다. 세월이 조금 더 흐르면 배롱나무 뿌리에 스며들어 가지를 넓히고 꽃을 키우리라. 그리하여 배롱나무 보랏빛 꽃망울로 맺혀 나를 부르겠지. 그 꽃이 세 번 피고 세 번 지는 동안 내 심장은 백일홍처럼 붉게 멍들고 말 것이다.

엄마의 의족은 장롱 깊숙한 곳에서 발견되었다. 문짝이 내려앉은 자개장 속에는 아버지가 돌아가신 후 새로 솜을 틀어 한 번도 덮지 않은 목화솜 이불과, 너무 자주 빨아 해진 차렵이불들과, 상자 속에 담긴 빛바랜 사진들, 그밖에 잡다한 물건들이 들어 있었다. 목화솜 이불을 들치자 검은 비닐봉투에 둘둘 말린 덩어리가 나왔는데, 몇 겹의 봉투를 열고 매듭을 풀고 마지막 신문지를 풀어내고 난 후에야 그것이 끝내 찾지 못했던 엄마의 의족이라는 것을 알았다.

나는 그것이 엄마의 몸에서 떨어진 살덩어리라도 되는 듯 무섭고 징그러웠다. 플라스틱 덩어리를 손에 들고 한참 동안 망연히 앉아 있었다. 엄마는 어떻게 의족을 떼어놓고 마당을 지나 배롱나무까지 걸어갈 수 있었던 걸까? 부축하는 사람도 없이 목발도 없이…… 엄마는 정말 내가 오기를 기다렸다가 죽음을 감행했던 걸까? 의족은 왜 굳이 떼어놓고…… 나는 때 묻은 의족을 엄마의 약들과 함께 가차 없이 쓰레기봉투에 처넣었다.

사흘 동안 엄마의 방에서 짐을 정리했다. 그만한 시간이 걸릴 만큼 많은 짐은 아니었지만, 나는 하루 종일 방 안에 틀어박혀 짐을 풀고 싸기를 반복했다. 엄마를 추모하거나 추억하기 위한 것은 아니었다. 엄마의 방 말고는 달리 갈 곳이 없었다. 나는 스스로 독방 문을 열고 들어간 죄수나 다름없었다. 그 방 안에서만 안전했고 자유로웠다.

내가 방 안에 있는 동안 형과 여자는 주로 배롱나무 아래에서 시간을 보냈다. 배롱나무 둥치에 나란히 기대앉아 있거나, 형이 여자의 무릎을 베고 누워 있거나 했다. 형에게는 누군가의 죽음을 견딜 만한 면역세포가 없었다. 여자가 아니었다면 형은 삶의 의욕을 모두 잃은 채 죽어갔을지도 모를 일이었다. 형은 여자만 쫓아다녔다. 이제 막 알을 깨고 나온 새끼 새처럼, 눈 뜨자마자 본 여자를 제 어미라고 믿어버린 새끼 새처럼, 여자를 향해 입을 벌리고 살을 부볐다. 어미를 잃은 형은 새로운 어미를 찾았다.

더이상 정리할 짐도 없었다. 엄마의 흔적들은 백 리터짜리 쓰레기봉투 하나로 충분했다. 쓰레기봉투를 들고 밖으로 나왔다. 하늘엔 시커먼 구름이 낮게 깔려 있었다. 형과 여자는 여전히 배롱나무 아래 앉아 있었다. 형과 여자는 한곳을 바라보며 서로의 손등을 쓰다듬었다. 배롱나무꽃이 유난히 붉게 보였다.

어쩐지 위안을 받는 것이 형이 아니라 여자인 것 같다는 생각이 들었다. 죽은 남편을 잊기 위해 아이에게 매달리는 과부처럼, 형에게 온 정성을 기울이고 있는 것은 아닌지. 형과 여자는 그렇게 서로를 보듬고 다독이고 있었다.

나 또한 위로받고 싶었다. 그러나 나를 위로해주고 쓰다듬어줄 사람은 아무도 없었다. 내가 품었던 불경한 욕망과, 그로 인해 외면했던 엄마의 죽음. 그것은 어떤 방식으로도 이해되거나 위로될 수 없었다. 위로받지 못한 내 심장은 황폐하게 말라갔고 몸에선 먼지가 날렸다. 구걸이라도 하고 싶었다. 단 한 번의 눈길, 단 한 번의 위로라도 받고 싶었다. 그러나 여자의 눈은 지느러미를 흔들며 헤엄치는 물고기처럼 잡히지 않았다. 여자의 눈길을 구걸하는 내 손엔 미끈미끈한 점액질만 남았다. 그것은 애써 들이마셔도 어느새 흘러나오는 콧물처럼 더럽고 부끄러운 액체였다. 그것으로는 황폐한 내 몸을 적시지 못했다. 오히려 내 몸의 먼지와 뒤엉켜 더욱 지저분하고 더러운 자국만 남길 뿐이었다.

쓰레기봉투를 들고 오리 우리 뒤편으로 갔다. 담배 한 대를 피워 물고 봉투에 불을 붙였다. 순식간에 비닐이 오그라들더니 옷가지로 불이 옮겨붙었다. 엄마의 꽃무늬 원피스가, 오래된 사진들이, 잡동사니가 든 상자가, 의족이 화염에 휩싸였다. 엄마의 의족에 불이 붙는 것을 보면서 나는 더이상 집에 머물 수 없다는 사실을 깨달았다. 붉은 배롱나무와 그 아래 앉은 형과 여자는 더럽고 누런 콧물을 끊임없이 흘러내리게 할 것이었다. 이 집은 더이상 내가 있을 곳이 아니었다. 가능한 한 멀리 떠나야 했다.

낚시로 잡아올린 자연산 광어회와 알이 굵은 새우와 조개 들. 이만하면 되었다. 모두 형이 좋아하는 것들이었다. 엄마가 죽은 지 열흘째 되던 날, 상원에게 전화를 걸었다. 상원은 내가 전화할 줄 알았다고 했다. 그리고 여권을 만들고 비자를 내는 일들을 모두 알아서 해주었다. 나는 그저 떠나기만 하면 되었다.

집으로 들어서자마자 형이 뛰어나와 손을 끌어잡았다. 그동안 형은 슬픔의 기운을 말끔히 지운 듯 보였다. 금세 풍성한 식탁이 차려졌다. 스테인리스 대야를 개조해 만든 화로에 불을 올리고, 그 위에 철망을 얹어 즉석 그릴도 준비했다. 오랜만에 둘러앉은 저녁이었다. 화로 위에 조개와 새우를 올렸다. 잘 달구어진 화로에서 조개는 금방 입을 벌리고 바닷물을 내놓았다. 형은 오리와 식당일에 대해 이야기했다. 식당 손님이 전보다 더 많아졌다고, 텃밭의 채소들은 쑥쑥 자란다고 자랑하는 형을 보니 안심이 되었다. 형은 예전의 웃음과 활기를 되찾은 듯했다. 여자는 부엌과 텃밭을 들락거리며 상추나 오이 같은 것을 내놓았다. 나는 묵묵히 형의 말을 들으며 조개껍질을 떼어내고 새우를 뒤집었다.

하늘이 조금씩 붉어지더니 어느새 어둠이 내려앉고 있었다. 어두워지기 시작하자 한낮의 열기에 숨을 죽이고 숨어 있던 숲의 곤충들과 도랑의 개구리들이 일제히 울기 시작했다. 여자는 모기향에 불을 붙여 상 주변에 놓았다. 한가로운 여름밤이었다. 그 모든 것을 놓치지 않으려 나는 세심하게 주위를 둘러보았다. 그리고 사위가 완전히 어두워지기를 기다렸다가 말을 꺼냈다.

"형, 나 어디 좀 가려구."

상현달이 산골짜기에서 얼굴을 내밀 때, 형을 향해 말했다. 형과 여자가 동시에 나를 올려다봤다. 나는 사그라지는 화로 속 숯불만 쳐다보며 말을 이었다.

"상원이 알지? 전에 같이 일하던. 그 친구랑 같이 일하게 되었어. 내가 좀 필요하다고 해서. 당분간 집에는 못 올 거야. 걱정하지 마. 그놈이 의리 하나 믿고 사는 놈이잖아. 샤시 일도 지겨웠는데 잘되었지 뭐."

"어디로?"

형이 눈을 동그랗게 뜨고 물었다. 어디? 갑자기 먹먹해졌다. 중국으로, 라고 대답하고 싶었다. 그러면 여자에게 고향 얘기도 듣고,

부모나 친구들에게 안부도 전해주고, 간단한 중국말을 배울 수도 있을 것이었다.

"멀리, 아주 멀리."

멀리, 라는 말을 낮은 목소리로 반복해 말하면서 나는 정말 아주 먼 곳으로의 유배를 앞둔 심정이 되었다. 다시는 돌아오지 못할 수도 있다는 생각에 감정이 북받쳤다.

"얼마나?"

"그게 좀 돌아다녀야 하는 일이라, 글쎄, 일 년에 한 번, 아니야, 몇 번이라도 올 수 있어. 당분간만, 당분간은 적응해야 하니까 못 온다는 거야. 상원이 연락처랑 다 적어놓고 갈게, 무슨 일 있으면 언제든지 전화해. 무슨 일이 아니어도 괜찮아. 형이 오라고 하면 언제든지 올게. 왜 그런 얼굴로 봐, 아주 헤어지는 것도 아닌데."

"언제 가?"

"내일."

"그렇게 빨리?"

"미안해. 좀더 일찍 얘기했어야 했는데, 나도 이렇게 빨리 나올 줄 몰랐어. 그게, 어 그래, 자리가 생각보다 빨리 나서, 급하게 그렇게 됐어. 미안해, 형."

형의 눈에 눈물이 그렁그렁했다. 나는 주머니에서 상원의 명함을 꺼내 형에게 건네주었다. 형은 명함을 보지도 않고 상에 던져버렸다. 형은 지금 내게 투정을 부리고 있는 것이었다. 나는 미안했다. 진심으로. 형이 다친 후, 형 곁을 한순간도 떠나지 않았었다. 나는 형의 입이었고 발이었다. 이제는 형의 입과 발을 여자가 대신할 것이었다. 그것은 의무를 넘긴 것이 아니라 권리를 잃은 것이었다. 나는 처음으로 여자의 눈을 똑바로 쳐다보았다.

"잘 부탁, 할게요."

여자의 눈길이 잠시 내게 머물렀다가 저 멀리 달아났다. 여자는 어색한 미소를 지으며 말했다.

"어째 부탁이라 하심까. 걱정하지 마십쇼."

짤막하게 말한 여자는 상 위에 놓인 상원의 명함을 들고 들여다보았다. 순간 여자의 표정에 당황한 기색이 드러났다 사라졌다. 나는 여자가 무슨 말이든 해주길 바랐다. 그러나 여자는 입을 감쳐물고는 말없이 상원의 명함을 주머니에 챙겨넣을 뿐이었다.

"내가 여기저기 많이 다녀봐야 나중에 형도 데리고 가지. 내가 먼저 싹 돌아보고 올 테니까, 걱정 말고 기다려. 내가 좋은 데 나오면 제일 먼저 형을 부를 거야. 알았지, 형?"

내 말에 형은 조금씩 마음을 풀고 안정을 되찾았다. 형은 오히려 내게 즐거움을 주고 싶어하기까지 했다. 결국 오랫동안 잊고 있던 형의 서커스가 시작되었다. 형은 물구나무를 섰다. 두 다리를 활처럼 펴고 물구나무걸음을 걸었다. 물구나무를 푼 형은 마당에 세워놓은 차로 돌진해 지붕 위로 올라갔다. 지붕 위에 선 형은 두 팔을 쫙 벌리고 목을 꼿꼿이 세운 채 비상하는 새처럼 서 있었다. 형이 원하는 대로 박수를 치고 환호성을 질렀지만 마음은 편하지 않았다. 전선에 휘감겨 넘어진 형의 모습이 자꾸만 떠올랐다.

자정을 넘기고서야 방에 들어와 몸을 뉘었다. 몸은 피곤한데 잠은 오지 않았다. 주위가 너무 조용해 숨이 막힐 지경이었다. 나는 눈을 똑바로 뜨고 누워 날이 밝기를 기다렸다. 이윽고 고요와 침묵을 깨고 산새들이 울기 시작했다. 날은 아직 밝지 않았지만 곧 동이 터오기 시작할 것이었다. 짐가방을 어깨에 메고 방을 나왔다.

나는 배롱나무 아래 엄마가 묻힌 곳을 밟고 서서 조금씩 사라지는 어둠을 응시했다. 어둠은 느릿느릿, 그러나 어느 순간 재빠르게 사라져버렸다. 형이 일어나기 전에 움직여야 했다. 다시 형과 여자를 마주하면 아예 눌러앉게 될지도 모를 일이었다. 담배 하나를 꺼내 입에 물었다. 바람 때문에 불이 잘 붙지 않았다. 라이터를 몇 번 더 켠 후에야 겨우 불을 붙일 수 있었다. 담배연기를 깊게 빨아들인 다음 배롱나무를 향해 힘껏 뱉었다. 속이 아려왔다.

"잔입에 담배부터 피우면 속 베려요."

여자였다. 나는 유령이라도 마주한 것 같았다. 여자의 눈은 배롱나무를 향해 있었다.

"제 동무 전화번홉다. 혹시 애로가 있으면 전화를 넣으십쇼. 해화는 그저 잘 있다고만 하시면 됩다."

여자가 종이 하나를 건네주었다. 반듯하게 두 번 접은 종이였다. 아주 잠깐 여자의 손과 내 손이 스쳤다. 심장 뛰는 소리가 몸 밖까지 들려오는 것 같았다. 엄마의 죽음과 함께 죽어버린 몸이었다. 그러나 여자의 손길은 아직도 내 심장이 뛰고 피가 흐르고 있다는 사실을 깨닫게 해주었다. 단 한 번의 가벼운 스침일 뿐이었다. 그 가벼운 스침만으로도 나는 되살아났다.

두 손으로 여자의 손을 가만히 감싸안았다. 아무 생각도 들지 않았다. 그저 그래야만 할 것 같았다. 아니 그렇게 하지 않으면 되살아난 내 몸이 갑자기 움직임을 멈추고 죽어버릴 것만 같았다. 여자는 손을 빼지 않았다.

나는 내 모든 것이 여자에게 전달되기를 바랐다. 세차게 뛰는 심장과 요동치는 피와 떨리는 살과 뜨거운 숨결이 손끝으로 집중되어 하나하나 전달되기를 바랐다. 그리하여 내가 중국으로 떠나지 않아도 되기를, 그저 그렇게 여자 옆에 머물 수 있기를 바라고 바랐다. 하지만 그것은 헛된 욕망일 뿐이었다. 여자의 손이 미끄러지듯 빠져나갔다. 여자의 손은 모래알처럼, 물처럼, 시간처럼, 멀어졌다. 여자는 두 손을 마주 잡고 서 있었다.

"죄송해요, 혼자 두고 떠나서."

내가 할 수 있는 유일한 말이었다. 나는 마주 잡은 여자의 두 손을, 방금 전까지 내 손안에 들어 있던 작고 가녀린 두 손을 보며 가까스로 말했다. 여자는 아무 대답도 하지 않았다. 그저 입가를 살짝 올리며 옅은 미소를 보일 뿐이었다.

여자는 몸을 돌려 집을 향해 걸어갔다. 나는 배롱나무 아래 서서 여자가 집 안으로 들어가는 것을 바라보았다. 문이 닫힌 후에도 여자는 내내 내 눈가에 머물렀다. 나는 한참을 그렇게 서 있었다.

속초로 가는 첫차에 올랐다. 첫차여서 그런지 버스 안에는 노부부와 늦은 피서를 떠나는 젊은이들이 몇 보일 뿐 빈자리가 많았다. 나는 두 자리를 차지하고 누워 잠을 청했다. 밤새 한숨도 자지 못했지만 잠은 오지 않았다. 눈을 감으면 수많은 영상들이 검은 망막 위를 스쳐 지나갔다. 눈을 떠도 그 영상들은 지워지지 않았다.

잠깐 눈을 붙였다고 생각했는데 버스는 벌써 강릉을 지나 양양에 접어들고 있었다. 차창 밖으로 펼쳐진 바다를 슬쩍 보고는 다시 눈을 감았다. 앞으로 지겹게 봐야 할 바다였다. 열세 시간의 항해, 목적지는 자루비노를 거쳐 훈춘, 무언가를 지고 날라야 할 길. 내가 알고 있는 것은 그게 다였다. 다른 것은 알 필요도 없었다.

버스에서 내려 곧장 속초항으로 향했다. 여객청사 뒤로 정박해 있는 페리를 보자 집을 떠났다는 것이 비로소 실감났다.

나는 이제 중국으로 간다. 하지만 두렵지 않았다. 거친 폭풍우가 몰아친다 해도 나는 저 배를 타고 육백 킬로 뱃길을 달려 중국으로 갈 것이다. 나는 주머니 속에 든 종이를 만지작거리며 다짐했다. 여자와 나는 비밀을 나누어 갖듯 친구의 이름을 나누어 가졌다.

항구 뒤로 펼쳐진 바다를 바라보았다. 바다 멀리 햇솜 같은 흰 구름이 피어오르고 있었다. 나는 그 구름 위로 한 송이 꽃이 하얗게 피어오르는 것을 보았다. 그 꽃은 어쩐지 누군가의 얼굴을 닮은 것도 같았다.

6

  기어이 가는구나. 인사도 없이 저리 떠나려 하는구나. 날이 채 밝기도 전에, 나그네가 잠든 틈을 타서, 저 멀리 중국땅으로 가려 하는구나. 다들 한국으로 오지 못해 안달인 곳으로 가는구나.

  어머니가 죽고 난 후, 나그네와 나는 시동생이 오기만을 기다렸다. 어머니의 죽음은 너무나 갑작스러웠다. 나는 참나무 방망이에 정수리를 한 대 맞은 것처럼 한동안 정신을 차리지 못했다. 자꾸 눈물만 앞섰다. 유일한 혈육을 잃어버린 심정이었다. 옆구리가 뭉텅 빠져나간 것처럼 쓰리고 아득해났다. 울어서 허전함이 사라진다면, 울어서 어머니가 돌아올 수 있다면 석 달 열흘이라도 울 수 있을 것이었다. 하지만 나는 그저 울고 앉아 있을 수만은 없었다. 내 무릎을 베고 누운 나그네는 면역력이 없는 갓난애였다. 내가 정신을 차리지 않으면 나그네도 영영 기력을 찾지 못할 것이었다. 나는 마틸대로 마틴 몸과 마음을 거두고 추슬렀다.

초복 지나 본격적인 더위가 시작되고 식당에 손님이 많아진 것이 다행이라면 다행이었다. 일을 하다보면 많은 것을 잊을 수 있었다. 멍하니 앉아만 있던 나그네도 점차 기력을 되찾았다. 해 질 무렵이면 나그네와 나는 배롱나무 그늘에 앉아 지는 해를 바라보곤 했다. 나는 나그네를 위해 어릴 적 부르던 노래나 이야기 들을 들려주었다. 오리를 돌보고 채소들을 가꾸는 나그네의 손길에 조금씩 활기가 생겼다.

나는 꽃밥통 하나를 꺼내 물을 담아 배롱나무 아래 갖다두었다. 어머니가 그리 예뻐하던 꽃밥통. 배롱나무에서 떨어진 꽃은 꽃밥통 속으로 살포시 들어갔다. 문득문득 어머니가 그리워질 때면 나무 아래 앉아 그 속을 들여다보았다. 그렇게 한참을 들여다보고 있으면 물에 비친 내 얼굴 위로 어머니 얼굴이 조금씩 보이기 시작했다. 나는 어머니를 마주한 것처럼 담소를 나누고 안부를 물었다. 어머니는 예전처럼 꽃과 과일과 옛날이야기들을 들려주었다. 꽃밥통 속 어머니는 언제나 웃고 있었다. 어머니는 배롱나무 아래 그렇게 살아 있었다.

시동생이 찬거리를 가득 사가지고 나타났을 때, 나는 이 모든 것을 자랑하고 싶었다. 안정을 찾은 나그네와 나그네가 가꾼 텃밭과 꽃밥통 속에 숨어 사는 어머니의 얼굴을 모두 보여주고 싶었다. 하지만 시동생은 그럴 시간을 주지 않았다. 시동생의 느닷없는 중국행 통보에 가슴 한쪽이 허전해졌다.

언제부턴가 시동생을 떠올리면 가늘고 예리한 눈매가 아니라 대살진 가슴팍이 생각났다. 휘청거리던 내 몸을 버티어주던 대살진

가슴. 아주 잠깐이었는데도 강기 있고 날파람스런 그 가슴팍만은
생생히 기억났다. 시동생이 어디 가야겠다고 말했을 때, 나는 마지
막 버팀목 하나를 잃는 기분이었다. 이제 가벼운 바람에도 내 몸은
쉽게 무너질 것이었다.

창문으로 푸른 새벽 기운이 뻗쳐오고 있었다. 나는 잠시 망설였
다. 시동생의 뒷모습을 보면 바짓가랑이라도 붙들어세우고 싶어질
것 같았다. 나는 어쩌면 시동생을 따라 중국으로 돌아가고 싶은 것
인지도 몰랐다. 조용히 몸을 일으켜세웠다. 그리고 어둠 속에 앉아
영옥의 전화번호를 종이에 또박또박 적었다. 무어라도 도움이 되고
싶었다. 조심스럽게 문을 열고 나갔다.

시동생은 배롱나무 아래 서 있었다. 희뿌연 미명 아래 서 있는 시
동생의 모습이 쓸쓸해 보였다. 어쩐지 그 등을 쓰다듬어주고 싶어
졌다. 내가 그를 쓰다듬어주면 그도 중국으로 가지 않아도 되는 걸
까. 천천히 시동생에게 다가갔다. 시동생은 내 움직임을 의식하지
못하고 있었다.

시동생의 단단한 등. 돌아선 등이 단호하게 느껴졌다. 그 옆으로
뿜어져나오는 푸른 담배연기. 그것이 나를 그 자리에 서 있게 만들
었다. 잔입에 담배를 피우면 속 버린다고 하는데, 아침밥도 못 먹이
고 보내는구나. 길 떠나는 사람에게는 든든한 밥이 최고인데. 내가
할 수 있는 일이 아무것도 없다는 사실이 나를 안타깝게 하였다.

시동생을 불러세웠지만, 딱히 할말이 없었다. 슬쩍 배롱나무를
쳐다보았다. 어머니가 묻혀 있는 나무. 그 붉은 꽃망울이 시동생의
걸음을 되돌려세울 수는 없는 걸까? 어떻게 해서든 시동생을 붙잡

고 싶었다. 태연하게 받아들이긴 했지만 나그네가 시동생의 떠남을 견딜 수 있을지 어떨지는 알 수 없었다. 하지만 시동생은 붙든다고 붙잡힐 사람이 아니었다. 단호한 눈빛이 그의 결연한 의지를 말해주고 있었다.

나는 조용히 영옥의 전화번호를 건네주었다. 그런데 나는 어째서 영옥의 연락처를 시동생에게 알려준 것일까. 시동생이 영옥을 좋아할 수도 있겠다는 짐작이었는지, 그래서 영옥이 고난에서 벗어나 한국으로 오기를 바랐던 것이었는지, 아니면 나처럼 이역으로 건너갈 시동생이 걱정되어서였는지, 나도 내 마음을 가늠할 수가 없었다.

나는 시동생이 무언가 말해주기를 바랐다. 하지만 시동생은 전화번호가 적힌 종이쪽지를 말없이 받아들 뿐이었다. 자꾸 약해지려는 마음을 다잡으려 몸을 돌렸다. 그때 시동생의 손길이 느껴졌다.

아주 잠깐이었다. 나는 시동생의 눈을 쳐다보았다. 그것은 융합이었다. 서로의 눈에서 공유했던 하나의 감정. 그것은 되돌릴 수 없는, 불편하리만큼 당혹스러운 어떤 감정이었다. 나는 그대로 시동생에게 매달려 중국으로 돌아가고 싶었다. 누군가의 보호자가 되기보다 누군가의 보호를 받고 싶었다. 시동생이라면 해줄 수 있을 것 같았다. 하지만 그것은 해서는 안 될 생각이었다. 나는 얼른 몸을 돌려 집으로 향했다.

문을 열기 전, 자갈이 깔린 길을 밟아 나가는 시동생의 발소리가 들렸다. 드디어 가는구나. 아쉬움보다 안도감이 들었다. 시동생이 떠나지 않는다면 내 속에 든 이 이상한 떨림과 울림이 점점 더 확장되고 팽창되어 나도 감당할 수 없는 괴물적인 감정이 될는지도 몰랐다. 나는 가슴을 쓸어내렸다.

나그네가 깨지 않도록 조용히 방문을 열었다. 방을 나갈 때까지만 해도 잠들어 있던 나그네가 방 한가운데 우두커니 앉아 눈을 끔벅이고 있었다. 악몽에서 홀로 깨어난 어린아이처럼 울음기 가득한 얼굴로 나그네는 나를 올려다보았다.

"윤호가 없어."

나그네는 고개를 푹 숙이며 말했다. 나는 나그네의 허리를 가만히 감싸안았다.

그래요, 가버렸어요. 우리만 이렇게 남기고…… 어머니도 가고, 아우도 가. 나는 속으로 대답하며 나그네를 쓰다듬었다. 나그네를 쓰다듬으며 내 마음도 함께 쓸어내렸다. 손바닥으로 따뜻한 온기가 전해져왔다. 슬그머니 조금 전의 감촉이 떠올랐다. 손을 잡고 있던 잠깐 동안, 위안이라 할 수 있는 어떤 따스한 감촉. 나는 계속해서 나그네의 등을 쓰다듬었다. 그러면서 내 마음을 다독였다.

나그네는 이제 내가 지켜주어야 했다. 중국을 떠나올 때까지만 해도, 어머니가 돌아가시기 전까지만 해도, 이런 무거운 짐이 내게 지워지리라고는 생각 못 했다. 두려움이 슬그머니 머리를 치켜들고 있었다. 나는 두려움의 머리를 누르며 자꾸자꾸 내 속을 다독였다.

갑자기 나그네가 고개를 쳐들었다. 그런데 나를 쏘아보는 눈빛이 여태 보아왔던 빛이 아니었다. 먹이를 지키려고 이빨을 드러내고 털을 세운 들짐승처럼 형형한 눈빛이었다. 그것은 두려움을 숨기느라 독기를 품은, 분명 승냥이의 눈빛이었다.

"어디, 갔었어?"

나그네 목에 핏대가 섰다. 찢어지는 듯한 나그네의 목소리. 나그네의 눈에 희뜩 섬광이 일었다.

"잠깐, 마당에 나갔다 왔습다. 왜서, 어디 아프기요?"

내 목소리는 떨리고 있었다. 부끄러운 짓을 한 사람처럼 자신없는 목소리.

나그네의 눈에 섬뜩한 빛이 사라지는가 싶더니 나그네가 갑자기 팔뚝을 마사질 정도로 와락 붙들었다. 나는 몸을 비틀어 손을 떼어냈다. 그러나 나그네는 나를 놓지 않았다. 내 몸은 나그네에 의해 바닥에 내동댕이쳐졌다. 나그네가 옷을 벗기기 시작했다. 거칠고 포악스럽게. 나는 두려움에 떨면서도 어쩔 도리 없이 나그네 손에 몸을 내맡겼다. 나그네는 전에 없이 서두르고 있었다. 한없이 따사롭고 너그러운 손길이 아니었던가? 하지만 지금은 조급하고 감사나운 손놀림만 남아 있었다. 낯선 손이 내 몸을 열어젖히고 더듬었다.

"아침 댓바람부터, 잔살스럽게, 어째 이럴까?"

나는 가까스로 말을 이었다. 하지만 나그네를 막을 힘이 없었다. 나그네는 포악스러운 짐승이 된 것만 같았다. 내가 맨몸이 되자 나그네도 성급하게 옷을 벗었다. 하얗게 살진 가슴팍이 다가오는 걸 보며 눈을 감았다. 나그네는 내 속으로 거칠게 들어왔다.

내 몸은 아무것도 받아들일 준비가 되어 있지 않았다. 극도로 경직되고 메말라 있는 내 몸. 메마른 몸에 나그네가 밀고 들어오는 순간, 살이 찢어지는 듯한 고통이 몰아쳤다. 내 몸에서는 바람이 휘몰아치며 비가 쏟아졌다. 굵은 작달비에 살이 파이고 피가 튀었다. 몸은 폭풍 속을 헤매고 있었으나 정신은 짙은 해미 속이었다. 폭풍우처럼 거칠게 몰아치던 나그네가 고개를 쳐올리며 신음소리를 냈다.

서서히 폭풍이 가라앉고 나그네가 가슴에 얼굴을 묻었다. 나그네의 거친 숨소리는 꼭 살을 맞아 죽기 직전에 이른 들짐승의 숨소리 같았다. 나그네는 한참 만에야 몸을 떼고 누웠다. 수마가 휩쓸고 간 듯 온몸이 쓰라렸다. 무서움증이 일었다.

몸을 일으켜세우려는데 나그네가 덥석 손을 잡아끌었다. 다행히 예전의 보드라움을 되찾은 손이었다. 나그네는 인형을 안고 자는 어린애처럼 내 팔을 두 손으로 꼭 쥐었다. 나는 숨을 죽이고 나그네가 하는 대로 내버려두었다. 나그네는 잠이 들었다. 아무 일도 없었다는 듯 평온한 얼굴의 나그네.

나는 한 팔을 빼앗긴 채 조심스럽게 몸을 일으켜세웠다. 서늘한 바람이 맨몸에 휘감겨왔다. 추웠다. 견딜 수 없는 한기였다. 잠이 든 나그네의 얼굴을 내려다보며 금방 일어났던 일을 되새겨보았다. 무엇이 선하고 따스한 나그네의 눈동자를 잠식해들어간 걸까? 내 몸 속을 파고들던 그 거칠고 난폭한 기운은 무엇이었을까? 나그네의 얼굴은 어쩐지 전혀 낯선 사람의 그것 같았다.

그런데 여기 누운 이 사람은 도대체 누구지? 나는 낯선 얼굴을 바라보며 허공에 대고 끊임없이 물었다. 전혀 낯선 이 사람. 이 사람은 도대체……?

나그네는 오랜만에 외출을 하자고 했다. 내키지는 않았지만, 나그네의 뜻을 거스르고 싶지는 않았다. 도통 집 밖을 벗어나려 하지 않던 나그네였다. 나그네는 오직 집과 오리 우리와 밭과 내 곁으로

만 맴돌았었다.

시동생이 떠난 후로 나그네는 부쩍 어린애가 되어 있었다. 내 웃음을 보자고 한없이 어리광을 부리기도 하고, 엄마 치맛자락을 잡고 늘어지는 아이처럼 내 주변에서만 놀았다. 그러다가 어느 순간 전혀 다른 모습으로 변해 눈을 해뜩 뒤집을 때면 정신이 휑해났다. 내 몸을 거칠게 헤덤비다가 벌렁 누워 잠이 들곤 하는 나그네. 잠결에도 몸의 뒤침을 틈나 또다시 내 웃섶을 헤치는 맵짠 손놀림은 아무리 생각해봐도 이해가 되지 않았다. 한차례의 폭풍이 지나간 다음날이면 허벅지나 팔뚝에 푸른 멍이 생겨나곤 했다. 그러나 나그네는 아무것도 기억나지 않는 사람처럼 말끔한 얼굴이 되어 또다시 나를 웃기느라 여념이 없었다.

붉은 생채기와 멍을 들여다보며 시동생이 돌아올 날만을 기다렸다. 시동생이 돌아오면 모든 것이 예전으로 돌아갈 수 있을 것 같았다. 하지만 조만간 들르겠다던 시동생은 소식이 없었다. 옌지에서는 월병이나 나눠 먹고 말 추석을 한국에서는 세계 지낸다는데 추석 때나 되어야 올 텐가.

시동생을 기다리는 건 나그네도 마찬가지였다. 추석 즈음에는 돌아오리라는 기대로 나그네의 얼굴빛은 안정을 되찾은 듯 보였다. 어두운 그림자 대신 나들이를 계획하며 밝은 웃음을 보이기도 했다. 나는 나그네의 환한 낯빛에 안도하면서도 언제 찾아올지 모를 폭풍에 불안해하고 있었다.

나그네와 함께 간 곳은 재래시장이었다. 배나 감 같은 과일들은 옌지보다 훨씬 크고 색도 진했다. 과일도 몇 가지 사고 생선과 고기도 샀다. 차례 상차림이라는 것이 내겐 익숙지 않은 일이어서 모든 것은 나그네가 알아서 했다. 다른 때와는 달리 나그네도 이것저것 물건을 고르는 데 망설임이 없었다. 나그네는 한 짐 되는 물건들을 차에 실어놓고 근처 백화점에서 새옷도 한 벌 사주었다. 썩 잘 어울린다는 복무원의 말에 나그네는 내처 화장품과 신발 등속도 사주었다.

사람들이 넘쳐나는 시장거리를 걷다가 커다란 수족관 앞에서 걸음을 멈추었다. 처음 본 각종 물고기가 꼬리를 휘젓고 다니는 수족관. 옌지에서 보았던 작은 수족관과는 비교할 수 없이 컸다.

"회 먹을까?"

나그네가 내 귀에 대고 속삭였다. 나는 가만히 서서 고개를 끄덕였다. 나그네의 얼굴이 환하게 빛났다. 나그네는 내 손을 끌고 생선집으로 들어갔다. 차림표를 훑어본 나그네가 생선을 선택하고 내게 짚어주었다. 나는 사람을 불러 나그네가 시키는 대로 주문을 했다. 생선을 한 가지만 시켰는데도 여러 가지 채가 따라 나왔다. 새로운 채가 나오면 그때마다 나그네는 채를 집어 내 입속에 넣어주곤 했다. 나그네가 주는 채를 딸각딸각 받아먹으면 나그네는 컥컥컥 소리내어 웃었다.

"함께 드십쇼. 저만 먹으면 사람들이 눈구렁을 주지 않게요."

무어라도 말해야 할 것 같아 가까스로 말을 이었다. 내가 접시를 밀어주면 나그네는 그제야 겨우 회 한 점을 집어 입에 넣었다. 나그네가 잠시 화장실에 간 사이 채를 나르던 아짐이 새로운 채를 내려놓으며 물어왔다.

"어디서 왔으메?"

"옌지에서 왔슴다. 고향분이심까?"

"나는 창춘서 왔지 뭐."

"아, 그렇슴까? 어머니 집이 빙춘이심다. 그럼 어머니 고향분이 시지 않에요. 오신 지 얼마나 됐슴까? 저는 인차 봄에 왔슴다."

반가움에 아짐의 손을 덥썩 잡긴 했지만 나그네가 들어간 화장실 문 쪽으로 눈길이 가는 것은 어쩔 수 없는 일이었다.

"나는 한 십 년쯤 되었지, 뭐. 새댁인가보우."

"한국 와서 고향 사람 첨 봄다."

화장실 문이 열렸다. 나는 잡았던 손을 얼른 거두었다.

"나그네가 고향 사람 만나는 걸 싫어하는 게지. 내 말이 옳지? 그래, 그런 사람들이 더러 있다는 얘기 들어나서 안다. 심심하면 놀러 오쟴? 내 여기 쪽방에서 사니까, 언제든지 와라, 알안?"

아짐은 서둘러 말하고 식탁에서 벗어났다. 나는 든든한 친구를 얻은 기분이었다. 아짐은 그후에도 상냥스럽게 부닐며 채를 더 갖다주곤 했다. 그리고 나그네 앞에서는 반듯한 서울말을 쓰는 것도 잊지 않았다.

식당에서 나온 나그네는 시동생이 좋아한다며 대추를 한 되 샀다. 전에는 배롱나무 옆에 대추나무가 있었다고, 어릴 적에 대추를 따달라 조르곤 했었다고, 자랑처럼 말했다. 집에 돌아와서도 어릴 적 이야기는 계속 이어졌다. 나그네가 동생에게 보여주었던 많은 묘기들, 대추나무에 재바르게 올라갔던 이야기, 그리고 북경에서 보았던 서커스 이야기를 했다. 곤봉을 돌리는 남자애들과 줄을 타는 여자애의 이야기를. 나는 고개를 끄덕이며 나그네의 가느다란 목소리에 귀를 기울였다. 하지만 나그네의 이야기는 나와는 상관없는 아주 먼 나라의 이야기 같았다.

오리가 알을 다섯 개나 낳았다. 며칠 동안 모아놓은 알과 더하니 스무 알 남짓. 밀폐용기에 담고 소금물을 꼴똑 채웠다. 이제 보름만 기다리면 절인 오리알을 맛볼 수 있다. 노른자위가 발그스름해질 때까지 푹 삶아내면 기름기가 찰찰 배어나올 테지. 반을 갈라 숟가락으로 파먹으면 고소한 맛이 퍽이나 좋았는데.

내친김에 차예단 만들 닭알을 냄비에 안쳤다. 계피는 준비되지 않아 넣지 못했지만 간장과 소금, 찻잎과 산초를 알맞춤 넣었다. 벌써부터 구수한 냄새가 풍겨나는 것 같았다. 나그네가 이 냄새를 싫어하지 않아야 할 텐데.

슬쩍 시계를 보며 시간을 가늠해보았다. 사료를 사러 간 나그네가 돌아오려면 아직 여유가 있었다. 김칫거리와 그밖에 필요한 물품들을 다 사오려면 제법 시간이 걸릴 것이었다. 사료가 떨어진 지벌써 며칠이 지났는데, 나그네는 도통 집 밖을 나서려 하지 않았다. 겨우 어르고 달래서 보낸 걸음이었다.

나그네가 나가자마자 둔화 집에 전화를 넣었다. 빈 신호음만 되돌아왔다. 영옥도 복무중인지 전화를 받지 않았다. 나그네가 오기전에 연결이 되어야 하는데 마음이 조급해났다. 중국에 전화한 걸알면, 고향이 그리우냐고, 자신을 떠나겠느냐고, 또 그렁그렁한 눈물을 보일는지도 몰랐다. 이런 상황에서 부모님 초청은 생각도 못할 일이었다. 그 많은 서류들을 챙기고 접수하는 일도 엄두가 나지 않았다. 반평생을 교원질만 하던 아버지는 한국 가서 잡일밖에 더하겠느냐고, 말끝을 흐렸었다. 목소리라도 듣고 싶어 재차 전화를 넣었지만 역시나 빈 신호음뿐이었다.

노름하게 색이 배어든 것이 마침 잘 익었다. 이제 계란 껍데기를 바숴 간이 잘 배도록 조금만 더 끓이면 되겠다. 모록모록 피어오르는 김을 휘저으며 숟가락 뒤로 눌러 계란 껍데기를 바수었다. 껍질이 떨어져나가지 않도록 살살 눌러주어야 한다고 엄마가 말하곤 했었는데.

숟가락을 내려놓는 것과 동시에 나그네가 돌아오는 소리가 들렸다. 나는 얼른 불을 끄고 현관으로 달려갔다. 미처 현관문을 열기도 전에 나그네가 들어왔다. 얼마나 재게 달려왔는지 얼굴은 땀으로 번들거리고 겨드랑이는 흠뻑 젖어 있었다. 나그네는 숨을 고를 여유도 없이 나를 마사지게 껴안으며 가슴에 머리를 파묻었다.

"날도 더운데 천천히 다녀오라 하잼까. 이 더위에 그렇게 고려 없이 뛰어다니면 애로가 있지 않슴까?"

나는 어린애를 달래듯 나그네의 머리를 쓰다듬어주었다. 나그네는 그제야 얼굴을 가슴에서 떼고 환하게 미소를 지었다.

"사왔어, 아주 많이."

"김칫거리도 사왔에요?"

"응, 많이."

"하면, 김치 담그는 거 도와주겠슴까?"

말이 끝나기가 무섭게 나그네가 내 손을 끌며 밖으로 나가자고 성화를 해댔다. 나를 위해서 무언가 할 때 나그네는 신이 났다. 나는 나그네를 기분좋게 하는 법을 새로이 배워가고 있는 중이었다. 끊임없이 일을 만들어주고 어루만져주고 웃어주는 것만으로도 나그네는 안심이 드는 것 같았다.

트럭에는 수십 포기의 배추와 푸성귀들이 실려 있었다. 김장을 담가도 될 만한 양이었다. 절로 한숨이 나왔다. 나그네는 부엌과 창고를 오가며 고무다라를 꺼내오고 항아리를 가져오느라 부산했다. 배추를 다듬고 씻고 절이는 데 한나절 꼬박 걸렸다. 외장아찌도 넉넉히 담고, 고추와 양파를 섞어 초절임도 만들었다. 나름대로 어머님이 하던 흉내는 내보았지만, 맛이 날지는 장담할 수 없었다. 찬맛이 변해서인지 삼복이 지난 탓인지 손님도 부쩍 준 것 같았다. 어머님 가시기 전에 눈가늠을 단단히 해둘 걸 그랬다. 나는 배롱나무를 아쉽게 바라보았다. 붉었던 배롱나무꽃은 숱도 적어지고 색도 예전 같지가 않았다.

해가 지면서 제법 선선한 바람이 불어오기 시작했다. 새로 담근 김치와 두어 가지 채를 만들어 평상에 앉았다. 나그네는 기분이 좋았는지 밭에서 옥수수 몇 이삭을 따다가 직접 삶아오기까지 했다. 저녁상을 치우고 어둠이 내릴 때까지, 나그네와 나는 옥수수 한 이삭씩 물고 풀벌레 소리를 들었다. 내 무릎을 베고 누운 나그네의 얼굴은 한없이 평온해 보였다. 한가롭고 여유로운 여름밤이었다.

"보기요, 속초가 여기서 멈까?"

나그네의 흥얼거림에 힘을 얻어 슬그머니 물어보았다.

"속초?"

"전에 가고 싶은 데 없냐고 묻지 않았슴까? 속초에 한번 가보면 좋겠습다. 바다도 보고."

"속초 가자. 윤호 오면."

나그네의 얼굴이 환해지는가 싶더니 어느새 검은 그림자가 드리워졌다. 가슴이 덜컹 내려앉았다. 눈 밑의 작은 흔들림이, 어느 결엔가 몰려온 그림자가 나그네의 변화를 예고하고 있었다. 나는 얼른 나그네의 머리칼을 쓰다듬어주었다.

"어째 오늘은 물구나무를 안 섭까? 물구나무 보고 싶습다."

나그네는 그림자를 금세 지우고 물구나무서기를 시작했다. 나는 아이처럼 손뼉을 쳤다. 손뼉을 치면서 두려웠던 마음도 함께 다독였다. 나그네의 물구나무서기는 오래 이어졌다. 평상에 올랐다 훌쩍 뛰어내리기도 하고 배롱나무를 재바르게 타기도 했다. 이리저리 움직이는 나그네는 재롱을 부리는 것이 아니라 슬픔을 견디기 위해 몸부림치는 것 같았다. 소리를 꺽꺽 질러대며 움직이는 나그네를 보면 한없이 가엾고 측은해져서 마음이 아파났다.

나그네는 옷도 갈아입지 않은 채 잠이 들었다. 옅게 코까지 고는 걸 보면 꽤나 곤했던 모양이었다. 간만의 외출에 김칫거리에 묘기까지, 힘이 들 만도 했다. 그러고 보니 배추를 건져놓을 때가 되었겠다. 나그네에게 홑이불을 덮어주고 마당으로 나갔다. 배추는 마침맞게 간이 들어 있었다. 물에 대충 흔들어 건져놓고 배롱나무 아래 앉았다.

엉덩이로 차갑고 촉촉한 흙의 기운이 느껴졌다. 흙을 다독이며 나지막이 어머니를 불러보았다. 마침 시든 배롱나무꽃이 무릎 위로 툭 떨어졌다. 이제 꽃이 지고 나면 열매를 맺게 되겠지. 열매는 어

떤 빛깔일까. 옌지에는 지금쯤 사과배가 가뜩하겠지. 그런데 영옥은
시동생을 만났을까? 시동생에게 연락처를 주었다고 일러주긴 했는
데. 나는 배롱나무 꽃잎을 만지작거리며 생각했다. 생각은 꼬리에
꼬리를 물고 이어졌다. 상상은 나로 하여금 살아 있게 만드는 것이
었다. 상상은 나를 위로했다.

　바람이 횡, 하니 불어왔다. 신선한 바람이 상상 속에 빠진 나를
흔들었다. 나그네가 깨기 전에 들어가야겠다고 몸을 일으켜세우다
가 나는 그만 흙바닥에 주저앉고 말았다. 언제부터였는지 나그네가
눈을 부릅뜨고 내 앞에 서 있는 것이었다.

　"어째 자지 않고 나왔에요? 배추가 알맞춤 간이 들어……"

　나는 채 말을 잇지 못했다. 나그네는 다짜고짜 내 손목을 쥐고 잡
아끌었다.

　"보시오, 아픔다. 살살 당기시오."

　나그네가 히뜩 뒤를 돌아보았다. 나는 말로 나그네를 설복할 수
없다는 것을 깨달았다. 괜히 입힘만 낭비할 뿐이었다. 체념하고 나
그네가 이끄는 대로 따를 수밖에 없었다. 그것만이 고통을 누그러
뜨리는 방법이었다. 신발이 벗겨지고 맨땅에 무릎을 찧어가며 방
안까지 끌려갔다. 나그네는 방 안으로 나를 밀어젖뜨리고 허겁지겁
옷을 벗었다. 나도 옷을 벗었다. 단추를 푸는 손이 떨려왔다. 옷을
다 벗은 나그네가 내 옷을 마저 벗겨냈다. 그리고 무릎으로 허벅지
를 짓기며 내 몸에 올라탔다.

　무슨 말인지 알아들을 수 없는 아츠러운 소리가 침과 함께 나그
네 입에서 흘러나왔다. 누군가를 애타게 찾는 것도 같고, 저주의 말

을 퍼붓는 것도 같았다. 뜨거운 혓바닥이 온몸에 휘감기고 끈적한 침이 몸 구석구석을 훑었다.

나는 가능한 한 행복한 상상을 하려 애를 썼다. 햇살 아래 단잠, 사과배꽃 날리던 언덕, 국경절 경축 야회 때 터지던 불꽃놀이, 붉은 기운이 감도는 석실, 그리고 이어지는 그의 목소리. 하지만 행복한 생각을 할수록 고통은 더욱더 실제적으로 느껴졌다. 나는 다시 아무 생각도 하지 않으려 애를 써야만 했다.

드디어 폭풍이 멈추었다. 내 안에서 뜨거운 것이 되밀고 나오는 순간 억이 막힌 숨도 겨우 내뱉을 수 있었다. 몸을 뗀 나그네가 벌떡 일어나 알몸인 채로 문을 열고 나갔다. 현관문 소리가 나고 얼마 지나지 않아 나그네의 거친 발소리가 들렸다.

나그네 손에 들린 검은 전선. 나는 아연하여 검은 전선만 바라보았다. 나그네는 내 손목에 전선을 칭칭 감기 시작했다. 두려움이 엄습했다. 전선을 너무 세게 당겨 손목이 욱신거렸다. 나그네는 제 손목과 내 손목을 단단히 묶고 뒤로 벌렁 누웠다. 나는 전선에 손을 얽매인 채 꼼짝도 하지 못했다.

어느새 잠이 들어버린 나그네의 규칙적인 숨소리가 뒷머리를 간질였다. 천천히 고개를 돌려 나그네의 얼굴을 쳐다보았다. 조금 전의 우악스럽고 날사나운 표정은 온데간데없었다. 한기가 들었다. 나는 한 손을 빼앗긴 채 모로 누워 창문만 바라보았다.

"가지 마."

꿈결인 듯 나그네가 조용히 읊조렸다. 바람줄기가 창문을 두들겨대고 있었다.

어둠 속에서 닭 홰치는 소리가 아득하게 들려왔다. 날이 희뿌염하게 밝아오고 있었다. 나는 조금씩 엷어지는 어둠의 결을 바라보았다. 밤새 시끄럽던 바람 소리가 멎고 산새 소리가 들려오기 시작했다. 머릿속이 텅 비어가고 있었다. 어떤 생각도 어떤 상상도 들지 않았다.

손이 위로 들리는가 싶더니 나그네가 몸을 일으켜세웠다. 나그네는 한동안 움직이지 않고 가만히 앉아 있었다. 손목에 물방울이 떨어졌다. 똑, 똑. 눈물방울이 연이어 떨어졌다. 볼을 타고 내려온 눈물이 턱으로 목으로 흘러내렸다. 나그네가 손목에 감긴 전선을 풀기 시작했다. 전선이 헐거워지면서 막혔던 피가 손끝으로 쫙 퍼져나가는 느낌이 들었다. 전선을 다 푼 나그네가 내 어깨에 조용히 손을 올려놓았다. 등줄기가 서늘해졌다. 나그네는 모로 누운 내 몸을 일으켜세웠다. 나는 가까스로 몸을 일으켰다. 허리가 시큰거렸다.

나그네의 볼에 손을 갖다대었다. 손가락 끝으로 눈물이 와 닿았다. 눈물은 따뜻했다. 눈물 자국을 따라 손가락을 움직였다. 내 손가락은 나그네 목울대에 그어진 검붉은 줄에 멈추었다.

'당신의 목소리를 앗아간 전선이 이제 내 몸속을 파고들어요, 채찍처럼, 아리게.'

나그네 목의 상처를 만지며 속으로 말했다. 나그네는 목을 푹 꺾으며 내 가슴에 얼굴을 묻었다. 팔을 돌려 나그네를 감싸안았다. 그리고 조용히 등을 토닥여주었다. 왠지 그래야 할 것 같았다. 달리 할 수 있는 일도 없었다. 그저 내 쓰린 손목을 쓰다듬듯 나그네의 등을 쓰다듬어줄 밖에.

"밤새 닭들이 울었에요. 오리들도. 가서 봐주시겠음까? 밭에 물도……"

감았던 팔을 풀고 나그네의 눈을 쳐다보며 말했다. 내 목소리가 아득하게만 느껴졌다. 나그네는 내 말이 떨어지기가 무섭게 민속하게 옷을 입었다. 그러곤 도망치듯 방을 빠져나갔다.

나는 나그네가 나가고 나서도 한참 동안 그대로 앉아 있었다. 서서히 방 안의 풍경이 눈에 들어왔다. 방 안에는 지난밤 내 몸을 옥죄었던 전선과 벗겨진 옷가지들이 함부로 나뒹굴고 있었다. 아침볕이 방 안으로 밀고 들어오기 시작했다. 빛이 들어찰수록 오히려 극한 한기가 느껴졌다. 맨살에 닿는 빛줄기가 얼음장처럼 차가웠다.

한참을 넋 놓고 앉아 있는데 전화벨이 울렸다. 방 안을 가득 채우는 벨소리는 날카로웠다. 신경을 곤두세우는 소리를 재우기 위해 수화기를 들었다. 일단 전화를 들긴 했지만 목소리가 나오지 않았다. 겨우 목청을 가다듬어 소리를 냈다. 수화기 저편에서는 아무 소리도 들리지 않았다. 다시 한번 힘을 내 소리를 냈다. 이윽고 들리는 시동생의 목소리. ……저 윤호예요.

울컥 눈물이 날 것 같았다. 가까스로 막고 있던 방죽이 한꺼번에 무너져내리는 기분이었다. 두 달 만에 온 전화였다. 왜 이제야 연락을 하냐고, 돈 한 짐을 지우고 혼자 어디를 갔느냐고, 나도 좀 데려가달라고, 악이라도 쓰고 싶었다. 하지만 내 입에서는 의지와는 상반된 말이 흘러나오고 있었다.

"어째 이제야 전화를 넣으심까?"

내 목소리는 아주 평온했다. 게다가 나그네의 안부까지 전해주고 있었다. 무엇이 나를 태연하게 만들었는지 알 수 없었다. 몇 마디 말도 못 했는데, 시동생은 서둘러 전화를 끊어버렸다. 전화가 끊어진 걸 확인한 후에야 참았던 눈물이 와락 터져나왔다. 수화기를 든 채 소리 죽여 눈물을 흘렸다. 눈물을 흘리며 수화기에 대고 사라진 목소리를 불러세웠다.

"웨이, 웨이."

나는 이미 지나가버린 희망줄기를 붙잡듯 계속해서 누군가를 불러댔다. 하지만 내 소리에 답하는 이는 아무도 없었다. 아무도.

어둠은 너무 빨리 찾아온다. 밤이 빨리 오는 만큼 나그네가 내 몸속을 파고드는 시간도 늘어났다. 손목을 감던 전선은 발목으로 이어졌고, 나는 몸의 일부를 나그네에게 붙인 채 잠이 들었다. 손목과 발목에는 붉은 생채기가 가실 날이 없었다. 나는 이제 이불을 깐 다음 직접 손목과 발목에 전선을 묶고 자리에 눕는다.

체념은 이제 내가 할 수 있는 전부였다. 내가 체념을 배워가는 동안 배롱나무 꽃잎이 모두 지고 첫서리가 내렸다. 봄은 순식간에 사라졌다. 내게 남은 것은 메마르고 강사나운 겨울바람뿐이었다. 겨울은 길고 지루할 것이었다.

나그네는 오리 우리에 비닐 두르는 작업을 하고 있었다. 나는 그 옆에 쭈그리고 앉아 나그네의 움직임을 무심히 바라보고 앉았다. 나그네는 내가 꼼짝도 않고 앉아 있다는 걸 알면서도 자주 뒤돌아보며 내 위치를 확인했다.

나는 한순간도 나그네의 시야에서 벗어날 수 없었다. 나그네는 자신의 눈에 내 전부를 가두고 싶어했다. 내가 나그네의 시야에서 잠시라도 벗어나면 나그네는 이성을 잃고 찾아 헤맸다. 그래도 나그네의 시야에 머무는 동안만은 발목을 옥죄고 있는 전선에서 자유로울 수 있었다. 어쩌면 분노와 어둠으로 가득한 나그네의 눈동자를 들여다보는 것보다 온몸에 전선을 감고 나그네 옆에 붙어 있는 편이 차라리 나을는지도 몰랐다. 나는 이제 나그네의 눈동자를 정면으로 쳐다보지 않고서 나그네 눈동자 속에 사는 법을 배워가고 있었다. 나그네의 눈 속이 내 유일한 공간이었다. 달리 가야 할 곳도, 갈 수 있는 곳도 없었다.

"다 했어, 들어가 이제."

작업을 마친 나그네가 내게 다가오며 말했다. 나는 희미하게 미소를 지어주었다. 고개를 끄덕이거나 입매를 끌어당겨 미소를 짓는 것, 그것이 나그네의 가녀린 목소리에 대답할 수 있는 유일한 대화 방식이었다. 하지만 언제까지 미소라도 지어 보일 수 있을지, 입꼬리를 올릴 때마다 입가에 이는 작은 경련을 들키지 않을 수 있을지는 모를 일이었다. 나는 나그네가 목소리를 잃은 것처럼 말하고 싶은 욕구를 잃었다. 내가 말을 잃어갈수록 나그네가 내 옆에 머무는 시간은 더 많아지고, 내 시선이 먼 곳을 향할수록 나그네의 불안감은 더욱 심해질 것이다. 나그네가 불안한 만큼 내 몸을 옥죄는 전선의 힘도 억세지는 것은 당연한 일이었다.

나그네가 손을 잡아끌었다. 나는 땅에 손을 짚으며 몸을 일으켜 세웠다. 휘청, 어지럼증이 일었다. 눈앞이 캄캄해지더니 불현듯 섬광이 일었다. 요즈음 부쩍 현기증이 잦아졌다. 앉았다 일어나거나 갑자기 몸을 움직이면 어김없이 눈앞이 캄캄해졌다. 귀에서 매미 울음소리 같은 것이 들리기도 했다.

나그네는 나를 문지방에 앉혀놓고 부리나케 저녁 준비를 했다. 김치찌개 냄새가 역하게 느껴졌다. 계란 부치는 기름 냄새에도 자꾸만 시큰 침이 괴었다. 나는 최대한 입으로 숨을 쉬려 애를 쓰며 욕지기를 참아냈다. 밥상 앞에 앉자 미식거리던 속이 더 울렁거려 왔다. 아무것도 넘길 수 없었으나 나그네가 밥 위에 올려주는 반찬을 말없이 받아먹었다. 밥 반 공기를 겨우 비워내고 난 후, 결국 나는 화장실로 달려가 먹은 것을 모두 게워냈다.

"괜찮아? 아파?"

화장실까지 따라 들어온 나그네가 등을 쓰다듬으며 물어왔다. 나그네의 두툼한 손바닥이 등에 닿을 때마다 섬찟섬찟 소름이 돋았다.

"세욕 좀 하겠슴다."

입가에 묻은 침을 손등으로 훔치며 가까스로 말했다. 안절부절못하는 나그네를 겨우 밀어내고 변기 위에 앉았다. 목구멍이 따끔따끔하고 식은땀이 흘렀다. 몸이 자꾸만 아래로 꺼지는 것 같았다. 샤워기 물을 틀고 그 아래 섰다. 욕실 가득 수증기가 들어찼다. 나는 뜨거운 물 아래 한참 동안 서 있었다.

거울 앞에 섰다. 뜬김 때문에 아무것도 보이지 않았다. 손으로 거울을 닦아냈다. 낯선 얼굴이 보였다. 퀭하니 들어간 눈 언저리와 아무 감정도 없는 눈동자, 부쩍 숱이 적어진 듯한 머리칼. 이것은 내 얼굴이 아니다. 내 얼굴이 기억나지 않았다.

그런데 넌 누구지?

나는 거울 속에 대고 물었다. 거울 속 낯선 여자는 아무 대답도 하지 않고 그저 물끄러미 내 쪽을 쳐다보고 있었다.

거울에서 눈을 떼고 내 몸을 내려다보았다. 앙상하게 드러난 쇄골과 자그마한 가슴, 일자로 길게 늘어진 배꼽, 납작한 불두덩과 결이 고른 거웃. 동그란 무릎뼈에서부터 뻗어난 가느다란 종아리. 그러다 문득 가슴패기에 난 푸른 멍에 시선을 붙잡혔다. 그리고 발목과 손목에 남은 붉은 전선 자국도 보았다.

가슴에 손을 올려놓았다. 따뜻했다. 내 몸은 피가 흐르고 숨을 쉬는 육체였다. 묶이고 갇혀야 할 고깃덩어리가 아니었다. 나는 수건에 거품을 가득 묻혀 몸을 닦기 시작했다. 가능한 부드럽고 정성스럽게. 거품이 일면서 내 몸이 조금씩 살아나는 것도 같았다. 딱딱해진 복사뼈가, 욱신거리는 손목이, 생채기 난 발목이, 고통을 잊고 발그라니 달아올랐다. 배꼽이 찌릿찌릿해왔다.

나는 다시 거울 앞에 섰다. 그리고 거울 속 얼굴을 바라보며 이름을 불렀다.

"해화야!"

내 이름은 해화야. 림, 해, 화. 나는 계속해서 내 이름을 불렀다.

문이 열리고 나그네의 얼굴이 쑥 들어왔다. 나그네는 수건을 손에 든 채 문가에 서 있었다. 샤워기를 끄고 알몸인 채로 밖으로 나왔다. 어차피 옷 입을 필요는 없을 터였다. 몸에 냉기가 돌며 소름이 돋았다가 사라졌다.

"걱정했잖아, 아프지, 마……"

나그네는 내 몸의 물기를 수건으로 조심스럽게 닦아내며 계속해서 말을 했다. 아프지 마. 울컥 눈물이 날 것 같았다. 몸을 다 닦고 나서 나그네가 이끄는 대로 미리 깔아놓은 이불 위에 몸을 뉘었다. 나그네는 내 발목에 전선을 묶지도 거칠게 몸속으로 들어오지도 않았다. 그저 머리맡에 앉아 젖은 머리칼을 쓰다듬기만 했다. 굵은 전선과 과격한 손놀림을 예상했던 내게 그것은 너무 낯선 감촉이었다. 몸이 나른해지면서 졸음이 몰려왔다.

"머리도 빗겨주고 귀도 파줄게, 내가. 그러면 아픈 거, 다 나을 거야."

나그네의 목소리가 아련하게 멀었다. 나는 눈을 감고 나그네가 하는 대로 내버려두었다. 귓속을 간질이는 면봉의 섬세한 움직임과 가끔 훅 들어오는 따뜻한 입김이 느껴졌다. 머리칼 사이로 들어오는 손가락과 이마를 짚는 두툼한 손바닥의 감촉, 맨몸을 덮어주는 따뜻한 솜이불. 꿈을 꾸고 있는 것만 같았다. 이것은 분명 꿈이었다.

아주 오랜만에 든 편한 잠이었다. 눈을 뜨자마자 나는 손목부터 만졌다. 손목에는 아무것도 묶여 있지 않았다. 조심스럽게 몸을 움직여보았다. 다리에도 허리에도 나그네와 연결된 전선은 없었다.

고른 숨소리. 나는 어둠 속에 앉아 나그네의 숨소리를 들었다. 조용히 이불을 들치고 일어나 옷을 입었다. 어둠 속이라 되는대로 옷걸개에 걸린 옷을 걸치고 손가늠으로 단추를 채웠다. 이상한 열기 같은 것이 내 손을 움직이고 발을 이끌고 있었다.

나는 방문 앞에 서서 어둠 속을 응시했다. 어둠이 눈에 익으면서 방 한가운데에서 자고 있는 나그네의 모습이 보였다. 두 팔을 위로 올린 채 깊은 잠에 빠진 나그네의 얼굴은 한없이 편안하고 온화했다. 쌕쌕 숨소리조차 나지막하게 들렸다. 입가에 어린 미소를 보면 단꿈을 꾸고 있는지도 몰랐다.

나그네를 향해 조용히 말했다.

"내 이름은 해화예요, 림해화."

마지막으로 나그네의 얼굴을 한번 더 보고 방문을 열었다. 문턱을 넘어 첫발을 내딛자마자 모든 두려움이 사라졌다. 문을 열면 새로운 어둠이 몰려왔지만, 두려울 것이 없었다.

배롱나무 앙상한 가지 끝에 걸린 달을 마지막으로 일별하고 집을 빠져나왔다. 아무 생각도 없었다. 그저 걸을 뿐이었다. 길에는 흰 서리가 내려앉아 있었다. 꼭 첫눈이 내린 것만 같았다.

 뱃고동이 울렸다. 양묘기가 닻을 감아올리기 시작하자 동춘호는
몸을 꿈틀대며 출항을 서둘렀다. 도르래가 돌아가고 와이어가 팽팽
해지고, 그에 따라 선원들의 움직임도 부산해졌다. 갑판 위에서 출
항과정을 지켜보는 사람들은 대부분 산행 차림의 관광객들이었다.
승선과정에서 배를 향해 전력질주를 하던 소무역상들은 눈에 띄지
않았다. 출항시간을 두 시간이나 앞둔 승선이었는데도, 소무역상들
은 서로 먼저 배에 오르려고 뛰고 밀치고 잡아당겼다. 배를 타기 위
해서가 아니라 침몰하는 배에서 마지막 구명정을 놓치지 않기 위해
안간힘을 쓰는 사람들처럼. 그렇게 서두르던 사람들이 막상 배에
오르고 나자, 한없이 느긋한 표정이 되어 선실 이곳저곳을 어슬렁
거리고 다니는 것이었다.
 상원은 나를 육 인실 다다미방에 데려다주고 나가더니 소식이 없
었다. 육 인실이라고는 하지만 네 명이 빠듯하게 잘 수 있을 정도의

크기였다. 한쪽 벽면을 차지한 사물함과 여기저기 널려 있는 상원의 옷가지들은 좁은 방을 더욱 비좁게 만들고 있었다. 그리고 벽 한가운데 걸려 있는 사슴 머리 박제. 그것은 비좁은 선실과는 어울리지 않는데다 흉측스럽기까지 했다. 기괴하게 휘어진 뿔이며, 뻣뻣하고 거무죽죽한 털이며, 노란빛이 나는 플라스틱 눈알까지. 박제 사슴은 해적선의 고물 장식이라도 되는 듯 방 전체를 압도하며 매달려 있었다. 나는 잠시 사슴 눈을 노려보다 갑판으로 나왔다.

선박 하단에 물살이 이는가 싶더니 배는 서서히 선착장을 벗어나기 시작했다. 갑판 위에 선 사람들은 선원들을 따라 이리저리 옮겨다니며 구경을 하거나 사진을 찍어대고 있었다. 선원들이 사라지고, 속초항을 벗어난 배가 등대를 지나고 나자, 앞에 보이는 것은 바닷물뿐이었다. 사람들이 하나둘 자리를 뜨고 갑판 위에는 역한 기름 냄새와 시끄러운 엔진 소리만 남았다.

눅눅하고 후텁지근한 바람이 얼굴을 후려쳤다. 갑자기 돌아가고 싶은 생각이 솟구쳤다. 육지는 아득하게 멀었다. 여기서 내가 돌아갈 수 있는 곳이란 사슴 박제가 걸린 상원의 방뿐이었다. 나는 담배를 피워물고 선미로 향했다. 흰 물거품이 항구 쪽을 향해 기다란 항적을 그리고 있었다. 나는 난간에 턱을 괸 채, 끊임없이 부풀었다가 사라지는 흰 거품들을 바라보았다. 거품이 만들어내는 항적을 쫓아가다보면 병풍처럼 둘러쳐진 설악산 줄기가 보였다.

"얼라처럼 뭐 구경할 게 있다고 이러고 있노, 앞으로 질리게 볼 긴데."

상원이 어깨를 툭 건드리며 나타났다. 상원은 내게 담배 한 대를 내밀었다. 이제 막 담배를 끈 후라 생각이 없었지만 고개를 맞대고 불을 붙였다. 상원과 나는 말없이 담배만 피우며 서 있었다. 담배연기는 순식간에 사라져갔다.

"정신없제? 금방 익숙해질 기다."

"배가, 생각보다, 많이 느리네."

"헤엄치는 거보다 안 빠르겠나. 가자, 신고는 해야제."

상원은 담배꽁초를 바다에 던져버리고는 먼저 자리를 떴다. 나는 마지막 작별인사를 하듯 항구 쪽을 바라보았다. 희미하게 보이던 설악산 줄기는 수평선 뒤로 완전히 자취를 감추었다. 막 지나쳐 간 부표를 아쉽게 바라보다가 상원이 사라진 문 쪽으로 걸음을 옮겼다.

상원이 들어간 곳은 카지노였다. 카지노라곤 하지만 슬롯머신 몇 대와 테이블 경마 한 대가 있을 뿐인, 동네 성인오락실 수준에도 못 미치는 곳이었다. 내가 들어가자 기계 옆에 서 있던 상원이 기다렸다는 듯 카지노를 빠져나갔다. 경마 기계에서 출발을 알리는 신호와 함께 말발굽 소리가 흘러나왔다.

선원실 복도를 지나 계단을 오르고 조리실을 들러 또다시 복도를 지나는 동안, 상원은 마주치는 사람마다 간섭을 하고 나를 소개시키느라 정신이 없었다. 부산을 떠는 상원에 비해 사람들의 반응은 대체로 무덤덤했다. 그저 손 한번 내밀어 악수를 하고는 무표정한 얼굴로 하던 일을 계속 할 뿐이었다. 좁은 계단을 올라 도착한 곳은 조타실이었다.

"제 친군데예, 오늘 처음 배 탄다 아입니까. 브리지 좀 구경시켜

줘도 되지예? 봐라, 여가 브리지다."

"또 엠헌 사람 뱃사람 만들었지?"

"사무장은 가서 선실이나 확인할 일이지, 브리지에서 뭐 합니까? 쪼매 있으믄 밥때 아잉교, 밥 잘 푸고 있나 감시나 하지예? 아입니까, 부선장님."

상원이 툭 내뱉으며 부선장에게 다가가 허리를 감싸안았다. 백발에 기골이 장대한 부선장은 허리를 비틀어 상원의 손을 간단히 떼어냈다. 사무장이라는 사람은 불편한 표정으로 상원을 쳐다보다가 이내 자리를 떴다. 사무장이 조타실을 나가자마자 상원은 들으라는 듯 문을 쳐다보며 말했다.

"사무장은 무슨 사무장, 우린 큼큼이라 부른다 아이가, 큼큼이. 남 걱정 말고 자기 축농증이나 고치지."

"니 사무장이랑 한 번만 더 싸우면 다시는 배 못 타게 한데이. 알 겠나?"

"어데예, 지가 분대질 안 하믄, 제가 먼저 시비 거는 거 봤습니까?"

상원은 히죽거리던 웃음기를 거두며 정색을 하고 말했다. 부선장은 별 대거리 없이 내 쪽을 쳐다봤다. 아무 감정도 느껴지지 않는 무표정한 얼굴이었다.

"저랑 둘도 없는 친군데예, 잘 봐주이소. 인사해라, 우리 형님이 시다."

"이 자슥, 우리 어메가 언제 니 같은 놈을 낳았다 하데?"

부선장의 면박에도 상원은 개의치 않았다. 오히려 조타실 안을 거침없이 활보하며 조타장치와 레이더, 측심기 등을 설명하기까지 했다. 나는 상원의 말을 흘려들으며 창밖을 내다보았다. 갑판 위에 한 여자가 머리칼을 흩날리며 서 있었다. 고개를 푹 꺾고 선박 아래를 내려다보는 자세가 어쩐지 위험해 보였다. 부선장이 조타실을 나가고 나자 상원이 부선장의 쌍안경을 꺼내왔다. 운이 좋으면 고래떼를 볼 수도 있다고 상원이 말했다. 쌍안경을 눈에 바싹 붙이고 창밖을 보았다. 첨탑 위에 뜬 낮달이 쌍안경 안에 가득 찼다. 첨탑을 따라 내려와 갑판을 지나 여자가 서 있던 쪽으로 시선을 돌렸다. 여자는 사라지고 없었다.

조타실에서 내려왔을 때 저녁식사를 알리는 선내방송이 들려왔다. 식당 입구까지 길게 늘어선 사람들과 식권을 사기 위해 몰려든 사람들로 로비가 북적거렸다. 상원은 안내실 창에 붙은 식단을 슬쩍 보더니 고개를 젓고 선실로 휘적휘적 걸어갔다. 방문을 열자 후끈한 열기와 라면 냄새가 몰려나왔다. 방 한가운데에는 사무실을 함께 쓴다는 송씨와 웬 중년 여자가 코펠을 가운데 놓고 둘러앉아 있었다.

"큼큼이 보믄 또 지랄하겠다. 몇개 끓이노."

"그럼 또 칼 들고 난리 한번 죽이면 되잖아. 너 먹을 거 남겨둘 테니까, 가서 반찬이나 좀 얻어오지?"

"아지메, 또 분위기 파악 몬 하고, 방 주인 노릇 하제. 송가야, 이 아지메 뭐나 가져오고 큰소리치는 기가. 송가, 니 앞으로 관세 단단히 징수해라, 알았나."

여자는 푸르스름하게 문신한 눈썹을 움찔거리다가 이내 고개를 숙이고 라면을 휘저었다. 상원은 사물함에서 통조림을 꺼내고 곧바로 자물쇠를 채웠다. 그후에도 상원의 사물함에서는 생수와 과일과 빵이 더 나왔다. 상원은 무언가를 새로 꺼낼 때마다 자물쇠를 풀었다 채우기를 반복했다.

방 안은 음식 냄새와 습기가 뒤섞여 후텁지근하고 퀴퀴했다. 담배만 뻐끔거리고 있던 송씨가 화투를 꺼내들자 좁은 방 안에는 금세 화투판이 벌어졌다. 화투판이 깔리자마자 어떻게 알았는지 사람들이 모이기 시작했다. 나는 슬그머니 방을 빠져나왔다.

로비는 여전히 사람들로 북적이고 있었다. 웃통을 벗고 뛰어다니는 사람들, 야식을 먹는 사람들, 수건을 걸치고 세면실을 들락거리는 사람들, 면세점을 기웃거리며 담배나 술을 사는 사람들. 나는 사람들을 지나쳐 발길 닿는 대로 걸어다녔다.

식탁이 몇 개 있을 뿐인 연회장은 어둠침침하고 우울한 분위기였다. 연회장에 있는 사람들은 대부분 러시아인이었다. 희미한 불빛 아래에서 빵을 먹고 있는 사람들의 표정은 하나같이 침울해 보였다.

썰렁했던 카지노에는 몇몇 사람들이 슬롯머신에 붙어앉아 동전을 집어넣고 있었다. 한 여자가 십만원권 수표를 흔들며 소리를 지르자, 데스크에 앉아 있던 여자가 동전이 든 바구니를 들고 왔다. 따로 손을 대지 않아도 기계 속 수박과 체리는 끊임없이 돌아가다 멈추었다.

갑판 위에는 배에서 스며나오는 희미한 불빛을 제외하고는 불빛 하나 없었다. 잔뜩 낀 구름 때문에 하늘과 바다는 경계도 없이 깜깜했다. 어느 방향으로 가고 있는지 어디쯤 가고 있는지 도무지 짐작되지 않았다. 소금기를 가득 품은 끈적끈적한 공기가 맨팔에 휘감기고, 마스트를 휘돌아나온 바람 소리는 귓전을 파고들었다. 파도는 배의 움직임이 선명히 느껴질 정도로 거세어졌다. 나는 난간을 붙들며 겨우겨우 선실로 들어왔다.

세면실을 오가는 사람이 몇 있을 뿐, 들뜨고 어수선했던 분위기는 한층 가라앉아 있었다. 고요함 때문인지 흔들림이 오히려 명징하게 느껴졌다. 벽에 어깨를 부딪히며 방으로 들어갔다. 방 안에는 구겨진 맥주캔이며 과자봉지며 담뱃갑이 어지럽게 널려 있었다. 초저녁부터 시작된 화투판은 아직 끝나지 않고 있었다. 구성원이 조금 바뀌었을 뿐 사람들은 여전히 머리를 맞대고 패를 맞추고 있었다. 나는 비틀거리며 한구석에 자리를 잡았다.

"괘안나? 원산 지나는 기다. 쪼매 지나면 다시 잠잠해진다."

상원이 화투패에서 눈을 떼지도 않은 채 심상하게 말했다. 송씨가 원산은 이미 지났다고 말을 받았고, 누군가는 자리를 떴고, 누군가는 맥주를 마셨다. 사람들은 나와는 상관없이 농담을 주고받고, 맥주캔을 부딪치고, 패를 돌렸다. 나는 한구석에 몸을 말고 누워 잠을 청했다. 연신 피운 담배 때문인지 가슴이 먹먹했다. 원산 앞바다, 나는 속으로 중얼거리며 잠을 청했다.

자루비노 항은 음산하고 지저분했다. 석탄을 쌓아놓은 야적장이며, 야적장으로 이어지는 임항철도며, 네모반듯한 건물들까지, 항구의 모든 시설물들은 검은 먼지를 잔뜩 뒤집어쓴 채 음울한 얼굴을 하고 있었다.

외항에서 한 시간 넘게 기다린 후에야 도착한 육지였다. 하지만 땅을 밟자마자 곧바로 버스에 몸을 실어야 했다. 냉방장치도 없는 낡은 버스였다. 빽빽이 앉은 사람들과 짐들 때문에 버스 안은 더욱 비좁고 답답하게 느껴졌다. 차창 밖으로 스쳐 지나가는 풍경조차 삭막하기만 했다. 열일곱 시간의 뱃길과 이어지는 차량 이동에 나는 지칠 대로 지쳐 있었다. 눈은 모래알이라도 들어간 것처럼 씀벅씀벅했고, 온몸이 뻐근했다. 무언가 묵직한 것이 계속해서 내 몸을 짓누르고 있었다. 중력이 다른 낯선 행성에 홀로 버려진 것만 같았다.

러시아 세관과 국경수비대와 출국장을 거칠 때마다 버스는 하염없이 서 있었다. 얼마나 기다려야 하는지, 무엇을 기다리는지 알려주는 사람은 없었다. 버스가 서 있을 때면 그나마 들던 바람조차 끊겨 숨이 턱턱 막혀왔다. 소무역상들은 이력이 났다는 듯 버스에 오르자마자 짐을 끌어안고 잠을 청했다. 검역신고서와 출입국신고서 등을 제출하고 중국 세관을 통과하는 데도 많은 시간이 걸렸다. 훈춘 장영자세관을 벗어난 후에야 숨통이 조금이나마 트이는 것 같았다.

상원과 나는 송씨와 함께 미리 대기하고 있던 승합차에 몸을 실었다. 출항은 이틀 후에야 이루어질 것이었다. 보통은 입항 다음날 출항하지만 동춘호가 블라디보스토크까지 가는 날에는 하루가 더 걸린다고 송씨가 설명해주었다. 내게 무언가를 알려주는 쪽은 상원이 아니라 송씨였다. 상원은 끊임없이 걸려오는 전화를 받고 또 어딘가로 전화를 해대느라 정신이 없었다.

차는 훈춘 시내를 벗어나 옌지로 향했다. 옌지. 나는 어느새 형의 결혼식을 떠올리고 있었다. 우스꽝스럽기까지 했던 결혼식. 너나할 것없이 무대로 뛰어나가 춤을 추던 하객들과, 어설프기 짝이 없는 밴드의 연주. 그때까지만 해도 다시 이곳에 오게 되리라고는 생각하지 않았었다. 그저 귀찮은 아이 하나를 떼어낸 직후의 홀가분함에 빠져 있었을 뿐이었다. 얼떨결에 성사시킨 결혼이 취소될까봐, 맡긴 아이를 되돌려준다고 할까봐, 나는 조금이라도 빨리 옌지를 떠나고 싶었다.

옌지 시내로 들어섰다. 속초를 떠난 지 꼬박 하루가 걸려 도착한 곳이었지만 한국의 한 지방도시에 온 것 같은 느낌이었다. 한글이 상단에 위치한 간판 때문이었는지도 몰랐다. 은하다방, 광장세욕중심, 로씨아안마방, 츄피터혼사촬영, 동창미용외과병원, 자매슈퍼마켓, 5원 사기의 집, 보배둥이이발예, 류넷째 량향…… 짐작되거나 짐작되지 않는 글자들이 차창 밖으로 지나갔다.

옌지에 도착하자마자 장뇌삼을 재배하는 업자와 만났다. 요즘 장백산 원시림을 태우고 장뇌삼을 재배하는 화전이 유행처럼 번지고 있다고 업자가 말했다. 일찌감치 시작된 저녁식사는 오래도록 이어졌다. 누군가 술잔을 들 때마다 모든 사람들이 건배를 하고 잔을 비웠다. 전골 비슷한 음식을 먹고 난 후 꼬치집과 노래방으로 옮겨가며 술자리가 벌어졌다. 술은 독했고, 나는 빠르게 취해갔다.

노래방은 삼십 명이 들어가도 남을 정도로 넓었다. 인원수에 맞춰 여자들이 들어왔고, 맥주와 안주가 테이블에 가득 쌓였다. 몇은 맥주를 들이붓듯 마셔댔고, 몇은 여자들과 부둥켜안고 춤을 추었다.

한국 노래와 조선 노래와 중국 노래가 번갈아가며 선택되었고, 한 곡이 끝날 때마다 누군가 술잔을 들었다. 바닥은 견과류 껍질들과 넘쳐난 술로 금세 지저분해졌다. 계속되는 노랫소리와 권주에 속이 메슥거려왔다. 슬그머니 자리에서 일어나 건물 밖으로 나왔다.

밖으로 나오긴 했지만 달리 갈 곳이 없었다. 건물 입구에 앉아 주위를 둘러보았다. 주변에는 온통 노래방, 다방, 안마방 투성이었다. 온 도시 사람들이 먹고 마시고 노래하고 안마만 받는 것처럼. 노래방 간판에는 한복을 곱게 차려입은 여자가 그려져 있었다. 나는 또다시 여자를 떠올리고 있었다. 한복에 화관을 썼던 여자, 주례의 물음에 수줍게 대답하던 여자. 나는 여전히 여자의 자장 속에 머물고 있었다. 여자의 얼굴 위로 형의 얼굴이 겹쳐 보였다. 고개를 흔들며 형과 여자의 얼굴을 지워버렸다.

"술 많이 됐나?"

상원이 비틀거리며 내게 다가왔다. 나는 말없이 주머니에서 담배를 꺼냈다. 상원이 옆에 앉더니 담배에 불을 붙여주고 저도 한 대 피워물었다.

"일주일이면 될 기다. 니가 와 배 타겠다고 결심했는지는 모르겠지만, 이왕 마음먹은 거, 잘해야 안 되겠나, 그자?"

나는 말없이 고개만 주억거렸다. 상원이 갑자기 뒤로 팔을 돌려 내 어깨를 감싸안았다. 그러고는 나를 쳐다보지도 않은 채, 혼잣말하듯 중얼거렸다.

"있다 아이가, 따이공이 될라믄 보여서는 안 되는 게 뭔지 아나? 두려움. 내가 겁내고 있다는 걸 들키는 순간, 남한테 밟히는 기라.

아파도 안 아픈 척, 취해도 안 취한 척, 죽어도 안 죽은 척…… 무
슨 말인지 알겠나? 밟히기 전에 밟아야 된데이. 밟히기 전에……"

상원은 나를 향해서가 아니라 자신을 향해 말하고 있는 것 같았
다. '밟히기 전에'를 후렴구처럼 읊조리던 상원이 불현듯 일어나 휘
적휘적 건물 안으로 들어갔다. 무슨 노래인지 알 수 없는 곡을 흥얼
거리며 걸어가는 상원의 뒷모습이 어쩐지 쓸쓸해 보였다. 나는 조
금 더 앉아 있다가 일행들과 합류했다. 노래방에 들어가자마자 장
뇌삼을 키우는 업자와 어깨동무를 하고 노래를 불렀다. 상원의 혼
잣말이 내게 주문을 건 것 같았다.

얼마나 더 술을 마셨는지, 시간이 어떻게 흘렀는지 가늠이 되지
않았다. 노래방을 나와 어딘가로 몰려갔고, 각자 배정된 침대방에
눕자 여자가 방으로 들어왔다는 것, 속이 불편해 한동안 쓰레기통
에 고개를 처박고 있었다는 것이 간간이 기억날 뿐이었다. 실내공
기는 내 입에서 뿜어져나오는 독한 소주 냄새와 방 안 깊숙이 밴 향
신료 냄새가 뒤섞여 답답했다. 어렴풋이 내 발을 두들기고 팔을 잡
아당기는 악력이 느껴지기도 했다. 나는 아주 먼 곳으로 여행을 떠
나는 것만 같았다.

성인 한 사람이 족히 들어갈 만한 크기의 검은 가방. 그저 허름하
고 평범한 가방으로 보이지만, 그 속엔 여러 개의 비밀 주머니가 들
어 있다. 지퍼 속에 또다른 지퍼, 주머니 속에 또다른 주머니. 그것
은 미로이며 속임수이며 안전장치였다.

"내보다 많으면 되겠나, 이 정도면 됐다."

상원은 완성된 가방을 내 쪽으로 툭 던지며 말했다. 나는 말없이 가방을 받아들고 가방 옆면에 적힌 내 이름을 낯설게 쳐다보았다. 이윤호. 그 이름은 나와는 전혀 상관없는 사물의 명칭 같았다. 생명도 없고 색감도 없는 건조하고 차가운 사물의 명칭.

작업은 창고 겸 사무실에서 이루어졌다. 각종 농산물들을 보관하는 창고에는 재봉틀은 물론이고 압축기와 진공포장기 같은 기계들도 함께 갖추고 있었다. 상원은 포장되지 않은 깨를 가방 밑바닥에 깔았다. 참깨 속에는 비아그라를 쑤셔넣었다. 나는 상원을 따라서 참깨를 깔고 백 알이나 되는 푸른 알약을 숨겼다.

"걸리는 거 아냐?"

"겨우 백 알 갖고 뭐 그라노."

상원은 간단히 말하고 지퍼를 닫았다. 나는 소심하고 겁 많은 계집애가 된 기분이었다. 지퍼를 닫자 가방은 다시 맨바닥을 드러냈다. 그 위에 양주 네 병과 담배 열 보루를 차곡차곡 쌓았다. 수십만 원을 호가하는 고급 양주였다. 가장자리에 있는 작은 지퍼 속에는 포장을 뜯지 않은 약들을 넣었다. 분불납명편, 분기납명편, 안비납동편…… 비슷비슷한 이름들의 약이었다. 나는 또다시 소심한 계집애처럼 궁금증을 드러내고 말았다.

"그건 뭐야?"

"다이어트약. 이게 한 알에 오위안밖에 안 하는데, 찜질방 같은 데 가면 오천원은 받는다 카더라. 요즘 수집상들이 젤로 좋아 안 하나. 살이 쫙쫙 빠진다 카데?"

"불법인 거네, 그럼?"

양주병을 만지작거리고 있던 상원이 손놀림을 멈추고 나를 올려다봤다.

"따이공들은 있다 아이가, 물건만 나르면 된다. 그게 어디로 가는지, 누가 사는지, 알아서도 안 되고, 알 필요도 없는 기다. 알았나?"

상원의 목소리는 단호했다. 무언가 더 할말이 있는 것처럼 입매를 움찔거리더니 상원은 다시 짐을 싸기 시작했다. 나는 아무 말도 못 하고 상원을 따라 가방에 짐을 채워넣었다. 신문지에 둘둘 만 장뇌삼을 넣고 나자 가방이 어느 정도 채워졌다. 상원은 가방을 저울에 올려 무게를 확인했다. 오십 킬로그램 제한을 훌쩍 넘기고 있었다. 상원은 진공포장된 깨 세 봉지를 위에 얹고는 가방을 닫았다.

"떡밥도 넣었고, 이제 다 된 기다."

빼앗겨도 상관없는 적당량의 물품. 그것이 떡밥의 역할이었다. 상원은 완성된 가방을 한쪽으로 밀어놓고 또다른 보따리를 싸기 시작했다. 가방을 어깨에 둘러메보았다. 제법 묵직했다.

이른 아침부터 부슬부슬 비가 내렸다. 장영자세관에 도착했을 때는 빗줄기가 제법 굵어져 있었다. 세관 앞에는 일찌감치 도착한 소무역상들과 그 사이를 오가며 떡이나 삶은 계란 같은 것을 파는 조선족 여자들이 몇 있을 뿐 한산했다. 관광객을 실은 버스가 도착하고 소무역상들이 속속 들어오면서 썰렁했던 세관이 조금씩 활기를 찾았다. 상원은 관광객들 선표 세 개를 얻어와 화물 세 개를 더 보냈다.

블라디보스토크에서의 선적이 늦어지는 바람에 예정보다 두 시간이 지나서야 승선이 이루어졌다. 사람들의 표정을 보아하니 승선

시간이나 출항시간이 늦어지는 것도 늘 있는 일인 듯했다. 배로 오르는 계단은 좁고 가파른데다 미끄럽기까지 했다. 짐을 B데크에 옮겨놓고, 선표를 제공한 관광객 짐까지 올려다준 후에야 선실에 올라갈 수 있었다. 나는 배가 출발하자마자 B데크로 돌아갔다. 넓디넓은 화물칸에는 소무역상들의 검은 가방이 여기저기 쌓여 있고, 그 사이로 박스며 비닐봉지 같은 것들이 함부로 굴러다니고 있었다. 소무역상들의 짐 말고 다른 화물은 보이지 않았다.

배를 지탱하고 있는 빔들과 깜빡이는 형광등, 더욱 명징하게 들리는 엔진 소리. 나는 가만히 앉아서 웅웅거리는 엔진 소리에 귀를 기울였다. 낮고 깊은 소리를 듣고 있자니 내가 타고 있는 배가 꼭 살아 움직이는 생명체처럼 느껴졌다. 숨을 쉬고 소화를 하고 트림을 하는 거대한 몸집의 생명체.

고래 뱃속이 이럴까. 온몸이 따뜻해지는 것 같았다. 그것은 아주 낯선 느낌이었다. 누구의 품에서도 느낄 수 없었던 안락하고 따사로운 느낌. 나는 아주 작은 소리에도 귀 기울이며 한참을 그렇게 앉아 있었다.

날이 밝자 소무역상들의 표정은 전에 없이 경직되어 있었다. 어찌 보면 지나치게 흥분하고 있는 것도 같았다. 아주 미세한 자극에도 곧바로 터져버릴 폭발물처럼. 그들은 서로를 자극하지 않기 위해 신경을 곤두세우고 있었다.

어디론가 분주히 나다니던 상원이 남자애들 셋을 방으로 데리고 왔다. 배낭여행을 마치고 돌아가는 길이라는 애들은 손에 삼만원씩을 쥐여주자 입가에서 웃음을 숨기지 못했다. 상원은 남자애들이 보는 앞에서 작은 짐을 쌌다. 남자애들은 다른 수상한 물건은 없는 지 몇 번을 확인하고 나서 방을 나갔다. 담배 세 보루와 양주 한 병, 참기름 한 통과 깨 오 킬로그램. 일반 승객용으로 만든 작은 보따리. 상원은 그것을 종합선물세트라 불렀다.

하선은 관광객, 소무역상, 러시아인 순서로 진행되었다. 일반 승객이 내려가는 동안 소무역상들의 하선을 막고 선 사무장에게 야유가 쏟아졌다. 사무장은 자신의 힘을 과시할 수 있는 가장 좋을 때라는 듯 근엄한 표정으로 출구를 막고 서 있었다. 하선이 시작되자마자 소무역상들은 힘껏 내달리기 시작했다. 무거운 짐도, 미끄러운 계단도, 들이치는 빗물도, 그들의 속력을 막을 수는 없었다. 어느새 나도 그들 틈에 섞여 뒤지지 않으려 기를 쓰고 있었다.

입국심사대를 지나 검색대에 화물을 통과시키는 소무역상의 얼굴은 하나같이 상기된 표정들이었다. 검색원이 한도를 초과했다고 화물을 밀어내자 여자가 그럴 리 없다며 소리를 질렀다. 상원의 방에서 함께 라면을 끓여 먹던 중년 여자였다. 여자는 화물을 다시 검색대에 올리고, 직원은 되밀어내고, 실랑이가 이어졌다. 실랑이가 길어지자 송씨가 소리를 질러댔고, 다른 소무역상들도 가세해 입국장은 금세 아수라장이 되어버렸다.

"뒷사람 기다리는 거 안 보여? 날 샐 거야?"

"오늘은 왜 이렇게 시끄러워요! 조용히 좀 지나갑시다!"

"그러니까 빨리 보내라는 거 아냐. 적당히 좀 하지!"

"왜 만날 나만 잡는 거야? 저 앞엣사람 사람은 그냥 보냈잖아."

"그러니까 제한량 지키면 문제없잖아요!"

"다시 재봐, 분명 오십 킬로 맞춰왔는데."

"거기 하나씩 집어넣어요. 그렇게 밀어넣으면 어떻게 해요!"

"빨간 딱지는 왜 붙여, 뭐가 들었다고."

"아줌마, 그거 함부로 떼지 마요."

고함소리는 끊이지 않았다. 여자의 짐은 빨간 딱지를 붙인 채 수레에 올려졌다. 검색대를 통과한 화물은 마약견이 이어받아 냄새를 맡았다. 마약견이 내 짐에 코를 들이대는 것만으로도 나는 겁이 났다. 슬쩍 상원의 눈을 쳐다보았다. 어떤 소음도 상원의 비장한 시선을 흔들지는 못했다. 이마에 맺힌 땀방울만이 긴장감을 조금쯤 드러내주고 있을 뿐이었다.

일반 승객들이 거의 다 나갈 때쯤 화물이 나오기 시작했다. 화물을 찾기 위해 몰려든 소무역상들 사이에서 또 한차례 몸싸움이 일었다. 상원과 나는 총 여섯 개의 화물과 휴대품을 수레에 실었다. 이제 세관을 통과할 일만 남았다. 상원은 다섯 개의 검색대를 훑어보더니 첫번째 검색대에 줄을 세웠다.

"걱정할 거 하나도 없다. 뺏으면 그냥 줘버리고, 보관증이나 받아놓으믄 된다. 알았제?"

내 차례를 앞두고 상원이 귀에 대고 속삭였다. 쉰 듯한 상원의 목소리가 오히려 긴장감을 증폭시키고 있었다. 머릿속으로 가방 속에 든 물품들을 떠올렸다. 수입 금지된 비아그라 백 알, 다이어트 보조제로 쓰인다는 분기납명편, 물품당 한도를 훨씬 초과해버린 깨, 흙을 털어내지 않은 장뇌삼 백 뿌리. 머릿속에는 온통 비아그라와 다이어트약과 장뇌삼뿐이었다. 드디어 내 차례였다. 이제부터는 온전히 내 몫이었다.

"가방 여세요."

세관원이 건조한 목소리로 말했다. 지퍼를 여는 손이 심하게 떨려왔다. 땀에 푹 젖은 머리칼이 머리에 바싹 들러붙는 것이 느껴졌다. 나는 머리를 쓸어올리며 천천히 가방을 열었다.

가방 속이 드러났다. 깨봉지 위에 올려진 백 불짜리 지폐. 어제까지만 해도 없던 것이었다. 등줄기에 땀이 흘러내리면서 선뜩한 기분이 들었다. 고개를 돌려 상원을 쳐다보았다. 상원은 뻐딱하게 고개를 꺾고 있어 눈을 맞출 수가 없었다. 세관원은 가방 속을 한참 뒤적거리더니 어느 결엔가 지폐를 슬쩍 집어넣었다. 그러고는 짐 몇 개를 밖으로 들어내고 장뇌삼을 싼 신문지를 풀었다.

"검역필 하지 않았네요."

"아, 예, 저……"

"처음이에요, 중국?"

"예."

"다음엔 검역필 하십쇼."

약간의 문제를 발견했을 뿐이라는 말투였다. 나는 얼떨결에 대기실까지 나왔다. 시간이 어떻게 흘러갔는지, 대합실까지 어떻게 걸어나왔는지 아득하기만 했다. 나는 길 한복판에 가방을 세워둔 채 자리에 주저앉아버렸다. 다리에 힘이 빠져 한 발짝도 더 내디딜 수가 없었다. 내 생에 가장 짧고도 긴 순간이었다. 십 년쯤을 한꺼번에 살아버린 듯한 기분이었다. 긴장된 몸은 쉽게 풀어지지 않았다. 얼마 지나지 않아 상원이 어슬렁거리며 나타났다.

"내가 모르는 게 왜, 들어 있는 거야?"

나는 다짜고짜 상원을 향해 소리쳤다. 내 목소리는 심하게 떨리고 있었다.

"어쨌든 신고는 끝냈다 아이가."

상원의 대답은 간단했다. 상원은 대수롭지 않은 얼굴로 수레에 짐을 얹고 터미널 밖으로 걸어나갔다. 나는 꼼짝도 못 하고 앉아 상원의 뒷모습만 쏘아보았다.

항구는 짙은 안개 속에 잠겨 있었다. 나는 안개 속에서의 출항이 좋았다. 얼굴에 와 닿는 안개와 축축한 바람 소리가 자아내는 음산한 분위기, 그리고 아득하게 들려오는 뱃고동 소리. 짙은 해무를 헤치고 전진하는 배의 움직임은 더없이 고요하고 포근했다.

배를 탄 지 벌써 두 달이 되어간다. 첫 항해를 마치고 여객터미널을 빠져나오면서, 나는 곧장 집으로 돌아가겠다고 마음먹었었다. 그러나 그런 생각은 다음날 아침 물거품처럼 사라져버렸다. 아침에 눈을 뜨자마자 내 발걸음은 어느새 속초항으로 향하고 있었다. 나 자신도 알 수 없는 어떤 강력한 힘이 내 발을 이끌고 있는 것 같았다. 그것이 바다인지, 옌지의 어느 거리인지, 아니면 머리칼을 곤두세우는 세관 통과인지는 알 수 없었다. 어쨌든 나는 상원이 장담한 대로 배 탈 시간만을 기다리는 진짜 따이공이 되어버린 것이었다.

상원은 컨테이너 화물에 본격적으로 손을 대기 시작했다. 건축자재 속에 장뇌삼을 섞어 들여오기도 했고, 상대적으로 관세가 싼 냉동고추를 취급하기도 했다. 컨테이너를 하면서도 보따리는 여전히 꾸렸으며, 그 안에 무엇이 들었는지는 나조차도 알 수가 없었다. 가방 속에 무엇이 들었는지 말하지도 묻지도 말 것. 그것은 따이공들 사이에서 반드시 지켜야 할 불문율이었다.

나는 어느새 배의 흔들림만으로도 원산 앞바다의 거친 파도를 상상할 수 있게 되었다. 새벽 한시를 가리켰던 선실의 시곗바늘이 열두시로 되돌아가는 순간을 알아차릴 수도 있었다. 삼등실 따이공들과 전용객실을 둔 따이공들 사이에 존재하는 미묘한 적대감도 느껴졌다. 목을 죄어왔던 사슴 박제는 언제부턴가 부적처럼 든든하게 여겨졌고, 화투패에 끼지는 않았지만 뿌연 담배연기 속에서도 아무렇지 않게 잠잘 수 있었다. 엔지나 훈춘 시내의 식당에서 업자들을 만나 밥을 먹고, 술을 마시고, 노래를 부르다, 안마를 받으며 잠이 드는 것도 익숙해졌다. 나는 어느새 뭍멀미를 하는 항해사들처럼 한시라도 빨리 선박에 오르려고 애를 쓰는 따이공이 되어 있었다.

속초항을 떠나 다시 속초항으로 돌아오는 동안, 나는 어느 때보다 자유로웠다. 그동안만은 내 눈앞을 서성이던 형과 여자의 얼굴에서 벗어날 수 있었다. 그러나 속초항에 내려 다시 출항을 기다리는 빈 시간 동안에는 어쩔 수 없이 형과 여자의 안부가 궁금해지곤 했다. 그러면 다시 조급해져서 출항을 기다리게 되는 것이었다.

나는 일찌감치 방을 나와 항구 주변을 어슬렁거리며 출항시간만 기다리고 있는 중이었다. 바다 쪽에 코를 대고 숨을 깊게 들이마셨다. 바다 냄새가 아득하게 느껴졌다. 새벽녘부터 긴 안개는 도무지 걷힐 기미가 보이지 않았다. 오히려 시간이 지날수록 더욱 짙고 어두워져 한 치 앞도 보기가 힘들어졌다. 농밀한 입자들 사이를 뚫고 뱃고동 소리가 간간이 들려왔다.

터미널 쪽으로 걸음을 옮기려는데, 한 남자가 안개 속에서 불쑥 나타났다. 남자가 갑자기 나타난 것이 아니라, 정물처럼 서 있던 남자를 뒤늦게 발견한 것인지도 몰랐다.

"배 타실 거죠?"

남자 옆을 지나쳐가려는데 새된 목소리가 나를 붙들었다. 안개 속이어서 그런지 남자의 목소리에 짙은 물기가 배어 있는 것 같았다. 남자에게 가까이 다가가 얼굴을 쳐다보았다. 낯선 사람이었다. 하지만 나는 남자의 얼굴에 붙들리고 말았다. 어딘지 먼 곳을 향한 것 같은 눈길, 한없이 너그러우면서도 슬픔을 간직한 듯한 눈빛. 어디선가 본 듯한 눈이었다. 그 멀고도 축축한 눈빛을 기억해내려 애를 써보았지만 아무리 생각해봐도 그 눈빛은 안개 속 풍경처럼 희미하기만 했다.

"저한테 무슨 볼일이라도?"

"부탁을 좀……"

남자는 무언가를 불쑥 내밀었다. 남자가 내민 것은 두툼한 서류봉투였다. 얼떨결에 봉투를 받아들었다. 봉해지지 않은 봉투 속에는 몇 개의 편지봉투가 더 들어 있었다. 나도 모르게 봉투 하나를 꺼내보았다. 언뜻 보기에도 돈봉투인 것 같았다. 봉투를 도로 집어넣고 남자에게 되밀었다. 남자는 받으려 하지 않았다. 나는 억지로 남자의 손에 봉투를 쥐여주었다.

"도대체 나한테 뭘 원하는 겁니까?"

속임수 같았다. 나를 곤경에 빠뜨리기 위해 계획된 음모. 아니면 나를 놀리고 있는 건지도 몰랐다. 나는 머릿속으로 낯선 남자의 행동을 이해해보려 애를 썼다. 하지만 아무리 생각해봐도 남자가 내게 돈봉투를 내밀 만한 이유는 떠오르지 않았다.

"나쁜 사람 아닙니다. 그저 훈춘에 내리시면 장영자세관에 로씨아 관광상품매장이 있지 않습까? 거기 점순이라는 여자에게 전해주시기만 하면 됩다."

어디선가 많이 들어본 듯한 목소리였다. 순간 여자를 떠올렸다. 서울 말씨를 쓰고 있지만 채 지워지지 않은 옌지 사투리 때문만은 아니었다. 나긋나긋하면서도 결연한 어조. 그것은 분명 여자의 어조와 닮아 있었다.

"제가 전해주지 않으면 어쩌려고 그러십니까? 보기에 돈 같은데, 뭘 믿고 맡기느냐구요."

남자는 대답이 없었다. 서류봉투만 만지작거리던 남자가 문득 고개를 들어 바다 쪽을 바라보았다.

"저 길이 무슨 길인지 아십니까?"

느닷없었다. 바다를 보고 길이라고 하는 것부터가 이상했다. 굳이 바다에 난 길을 생각해봐도 무슨 별다른 길이랄 것도 없었다. 내가 수없이 드나들었던 뱃길……

"뱃길 말이오?"

"그냥 뱃길이 아닙니다."

"그냥 뱃길이 아니면 뭐 특수 뱃길이라도 있소?"

"천삼백 년 전에 말입니다, 만주와 연해주 땅에 해동성국이라 불리던 나라가 있었슴다. 물론 아시겠죠, 발해."

남자의 입에서 발해라는 말이 나오는 순간, 또다시 여자를 떠올렸다. 여자가 쓰러져 있던 그곳, 바닷속처럼 어둡고 깊던 그 무덤. 정신이 아득해져왔다. 그날의 그 감촉이 슬그머니 되살아나 내 몸에 감겨왔다.

"발해가 도대체 어쨌다는 거요?"

내 목소리는 스프링처럼 튕겨올랐다.

"생각해보십시오. 그 대륙 한복판에 해동성국이라니 말이나 된다고 생각합니까?"

남자는 잠깐 생각에 잠긴 듯하다가 곧 말을 이었다.

"다섯 개의 길이 있었습니다, 발해에는. 거란으로도 가고, 차오양(朝陽)을 거쳐 중원으로도 가고, 신라로도 가고, 산둥(山東)반도로 일본으로…… 그게 중요한 게 아니라, 당신이 타고 다니는 배가 발해의 일본도를 지나다닌다는 거지요. 발해를 해동성국이라 부를 수 있게 만들었던, 끄라스키노 항에서 니가타까지 이어지는, 이천오백리 뱃길 말임다."

"그래서 그게 어쨌다는 겁니까?"

"그냥 길이 아니라는 검다, 그래서……"

"그게 나랑 무슨 상관이오?"

나는 짜증스럽게 대꾸했다.

"당신은 해줄 수 있을 것 같아서요."

"뭘요?"

"…… 종종 여기 서서 바다를 바라보는 당신을 봤습니다. 꼭 바다에서 꽃이라도 본 사람처럼, 넋 놓고 있는…… 내가 그랬던 것처럼 말입니다. 그냥 전해주시기만 하면 됩니다. 부탁드리겠습니다."

도저히 거절할 수 없게 만드는 비장하고도 완곡한 어투였다. 망설이고 있는 사이 남자가 내 손에 봉투를 되쥐여주었다. 그러곤 서둘러 발걸음을 돌리려고 했다.

"누군지는 알아야 할 거 아닙니까? 무작정 당신 심부름을 할 순 없지 않소? 생면부지인 당신을 어떻게 믿고."

"새벽 항구에 나오시면 언제든지 볼 수 있을 겁니다. 저는…… 어시장에서 잡일도 하고, 가끔은 고깃배도 탑니다. 이번에 다녀오시면, 제가 저녁이라도 한번 사겠습니다. 연락처는 따로 가지고 있지 않아서……"

말을 마친 남자는 서둘러 걸음을 옮겼다. 남자는 미처 잡아세울 틈도 없이 안개 속으로 스며들었다. 꿈을 꾼 것만 같았다. 나는 내 손에 들린 서류봉투와 남자가 사라진 쪽을 번갈아 쳐다보았다. 꿈은 아니었다. 하지만 꿈보다 훨씬 아득하게 느껴졌다.

문득 여자의 목소리가 듣고 싶어졌다. 안개 속에서 나타난 낯선 남자의 목소리가 여자를 불러낸 것이었다. 애써 벗어나려 했던 여자의 목소리. 나는 안개 속에 서서 전화를 걸었다. 전화를 하기에 너무 이른 시간이라는 것도, 두 달 만에 처음으로 거는 전화라는 것도 상관없었다. 당장 전화를 걸지 않으면 내 몸이 안개 속으로 풀어져버릴 것만 같았다.

수화기에 귀를 바싹 붙이고 신호음을 들었다. 신호음이 이어질 때마다 몸 한 귀퉁이가 조금씩 떨어져나가는 것 같았다. 신호음이 끊기고, 잠시 후 목소리가 들렸다. 여자였다.

잠에서 막 깨어난 듯한 목소리. 나는 여자가 한번 더 말을 해주기를 바랐다. 여보세요. 가슴이 내려앉았다. 잠시 침묵. 여자가 전화를 끊어버릴지도 모른다는 생각이 들었다.

"저, 윤호예요."

나는 가까스로 운을 뗐다. 툭 갈라지는 목소리가 내가 듣기에도 낯설었다. 수화기 저편에서 침묵이 이어졌다.

"어째 이제야 전화를 넣으심까?"

여자의 목소리는 가늘게 떨리고 있었다. 온 우주가 한꺼번에 무너지는 것 같았다. 나는 깊은 강물 속으로 몸을 던졌다. 어째 이제야 옴까, 그날의 감촉이 되살아나고 있었다. 당장이라도 여자에게 달려가고 싶었다.

"별일 없으시죠? 형은 잘 있구요?"

나는 채 말을 잇지 못했다.

"일없슴다. 형님이 걱정 많이 하심다."

말끝에 묻어나는 물기. 어쩐지 여자가 울고 있다는 느낌이 들었다. 무언가 고난의 그림자가 짙게 묻어나왔다. 고개를 가로저었다. 그것은 돌아갈 명분을 찾기 위한 내 억측일 것이었다.

"잘 지내고 있으니, 형더러 걱정하지 말라고 전해주세요."

달리 할말이 없었다. 온종일 떠들 수 있을 것 같았는데. 옌지의 거리거리와 음식들과 사람들에 대해. 하지만 나는 아무 말도 할 수가 없었다.

"형은, 어디 갔어요?"

"밭에 나갔슴다. 제가 인차 불러오겠는가 묻겠슴다."

"아녜요, 조만간 한번 들를게요. 그럼……"

나는 여자가 뭐라 하기도 전에 황급히 전화를 끊었다. 전화를 끊기 전 수화기 저편에서 옅은 한숨소리가 들렸던 것도 같았다. 어쩌면 어디선가 불어온 바람 소리였는지도 몰랐다. 하지만 그 옅은 바람 소리는 내 몸을 거칠게 헤집어놓고 있었다. 나는 폭풍 한가운데 버티고 서 있는 것만 같았다.

서류봉투를 받아든 여자애는 봉투 속을 확인하고 얼른 가방에 집어넣었다. 남자가 말한 점순이라는 여자가 아직 솜털이 보송보송한 어린 여자애라는 사실에 조금 당황했다. 이름 때문이었는지 아니면 돈봉투 때문이었는지 늙수그레한 여자를 상상했다. 남자의 노모이거나 아니면 누이쯤 되는 늙은 여자.

영수증이라도 받아놓아야 하는 것은 아닌가 싶어 어물거리고 있는데, 여자애가 내 손에 라이터를 쥐여주었다. 휘발유를 넣어 쓰는 신주 재질의 라이터였다. 라이터를 되돌려주려 했지만 여자애는 망원경을 집어든 남자와 흥정을 하느라 정신이 없었다. 라이터를 주머니에 넣고 걸음을 돌렸다.

안개 속에서 만났던 남자는 내게 혼란만 가져다주었다. 적지 않은 돈을 생면부지인 사람에게 맡기는 것도 그랬지만, 남자 때문에 듣게 된 여자의 목소리는 나를 뒤흔들어놓기에 충분했다. 여자의 목소리는 배를 타고 오는 내내 내 귀를 맴돌았다. 갑판 위로 나가 검은 바다를 향해 담배연기 내뿜기를 반복하며 길고긴 밤을 보내야만 했다. 결국 나는 여자가 건네준 연락처를 기억해냈다. 그녀라도 만나면 들뜬 마음을 조금쯤 진정시킬 수도 있을 것 같았다.

나는 터미널에서 일행과 헤어졌다. 원래 계획으로는 두만강 하구에서부터 백두산까지 배낭여행을 계획한 네 명의 대학생과 함께 나진 쪽 세관인 취안허(圈河)를 들러 팡촨(防川)으로 갈 생각이었다. 중국, 러시아, 조선, 삼국 국경과 동해를 한꺼번에 볼 수 있는 곳이었다. 돌아오는 길에 사구와 호수가 함께 있는 러시아땅에서 고기나 구워 먹자는 게 상원의 계획이었다. 작업을 해두면 돌아가는 길에 종합선물세트는 물론이고 화물선표 네 장은 확보가 되는 셈이었다.

승합차에서 내릴 때, 상원은 옌지에 애인이라도 만들었느냐고 너스레를 떨었다. 나는 만들러 간다고 받아치고는 터미널로 들어갔다. 옌지 행 버스표를 끊자마자 여자에게 전화를 걸었다.

"저는 서울에서 온 사람인데요. 혹시 해화라고……"

"해화 시동생 되십까? 인차 연락이 오나 기다리고 있었습다. 지금 어디심까?"

어떻게 말을 꺼내고 설명을 해야 할지 갈피를 잡지 못하고 있던 내게 여자의 대답은 오히려 당혹스럽기까지 했다. 내가 전화하리라는 것을 알고 있었다는 것만으로도, 여자가 친구에게 이미 말해놓았다는 것만으로도 나는 안도했다.

"지금 옌지로 가려는데, 혹시 시간이 되시면……"

"기다리고 있겠습다. 버스로 오시겠습까? 그럼 차부에서 택시를 타고 청년호 가자 하십쇼, 거기서 전화 넣으시면 제가 곧바로 나가겠습다."

여자는 한 치의 망설임도 없었다. 옌지까지는 평소보다 한 시간 가량 더 걸렸다. 투먼을 지나 고속도로에 들어서기 전까지 버스는 우마차 뒤를 졸졸 쫓아가기도 했고, 기사가 중간에 차를 세우고 볼일을 보기도 했다. 차가 멈추어 설 때마다 괜한 조급증이 들었다. 그 조급한 마음은 한산한 시골길을 나와 옌지로 접어들면서 점차 불안감으로 바뀌었다.

청년호는 부르하통하(布爾哈通河) 옆에 만들어진 인공호수였다. 호수 주변에는 버드나무가 가지를 길게 늘어뜨리고 바람을 타고 있었다. 버드나무 가지 사이로 삭삭거리는 바람 소리가 산란했다. 버드나무 아래에는 젊은 남녀가 어깨를 나란히 하고 앉아 있었다.

영옥은 전화를 건 지 십 분 만에 나타났다. 몸집이 왜소하긴 했지만 가무잡잡한 피부에 가느다란 눈매가 어딘지 강단 있어 보이는 얼굴이었다. 영옥은 다짜고짜 택시를 세우고 흥정을 하더니 나를 택시에 태웠다.

"토닭 좋아하심까? 모아산(帽兒山)에 가겠슴다."

조수석에 앉은 영옥이 고개를 돌려 말했다. 오래전부터 계획된 일을 해치우려는 사람처럼 거침이 없었다. 시내를 벗어난 지 오래 지나지 않아 산길로 들어섰다. 길은 모아산을 구불구불 돌며 경사를 높이고 있었다. 창밖으로 옌지 시내가 환히 내려다보였다. 이윽고 도착한 곳은 삼층 건물의 음식점이었다. 복무원을 따라 복도를 돌아 방으로 들어갔다. 화장실과 붙박이장이 있는 걸 보면 예전 호텔이었던 건물을 음식점으로 개조한 듯싶었다.

복무원은 찐 닭을 가져와 일일이 뼈를 발라내 접시에 담아주었다. 나는 잘게 찢기는 살을 보며 형을 생각했다. 지금쯤 형도 가위를 들고 오리 살을 자르고 있겠지. 고기 결을 해치지 않으려 정성스럽게 가위질을 하는 형.

한 방에 두 명의 복무원이 붙어서서 찬을 나르고 살을 발라주는 것이 영 거북스러웠다. 그걸 알았는지 영옥이 복무원을 내보내고는 접시를 내 앞으로 밀었다.

"이거이 양계닭하고는 질적으로 틀리단 말임다. 보십쇼, 여기 미처 닭알이 되지 못한 노란 알이 들어 있지 않습까? 귀한 손이 오셨는데 뭐이 특별한 것이 없는가 물었더니, 다들 여길 일러주더란 말임다. 어째 입에는 맞는지 모르겠슴다?"

"예, 좋네요."

"다행임다. 여가 그래도 한국분들 많이 찾는 곳이람다. 그런데 옌지엔 어쩐 일로 오심까?"

"뭐, 이것저것……"

나는 말끝을 흐렸다. 딱히 할말이 없었다.

"해화가 오시면 잘 봐드리라 진작에 전화 넣었슴다. 해화는 잘 지내고 있겠지요?"

영옥은 젓가락을 놀리면서도 끊임없이 말을 걸었다. 나는 묻는 말에 짤막하게 대답만 겨우 했다. 닭을 다 먹고 이어 나온 찹쌀죽에는 손도 안 대고 음식점을 나왔다. 영옥과 나는 다시 택시를 불러 청년호로 갔다.

"어디 잘 곳이 없지 않습까? 저만 따라오십쇼."

대답을 하기도 전에 영옥은 등을 보이고 앞서 걸어갔다. 나는 주머니에 손을 찔러넣은 채 영옥의 뒤를 쫓았다.

"대충 씻으시고 위로 올라오십쇼. 복무원들이 알려줄 테니 그 방으로 오시면 됨다."

영옥은 카운터에 있는 사람에게 뭐라 한참 얘기하더니 여자 탈의실 쪽으로 들어갔다. 복무원에게 열쇠를 받아들고 탈의실로 갔다. 실내는 제법 잘 정돈되어 있었다. 샤워를 한 후 가운을 걸치고 복무원이 안내하는 방으로 들어갔다. 빳빳하게 다려진 이불 홑청이 유난히 희게 느껴졌다. 엉거주춤 앉아 있는데, 흰옷으로 갈아입은 영옥이 들어왔다.

"제가 방조할 수 있는 게 별로 없슴다. 이제 엔지에 오시면 괜한 돈 쓰지 마시고 이리로 오십쇼. 빈관 같은 데 들라믄 여간 돈머리가 크지 않습까?"

말을 마친 영옥이 나를 이불 위에 뉘었다. 나는 영옥이 하는 대로 내버려두었다. 영옥은 내 발에 기름 같은 것을 붓더니 엄지손가락으로 꾹꾹 누르기 시작했다. 엔지에 올 때면 습관처럼 받는 안마였지만 느낌이 달랐다. 영옥의 손이 내 몸에 닿을 때마다 간지러우면서 선뜩한 느낌이 온몸에 번져오는 것 같았다.

문득 여자가 영옥의 전화번호를 알려준 이유가 무엇인지를 알 것 같았다. 등줄기로 흐르는 차가운 오일이 섬뜩하게 느껴졌다. 나는 몸을 일으켜세워 자리에 앉았다.

"어디 불편하심까? 옷에 기름 묻슴다."

영옥의 손을 잡았다. 영옥의 얼굴에 당황한 기색이 드러나는가 싶더니 이내 눈을 내리깔았다. 영옥의 손은 작고 보드라웠다. 나는 영옥의 손을 내 쪽으로 가까이 끌어당겼다. 그리고 머릿속에 남아 있던 여자를 지워버렸다.

첫눈이 내렸다. 엔지의 눈은 가는데다 점성이 없어 가벼운 바람에도 쉽게 흩날렸다. 상원과 나는 눈을 맞으며 엔지 거리를 싸돌아다녔다. 바람을 타고 날아다니던 눈은 어느 결엔가 흔적도 없이 사라졌다. 짧게 흩날리던 눈이 길바닥에 촉촉한 기운만 남기고 사라지자 두 팔을 벌리고 킬킬거리던 상원은 웃음기를 거두고 묵묵히 길을 걸었다. 말없이 걷던 상원이 갑자기 내게 손인사를 하고는 어디론가 서둘러 걸어갔다. 주머니에 손을 넣고 삐딱하게 걸어가는 상원의 뒷모습이 어쩐지 쓸쓸해 보였다.

상원의 뒷모습을 보니 따이공들이 왜 그렇게 필사적으로 배에 오르려 하는지 알 것 같았다. 배에서 내리면 왜들 그렇게 불안해하는지, 잔뜩 허기진 얼굴로 여자에게로 술집으로 안마방으로 달려가는지……

망막한 바다와 배의 옆구리를 후려치는 파도는 따이공들에게 자유를 준다. 바다 위에 떠 있는 배는 눈발을 움직이는 바람이었다. 배에서만은 신용불량자도, 가족에게 버림받은 자도, 고향을 잃은 자도, 패배자도 아니었다. 바다 위에 떠 있을 때, 정박해야 할 곳이 멀어질 때, 그들은 자유로웠다. 바람에 흩날리는 엔지의 첫눈처럼. 그래서 그들은 물멀미를 하는 사람들처럼 휘청거리며 어딘가로 달려가는 것이었다.

하지만 배를 타거나 여자를 찾는 것만으로 자유와 위안을 얻는 것은 아니었다. 그들은 더 많고 더 위험한 짐을 지면서 자유를 완성했다. 무게 제한을 넘기고, 금지물품을 숨기는 것. 그것은 강도를 높여야만 효과를 얻는 약물처럼, 수위를 높여야만 얻을 수 있는 것이었다. 강도를 더할수록 불안과 위험이 높아지고, 불안과 위험만큼의 자유를 얻었다. 관세청에서 지명수배한 밀수업자들의 밀수량이 삼십 톤에서 백 톤으로, 일억에서 백억으로 올라가는 것도 그 때문이었다. 따이공들은 터미널 곳곳에 붙은 현상수배 전단을 보며 새로운 기록으로 그곳에 올라가기를 기대하고 있는지도 몰랐다.

상원의 컨테이너도 갈수록 수위가 높아졌다. 상원은 가방 속에 무언가 다른 물건들을 넣는 것 같기도 했다. 그것이 무엇인지는 알 수 없지만, 세관 검색대를 통과하는 상원의 얼굴에는 눈에 띄게 짙은 긴장감이 감돌고 있었다. 나도 가방에 더 많은 주머니와 지퍼를 달고서, 무언가를 더 집어넣으려 하기는 마찬가지였다.

날이 추워지면서 파도는 갈수록 거칠어졌고, 배의 흔들림은 선실에서 굴러다니며 잠을 자야 할 만큼 심해졌다. 배가 더 많이 흔들릴수록 바다 위에 떠 있다는 느낌도 강해져서, 벽에 머리를 찧고 변기에 머리를 처박으면서도 배가 더 많이 흔들리기를 바라곤 했다.

이제 나를 지배하고 있는 것은 여자도 형도 아니었다. 그저 습관처럼 배를 타고 짐을 싸고 영옥을 찾아갔다. 영옥은 다른 따이공들의 현지 애인들처럼 돈을 요구하거나 집을 원하는 것도 아니었다. 그저 내가 가면 몸을 두들겨주고 말을 걸어줄 뿐이었다. 여자와 함께 보냈던 날들, 무슨 성곽 복원공사로 사라진 고향집, 징보호(鏡泊湖)나 쑈허룽(小河龍)으로의 나들이. 영옥의 이야기는 끝이 없었다.

나는 영옥의 목소리를 들으면서 뭍에서의 멀미를 잠재웠다.

속초에 도착하면 속초항 주변을 어슬렁거리며 안개 속 남자를 찾
아다녔다. 남자는 동태 배를 가르는 아줌마들 사이에 있기도 했고,
산 오징어를 수조로 옮기고 있기도 했다. 나는 남자가 일을 마칠 때
까지 기다렸다가 함께 술을 마시거나 방파제 낚시를 하곤 했다. 남
자가 맡긴 돈봉투나 가전제품 같은 것을 장영자세관의 여자애에게
건네주면 여자애는 손톱깎이나 라이터 같은 작은 물건들을 손에 쥐
여주었다. 그러면 나는 여자애가 흥정을 하고 있는 사이 그 물건들
을 매대 위에 슬쩍 올려놓고 나왔다.

눈을 맞으며 거리를 걸었다. 시대광장과 중앙로를 수놓은 색색이
전등에 불이 들어왔다. 청년호 주변에는 폭죽을 늘어놓고 파는 상
인들이 리어카를 끌고 속속 모여들고 있었다. 호수 저편에서 폭죽
터뜨리는 소리가 들려왔다. 요란하게 터지는 폭죽 소리에 오히려
마음이 허전해졌다.

청수동 문을 열자마자 나를 맞는 것은 세제 냄새를 품은 습기였
다. 달콤하고 따뜻하고 포근한 물기. 얼었던 몸이 한순간에 풀어지
는 것 같았다. 복무원은 나를 보자마자 반색을 하더니 인터폰으로
영옥을 불러주었다. 신을 벗고 몇 발짝 떼기도 전에 영옥이 달려나
왔다. 꼭 고향집에 돌아온 기분이었다.

서커스가 왔다. 동춘호는 러시아 서커스단을 싣고 속초항을 향해
달려가고 있는 중이다. 텅 비어 있던 B데크에는 말과 호랑이와 곰들
의 우리가 들어왔고, 기껏 백 명 남짓 되던 승선 인원은 이백칠십 명

제한을 채웠다. 선내에는 쭉 뻗은 여자들과 난쟁이들과 파란 눈의 남자들로 넘쳐났다. 썰렁했던 연회장은 서커스 단원들의 노랫소리와 고함소리로 시끌벅적했다. 동춘호는 낯선 술렁임에 휩싸여 있었다.

사람들은 러시아 여자들이 지나갈 때마다 휘파람을 불거나 슬쩍슬쩍 몸을 부딪쳤고, 연회장을 서성이며 사람들 구경을 하느라 정신이 없었다. 상원도 서커스단 짐 때문에 컨테이너 선적이 미루어진 것에 화를 내면서도 먹을 것을 챙겨 평소에는 가지도 않던 연회실을 기웃거렸다.

나는 여느 때처럼 배가 출항하자마자 B데크로 내려갔다. B데크에는 동물들 배설물과 건초 냄새가 가득했다. 천장에 닿을 듯 높은 우리는 환풍을 위해 뚫린 구멍을 제외하고는 대부분 검은 천으로 둘러쳐져 있었다. 선실에 올라가지 못한 몇몇 조련사들이 그 앞에 쭈그리고 앉아 경계의 눈빛을 보냈다. 나는 동물들의 지릿한 배설물 냄새를 맡으며 가방 위에 앉아 있었다.

가만히 앉아 있으니 어디선가 말굽 소리가 들려왔다. 말의 콧김소리와 어린 곰의 신음소리도 들렸다. 나는 동물들의 숨소리를 들으며 서커스를 상상했다. 잘 훈련된 호랑이 아가리에 머리를 집어넣거나, 말 위에서 위험한 곡예를 부리는 사람들. 곰들은 두 발을 들고 공을 굴리고, 호랑이는 강아지처럼 배를 드러내고 누워 재주를 피우겠지. 서커스가 이어질 때마다 이어지는 환호성과 웃음소리와 박수 소리. 어느새 내 눈앞에는 호랑이 대신 형이 나타났다. 형은 두 팔을 벌리고 새처럼 날고 있었다. 이 줄에서 저 줄로 옮겨가며 재주를 부리는 형. 그런데 형은 지금도 묘기를 부리고 있을까?

눈앞에서 아른대는 형의 얼굴을 지우기 위해 부리나케 화물칸을 빠져나왔다. 계단을 올라가려는데 호랑이 울음소리가 뒷목을 잡아챘다. 심장까지 전해질 정도로 강력하고 우렁찬 소리였다. 울음소리를 듣는 것만으로도 오금이 저려왔다. 비틀거리며 갑판 위로 올라갔다. 선미 쪽 문을 열자 억센 바람이 머리를 후려쳤다. 나는 뼛속까지 파고드는 억센 바람과 어둠을 맞으며 갑판에 서 있었다. 갑판 위에서도 호랑이 울음소리는 내내 귓가에 머물렀다. 나는 난간에 매달려 바닷물만 바라보았다.

연신 불어대는 맵싼 바람에 볼이 떨어져나갈 것 같았다. 옷깃을 세우며 선실로 들어갔다. 상원은 여태 연회실을 어슬렁거리고 있는지 방이 텅 비어 있었다. 나는 이불을 뒤집어쓰고 누워버렸다.

바닥에서 어떤 울음소리 같은 것이 울려나오는 것 같았다. 말들의 숨소리 같기도 하고 호랑이의 울음소리 같기도 했다. 고요하던 배가 언제부턴가 좌우로 심하게 흔들리기 시작했다. 배의 흔들림이 심해질수록 동물의 울음소리도 강해졌다.

계속해서 바닥을 울려대는 동물들의 울음소리를 지우려 애를 쓰고 있는데 무언가 무거운 것이 내 발등 위로 떨어졌다. 나는 단말마의 비명을 지르며 자리에서 일어났다. 내 발 위에 떨어진 것은 박제 사슴이었다. 나는 뒤집힌 사슴 머리를 저 멀리 던져버렸다. 무언가 불길한 일이 일어날 것만 같았다.

속초항에 도착하자마자 나는 한시라도 빨리 배에서 벗어나려고 애를 썼다. 사람들을 밀쳐내며 제일 먼저 세관 신고를 했다. 때 아닌 승객들로 출입국관리소가 북적거리는데도 불구하고 세관 심사는 유난히 엄격했다. 상원은 양주 세 병을 빼앗겼고, 나는 산삼으로 유통시켜도 될 만큼 비싼 장뇌삼을 빼앗겼다.

상원은 러시아 여자들이나 더 봐야겠다며 몰려 서 있는 서커스 단원들 쪽으로 갔다. 나는 항구 쪽으로 발걸음을 옮겼다. 세관 심사를 통과할 때까지만 해도 몰랐는데 발등이 심하게 욱신거려 걸음을 옮기기가 힘들었다.

나는 곧장 어시장으로 달려가 남자를 찾았다. 남자는 동태 배 가르는 사람들 옆에서 불을 쬐고 있었다. 남자는 나를 보자마자 기다렸다는 듯 손을 탈탈 털고 내게 다가왔다.

"인차 오시는가 기다리고 있었슴다."

남자는 구석에 놓아둔 검은 비닐봉투를 손목에 끼운 채 앞서 방파제 쪽으로 걸어갔다. 나는 말없이 남자의 뒤를 쫓았다.

방파제 삼발이에 부딪치는 파도는 포악스러웠다. 남자와 나는 낚싯대를 사이에 두고 방파제에 앉았다. 남자는 어디선가 화로와 철망을 준비해와 불을 피웠다. 철망 위에는 남자가 얻어온 오징어와 몇 가지 생선을 올렸다. 낚싯대를 드리우긴 했지만 무언가 잡히기를 기대하지는 않았다. 그저 삼발이 사이사이로 부서지는 파도를 바라보며 술잔을 기울일 뿐이었다. 나는 술잔을 기울이며 동물들의 울음소리를 지웠다. 불길한 예감을 지웠다. 나를 지웠다.

"저 사람들, 성공할까요?"

철망 위에 올려진 오징어를 뒤집으며 남자가 말했다. 남자가 가리킨 방파제 저편에는 작은 뗏목이 떠 있었다. 소문에 의하면 뗏목을 타고 러시아에서 일본까지 가려는 사람들이라고 하는데, 얼마

전부터 방파제로의 정박 연습을 하고 있는 듯했다.

"도대체 왜 저렇게 무모한 짓을 하죠? 그것도 이렇게 추운 겨울에 말이오."

나는 별생각 없이 남자에게 되물었다. 동춘호를 타고서도 부쩍 폭이 커진 배의 흔들림에 머리가 어지러울 지경인데, 저렇게 원시적인 배를 타고서 일본이라니. 아무리 생각해봐도 성공할 확률은 거의 없는 무모한 짓이었다.

"저도 그렇게 생각했었슴. 97년에 사람들이 삼나무 뗏목을 들고 블라디에 왔을 때 말입니다. 출항을 지켜보면서 성공을 점친 사람도 있었지만, 난 실패할 거라고 생각했어요. 발해 사람들도 아니고, 아무래도 어려울 거라고 말임다. 발해의 항해술은 누구도 따라갈 수 없어요. 그들은 1월에만 배를 띄웠어요. 1월의 북서풍은 강하지만 안전하다는 걸, 천삼백 년 전 그 사람들은 알고 있었단 말임다."

남자는 꿈을 꾸듯 눈을 반짝이며 말했다. 말이 없던 그가 뭐에 홀린 사람처럼 쉬지 않고 말을 할 때는 대부분 발해 이야기였다. 발해는 어쩌면 남자를 지키고 있는 버팀목일지도 몰랐다. 아니면 따이공의 짐가방과 옌지의 애인들처럼 위안이자 도피처인지도 모를 일이었다.

"또 그놈의 발해 타령이군. 형씨는 발해 말고는 할 얘기가 없는 거 같아."

대수롭지 않게 말을 하면서도 나는 그의 이력이 궁금했다. 남자는 적어도 97년에는 이곳에 없었다. 그때는 불법체류자도 아니었을 테고, 고향을 등진 자도 아니었을 것이었다. 무엇이 그를 한국으로 오게 한 것일까. 궁금증이 이어졌다. 하지만 나는 묻지 않았다. 묻는 순간 남자가 자리를 털고 일어나 다시는 나타나지 않을 것 같았다. 나는 그저 방파제에 몸을 대려고 애를 쓰는 뗏목의 움직임만 쳐다볼 뿐이었다.

"거의 다 도착해서 난파되었답니다. 뗏목은 바다에서는 안전하지만 육지가 가까워질수록 위험하다는군요. 두 명의 대원은 파도에 떠밀려 육지에 도착했고, 또 한 명의 대원은 뗏목에 발목을 묶은 채 파도에 따라 요동치고 있었답니다. 그런데 구조대가 도착했을 때 말입니다, 뗏목에는 돛대에 묶인 발목 한 짝만 남아 있더랍니다. 발목 한 짝만요. 발목을 묶은 끈이 그 발목을 잘랐겠지요."

그리고 그는 한국인이니까 뗏목 탐사를 하는 거라고, 자신이 한국 국적을 가지고 있었다면 어떻게 해서든 뗏목 탐사에 참가했을 거라고 덧붙였다.

"그런데 나는 한국인이 아녜요. 나는 중국 사람이죠. 그러니까 저 뗏목엔 탈 수 없는 거구요. 나는 분명 발해의 영토에서 나고 자랐는데 말입니다. 근데 발해인들이 정말 우리 민족이라고 할 수 있기는 한 걸까요? 나는 차라리 발해가 중국이었으면 좋겠어요."

남자가 길게 숨을 내쉬었다. 나는 남자에게 무슨 말이라도 해주고 싶었다. 하지만 한국이고 중국이고, 발해고 고구려고, 민족이고 나라고가 무슨 상관이란 말인가. 남자에게 절실한 그 단어들은 내 삶과는 아주 먼 그저 글자에 불과할 뿐이었다. 나는 딱히 해줄 말이 없었다. 그러다가 경복궁에서 보았던 발해 무덤이 생각났다. 여자를 주저앉게 만들었던 무덤.

"나도 발해에 가본 적 있어요. 발해라고 하기엔 뭐하지만. 경복궁 옆에 박물관이 있는데, 거기 무슨 무덤인가가 있더군요. 벽화도 있고."

"정효공주 무덤 말임까?"

"누군지는 모르겠고, 암튼 무덤이었어요. 뭐 조잡하게 그림도 그려놓고 관도 만들어놓고 그랬는데, 그다지 대단한 건 아니었어요. 그냥 모형일 뿐이었어요. 플라스틱으로 만든. 박물관이라는 게 다 그렇지 않습니까, 엉성한 밀랍인형에 옷이나 입혀놓고."

"비석도 있던가요?"

"글쎄요, 있었던 것 같네요. 무덤이니까 비석도 있었겠죠, 뭐."

"그래요, 비석. 그 비석에 발해가 중국과는 다른 나라였다는 결정적인 증거들이 들어 있다고들 하죠. 왕이 아니라 황제라는 호칭을 썼으니까. 그래요, 중국이 아니었죠. 그런데 말예요. 거기 벽화는 말예요. 아무리 봐도 고구려 사람들 같지가 않아요. 당나라 옷을 입고 당나라 머리를 하고 있거든요. 난 아직 확신할 수가 없어요, 발해에 대해서."

남자는 입을 다물었다. 그리고 먼바다를 향해 시선을 돌렸다. 나도 남자를 따라 먼바다를 바라보았다. 그때 마침 뗏목이 방파제에 부딪쳐 뒤집혔다. 뗏목은 다시 자리를 잡았고, 사람들도 하나씩 뗏목이나 방파제 삼발이 위로 올라왔다.

"우리도 이참에 뗏목 하나 만들어볼까요? 형씨는 그거 타고 고향으로 가고, 나는 관세 안 물고. 생각해보니 그거 좋은 생각이네. 그렇지 않아요?"

내 말에 남자가 소리내어 웃었다. 처음 듣는 남자의 웃음소리였다. 남자의 웃음소리에서 파도 소리가 나는 것 같았다.

남자와 헤어지고 나서 나는 속초 밤거리를 한참 돌아다녔다. 빈 여객터미널에 가서 괜히 어슬렁거리기도 했고, 정박해 있는 동춘호의 벗겨진 페인트칠을 뚫어지게 쳐다보기도 했다. 한 걸음 내디딜 때마다 사슴뿔에 다친 발이 욱신거렸다. 발에 통증이 찾아올 때면 배에서 들었던 호랑이 울음소리도 함께 들렸다.

숙소에 들어갔을 때는 자정이 훌쩍 넘어 있었다. 문을 열고 들어가자마자 상원이 버럭 소리를 질렀다.

"니 찾아 내가 속초 시내를 몇 바꾸나 돈 줄 아나? 어데를 이래 싸돌아다니다 오노? 전화는 와 꺼놓고 있는데?"

"전화는 뭐, 올 데가 있어야지."

나는 무심히 말하고는 옷을 벗어 벽에 걸었다.

"니 형한테 전화 왔다 아이가. 뭐라는지 하나도 못 알아듣겠더라. 무슨 소린지는 몰라도 뭐 큰일이 난 모양이데이. 얼른 전화 한번 해봐라."

불길한 느낌이 등줄기를 훑고 지나갔다. 집을 떠난 지 수개월이 지났어도 형이 전화를 해온 적은 없었다. 나는 상원의 전화기를 빼앗아 버튼을 눌렀다. 손이 심하게 떨려왔다.

형은 울고 있었다. 아무리 귀를 기울여도 형의 목소리는 알아들을 수가 없었다. 고함을 치고 달래서 겨우 형의 목소리를 들을 수 있었다. 없어, 없어. 형은 계속 그 말만 계속했다. 뭐가? 뭐가 없어?

니 형수, 형수가 없어.

여자가 사라졌다. 이번엔 여자가 완전히 떠나버렸을 거라는 생각이 들었다. 지난번처럼 그냥 잠시 잃어버린 것이 아니라 완전히 사라졌을 거라는 예감. 결국 떠나고 만 것일까? 나는 조용히 전화를 끊었다. 그리고 옷을 걸치고 터미널로 달려갔다. 버스는 이미 끊겼을 터였다.

추위를 피해 들어온 노숙자들 틈에 앉아 첫차를 기다렸다. 시간은 더디게 흘렀다. 버스 안에서 나는 계속해서 형과 통화를 해야만 했다. 그렇게 하지 않으면 형은 그대로 미쳐버릴지도 몰랐다. 형은 울다가, 소리지르다가, 겨우 말을 잇곤 했다. 여자가 사라졌다고, 자고 일어나보니 없더라고, 어디에도 없다고. 그뿐이었다.

형은 맨발에 외투도 걸치지 않은 채 배롱나무 아래 무릎을 감싸고 앉아 먼 곳을 바라보고 있었다. 내가 다가가는데도 형은 꼼짝도 하지 않았다. 형의 어깨를 쥐고 흔들었다. 그러나 형은 혼을 잃어버린 사람처럼 휑한 눈동자만 허공에 굴릴 뿐이었다. 형을 억지로 일으켜세워 집 안으로 들어갔다.

집 안은 폭풍이 지나간 자리처럼 어지러웠다. 옷장이며 서랍이며 가방들은 전부 열려 있고 거기서 나온 옷가지와 사진이며 종이쪽지들이 함부로 굴러다녔다. 옷가지들을 대충 옆으로 밀어놓고 형을 바닥에 앉혔다. 형은 구석으로 기어가 무릎을 감싸안았다. 여자가 들고 왔던 가방을 열어보았다. 가방 안쪽의 작은 지퍼를 열었다. 그 속에는 여자의 외국인등록증과 여권과 지갑이 고스란히 들어 있었다.

여자가 사라진 것은 분명했다. 하지만 왜? 나는 구석에서 떨고 있
는 형을 바라보며 생각했다. 여자는 왜 집을 나갔을까? 여권도 팽개
친 채, 돈도 한푼 없이.

8

　나를 움직인 것은 바람이었다. 여윈 가슴을 쓰다듬고 생채기 난 손목을 매만지던, 입김처럼 여린 바람. 그 바람이 이제는 기함을 쓰며 내 등을 떠다밀고 있었다. 옷섶을 헤치고 살을 후벼파는 맵짠 바람이 나는 외려 고마웠다. 바람이 아니었다면 갈피를 잡지 못하고 자주 걸음을 멈추어야 했을 것이었다. 바람은 등걸음치는 마음을 후려치는 채찍이었고, 나는 채찍질에 이골난 마소처럼 묵묵히 걸을 뿐이었다.

　줄느런히 늘어선 가로등 길을 따라 걸었다. 쏜살같이 달려가는 차들이 있을 뿐 거리는 적요했다. 속도를 올린 차가 내 옆을 바싹 지나갈 때마다 몸이 휘청거려났다. 황급히 걸치고 나온 외투는 서릿발 세운 새벽 한기를 감당하기에는 역부족이었다. 맨발과 볼따구니는 얼음칼을 맞은 듯 감각이 없었다. 이 길에서 얻을 수 있는 온기라고는 흐릿한 가로등 불빛뿐이었다. 드넓은 밤하늘에 뭇별조차

창백하기 그지없었다. 가로등 아래를 지나는 잠깐 동안의 따스함이 아쉬워, 나는 저만치 보이는 불빛을 향해 기를 쓰고 걸어갔다.

시간이 얼마나 흘렀는지, 얼마나 멀리 떠나온 것인지, 어디로 가야 하는지 가늠되지 않았다. 나는 무언가를 생각하고 계획하기를 포기했다. 생각은 걸음을 무디게 할 뿐이었다. 생각은 절망을 보여주며 끊임없이 겁을 주고 타협을 제시해왔다. 나는 생각하지 않기 위해 끊임없이 발을 놀리고, 걸음을 멈추지 않기 위해 생각을 지웠다. 발끝만 보며, 바닥만 내려다보며, 길을 걸었다.

깨지고 흠채기 난 벽돌과 아예 흙바닥을 드러내기도 하던 인도가 끊겼다. 대신 고가로 들어가기 위한 진입로가 가로막고 있었다. 둘러봐도 에움길은 없었다. 차도를 건너기 위해 댓돌에서 내려서는 순간, 강렬한 빛이 내 몸에 휘감겼다. 그리고 이어지는 경적 소리. 절로 눈이 감기고 몸은 그대로 얼어붙어버렸다.

눈을 떴을 때는 트럭 한 대가 칼바람을 날리며 지나간 후였다. 그제야 내가 모든 것을 버리고 떠나왔다는 사실이 실감났다. 느닷없이 나타난 차 한 대가, 몸에 감겨왔던 환하디환한 빛줄기가, 내가 선 자리를 비춘 것이었다. 손가락 하나도 움직일 수가 없었다. 이가 딱딱 부딪치고 온몸이 부들부들 떨려났다.

내가 무슨 짓을 한 걸까. 뒷일을 불문하고 얼결에 떠나온 길. 끌신을 신은 채, 아무 준비도 대책도 없이…… 되돌아가야 하는 것은 아닐까. 나그네가 깨어나기 전에, 아무 일도 없었던 것처럼, 그저 앞마당에 잠깐 나갔다 왔다는 듯, 그렇게.

고개를 돌려 내가 왔던 길을 되돌아보았다. 나는 이미 돌아갈 수 없는 길을 건너왔다. 인도를 갈라놓은 차도 또한 검고 깊은 강처럼 아득하기만 했다. 차도에 발을 내려놓는 순간, 물회오리가 일고 검은 수초가 두 다리를 거머쥘 것만 같았다. 나는 돌아갈 수도 건너갈 수도 없는 깊은 강 한가운데 버려진 섬, 거기, 겁에 질린 채 바들바들 떨고 있는 한낱 풀이었다.

한 목소리가 들려왔다. 깊숙한 곳에부터 나를 불러세우는 하나의 목소리. 호듯호듯 웃는 것 같은 작은 목소리가 내게 말을 걸어왔다.

'건널 수 없는 강이란 없어, 두려움에 마음을 내놓지 마.'

가깝고도 먼 목소리가 내 손을 잡아끌었다. 어질머리 이는 몸을 다잡으며 발을 떼었다. 내 어깨를 감싸는 목소리에 기대 차도를 건넜다. 회오리도 검은 수초도 없었다. 한 발짝 뗄 때마다 두려움도 한 발짝 멀어졌다. 나는 하나의 목소리에 귀 기울였다. 작고 여리게 들려오던 소리가 조금씩 단단해지더니 내 몸 전체를 휘감았다.

'들어봐, 요동벌을 뒤흔들던 함성을. 다링강(大凌河)을 건너는 말발굽 소리가 들리는 것 같지 않아? 추격해오는 당나라 군사는 아무 것도 아니야. 곧 천문령(天門嶺)에서 승리의 함성이 울려퍼질 테니까. 동쪽으로 동쪽으로, 잃어버린 고향땅으로 걸음을 옮기는 사람들을 떠올려봐. 아이를 둘러업은 여자들, 대륙의 찬바람에 볼이 얼어붙은 어린애들, 언 땅을 밟으며 걸어가는 그 많은 사람들을 말이야. 나라는 망했지만 인민은 살아 있단 말 이해하겠니? 그들이 여기 동모산(東牟山)에 깃발을 꽂았어. 동모산 꼭대기에 단단한 성을 두르고 만주 벌판을 내려다보면서 말야. 그들이 비굴하게 묶여 있었다면, 영욕을 감내하면서 살았더라면 옛 고향땅을 찾을 수 있었을까?'

그의 목소리. 무단강(牧丹江)을 거슬러올라간 동모산 자락에서 그는 가슴을 쭉 펴고 내게 당당하게 말했었다. 그의 목소리와 함께 함성소리가 들려오는 것 같았다. 함성은 어둠을 가르고 두려움을 지웠다. 나는 그가 그랬던 것처럼 가슴을 펴고 앞으로 걸어갔다. 먼 훗날 생각하면 이 두려움과 고난도 아름답게 여겨지리라. 목소리만으로도 나는 그와 함께 걷고 있는 것 같았다.

길은 올곧게 뻗어가다 휘어지고 새로운 길과 만나고 이어졌다. 계속 가다보면 지친 몸 뉠 곳 도착하겠지. 나는 부지런히 발을 놀렸다. 한적했던 도로에서 벗어나 제법 큰 도로로 나섰다. 쓰레기차가 가로수 아래 놓인 쓰레기봉투들을 거두며 지나갔다. 그 뒤로 구지 렁물 길게 이어진 자리를 청소일꾼이 비질하며 뒤따라갔다. 비질소리가 어둠을 들썩였다.

발 가는 대로 걷다보니 눈 익은 풍경이 나타났다. 장거리를 사러 나오기도 했던 시장의 초입이었다.

'언제든지 와라, 알안? 내 여기 쪽방에 사니끼니.'

상냥하게 부닐던 아짐의 목소리가 떠올랐다. 머릿속으로 아짐이 일하던 날생선집을 더듬어보았다. 여섯 갈래 길. 상점들 문이 닫혀 있어 가늠하기가 어려웠다. 면바로 보이는 길을 택해 들어가자 깡시장이 나왔다. 언 생선을 바닥에 내동댕이치며 분리하는 생선장사, 상자에 든 야채들을 하나 가득 풀어놓는 상인들, 일찌감치 장을 보러 나온 아낙들. 생기 넘치는 외침소리가 찬바람을 가르고 있었다. 시장을 빠져나와 지하보도를 건넜다. 수족관을 갖춘 날생선집이 몇 보였지만 아짐이 있던 곳은 아니었다. 계속 같은 길을 빙빙 도는 기

분이었다. 마음은 조급해나고 몸은 그만큼 무겁게 내려앉았다. 어슴
푸레했던 하늘에 햇살이 번지기 시작했다.

큰길 굽인돌이에서 비루먹은 개 한 마리가 비닐구럭을 뒤지고 있
는 것이 보였다. 아금이 벌어진 구럭에서는 구지렁물이 흘러나오고
있었다. 기척을 느낀 개가 이빨을 드러내며 내 쪽을 쳐다보았다. 선
연히 드러난 흰 이빨이 어쩐지 서글프게 느껴졌다. 문득 개를 가슴
에 품고 싶다는 생각이 스쳐 지나갔다. 목을 끌어당겨 오래도록 앉
아 있고 싶었다. 뻣뻣하기 그지없는 털을 한 올 한 올 쓰다듬고, 서
로의 온기를 나누고, 서로를 달래면서 오래도록. 천천히 손을 뻗었
다. 개는 기세등등하던 태도와는 달리 화들짝 놀라 구럭에서 떨어
졌다. 저만치 떨어지긴 했으나 멀리 가지도 못하고 쓰레기구럭만
힐끔거리는 검은 개. 나는 나그네를 떠올렸다.

지금쯤이면 나그네가 잠에서 깨어났을 것이다. 눈이 채 떠지기도
전에 손을 뻗어 내가 있던 이부자리를 더듬겠지. 마지막 남은 잠기
운이 가시면서 휑한 이불과 빈 전선과 빈 방을 보게 될 것이다. 나
그네는 오리 우리로, 식당 주방으로, 허둥거리며 뛰어다닐 것이다.
석쉼한 목소리로 나를 부르고 또 부를 테지. 한참이 지나서야 내가
없다는 것을 알게 되리라. 내가 떠났다는 사실을 나그네는 실제로
받아들일 수 있을까? 나그네는 나도 없이 시동생도 없이 살아질 것
인가? 넋 놓고 앉아 있을 나그네의 모습에 인즘 얼굴이 화끈해지며
눈물이 솟아났다.

고개를 들어 하늘을 올려다보았다. 진홍빛 보랏빛으로 물들어 있
던 하늘이 어느새 푸른빛으로 짱짱하게 펴져 있었다. 들큰한 콧물

이 넘어들어왔다. 코를 훌쩍이며 주위를 둘러보았다. 대형 수족관과 물고기가 그려진 간판, 그 옆에 난 작은 통로까지. 아짐이 있던 그 집이 분명했다. 서둘러 가게 앞에 섰다. 막상 가게 앞에 이르자 아짐이 여태 있겠는지, 고향으로 돌아가지나 않았겠는지, 슬그머니 불안감이 솟아났다. 수족관에 눈을 들이대고 안을 들여다보았다. 식탁과 의자, 음료냉장고 따위만 보일 뿐 사람은 보이지 않았다.

건물 옆 좁은 골목으로 들어섰다. 쓰레기와 빈 병 들이 쌓인 좁은 통로 끝 작은 쪽문이 보였다. 너무 이른 시간인 것 같아 주저심이 들었지만 문을 두들기기 시작하니 손에 힘이 솟아났다. 주먹으로 문을 내리치고 흔들어댔다. 소리내어 아짐을 불러보려 했지만 입안이 바싹 말라 혀가 돌지 않았다. 아무리 문을 두들겨도 안에서는 기척이 없었다.

이대로 돌아가야 하는 걸까. 주먹을 쥔 채 어물쩍 서 있는데 한구석에서 누군가 소리를 지르며 나타났다. 버려진 이불이나 쓰레기더미라고 생각했었다. 그 속에서 나타난 것은 땟국 흐르는 커다란 솜옷을 걸친 걸인이었다. 길게 자란 수염이며 삼베처럼 뻣뻣한 머리칼이며 거무튀튀한 얼굴이 사람이라기보다는 산짐승에 가까워 보였다. 남자는 담뱃진에 전 검은 이빨을 드러내며 다가왔다. 그러더니 눈에 핏발을 세우며 무작스런 욕설을 퍼붓기 시작했다. 남자가 입을 벌릴 때마다 썩은내가 진동했다. 단잠을 깨워 부아가 났다는 것인지, 아니면 제 자리를 침범해서 화가 났다는 것인지. 나는 눈을 즈려감은 채 온몸으로 욕설을 받았다. 한참 동안 소리를 지르고 발길질을 해대던 남자가 발밑에 마른가래를 울구어 뱉어내고는 넝마를 펄럭이며 골목을 빠져나갔다.

무중 당한 일에 정신이 아득해났다. 발밑에 내뱉어진 더러운 침 자국이 앞으로 내게 벌어질 화액의 징조처럼 느껴졌다. 끽, 쇳소리를 내며 쪽문이 열렸다. 날카로운 쇳소리에 가뜩이나 긴장된 신경이 툭 끊어져나가는 것 같았다. 열린 문으로 웬 번대머리 사내가 고개를 내밀었다. 눈뿌리가 아득해서 사내를 똑바로 올려다볼 수가 없었다. 또다시 욕설을 당할 것 같아 눈을 질끈 감아버렸다. 어렴풋이 내 어깨를 흔드는 아귀힘이 느껴졌다. 나는 몸을 굳히며 뒤로 물러섰다. 눈을 떴을 때 내 눈앞에는 식당 아짐이 서 있었다. 나는 반가움에 아짐 손을 덥석 잡았다.

"기억, 하시겠습까? 저 옌지에서 온 새댁임다."

한쪽 눈을 살짝 찡그리며 손을 슬쩍 빼려는 걸 보아 기억하지 못하고 있는 것 같았다. 지금 내겐 이 아짐이 유일한 지푸라기였다. 나는 얼굴을 바싹 들이대며 서둘러 말을 이었다.

"고향이 창춘이라 하지 않았습까? 저희 어머님 고향도……"

"그래, 옳구나, 기억이 난다. 근데 어째 여기 이러고 있나?"

아짐은 그제야 잡은 손에 힘을 주었다. 참았던 눈물이 한꺼번에 주르륵 흘러내렸다.

"꼭 절궈놓은 파김치 모양 아니나, 어서 들어가 몸이라도 녹이자, 이게 아주 얼음장이지 않니."

수선을 떨며 내 얼굴을 쓰다듬던 아짐이 문 안쪽으로 나를 이끌었다. 주방을 지나 방으로 올라섰다. 어정쩡하게 서 있는 나를, 아짐이 이불을 들쳐내고 앉혀주었다. 밤새 덥혀진 이불의 온기에 온

몸이 버들개지처럼 풀어졌다. 문 밖에서 아짐을 부르는 남자 목소리가 들렸다. 낯선 사람을 함부로 들인다는 남자의 목소리에 이어, 고향 사람이라고 에두르며 관계하지 말라는 아짐의 목소리가 아득하게 들렸다. 불안에 떨며 이불 깊숙이 몸을 집어넣었다.

밤새 참아왔던 한기가 한꺼번에 몰려왔다. 펄펄 끓는 쇳물이라도 들이부은 것처럼 귀 끝이 확 달아올랐다가는 얼음장같이 차가운 냉기가 전신을 휘덮었다. 냉기와 열기 사이에서 정신이 아득해졌다. 감은 두 눈 속에서 회오리가 쳤다. 의식이 실매듭 끊어지듯 깜빡 끊어졌다. 그리고 나는 어둠 속으로 빠져들어갔다. 칠칠야밤보다 더 깊은 어둠이었다.

얼마나 오래 잠을 잔 것일까. 나는 가까스로 눈을 떴다가도 다시 잠에 빠져들기를 반복했다. 잠에서 깨어나는 것은 잠순간에 불과했다. 가끔 인기척이 느껴지기도 했고 누군가 내 머리를 만지는 것도 같았다. 간간이 사람들의 술추럼 소리가 들려오기도 했다.

나는 눈을 뜨자마자 소스라치게 놀라 손목부터 감싸쥐었다. 아무것도 묶여 있지 않았지만 손목을 옥죄었던 팽팽한 전선의 느낌이 슬그머니 되살아났다. 문이 열리고 환한 불빛이 몰려왔다. 절로 눈이 감겼다. 가느스름하게 눈을 뜨고 문 쪽을 바라보았다. 불빛을 등지고 아짐이 서 있었다.

"송장 치우는가 했더니, 아이 죽었네. 딱 시체처럼 자더라 말이?"

몸을 움직이자 잔등에 얼음물을 끼얹은 듯 씀벅씀벅 어지럼증이 일었다. 겨우 벽에 머리를 기대고 앉았다. 아짐은 백열전구를 켜고는 이불 속에 손을 쑥 쑤셔넣었다.

"틀거지 찾을 것 없다. 방은 따시지이?"

아짐이 내 쪽으로 소반을 내밀었다. 소반에는 흰 죽그릇이 놓여 있었다. 나는 고개를 가로저었다. 입안이 꺼끌꺼끌한 것이 아무것도 넘길 수가 없을 것 같았다.

"그럼 따신 물이라도 마시라이?"

아짐은 내 등을 받쳐들고 물을 먹여주었다. 마침 조갈증이 나기도 한 터였지만 물을 넘기는 것조차 쉽지 않았다.

"소라 넣구 끓인 죽이다. 손님 내는 죽에다가 특별히 내장이랑 더넣구 끓였으니 암말 말고 다 비워라. 내 언녕 거두매질 끝내고 올테니. 오기 전까지 이거 다 먹고 있어라, 알안?"

나는 고개를 끄덕이며 그릇만 쳐다보았다. 아짐은 내 등을 한번 쓰다듬어주고는 방을 나갔다. 아짐의 말대로 기운을 차려야 무어라도 할 것 같았다. 죽사발에 숟가락을 넣었다. 죽냄새를 맡자 밍큰한 시큰침이 괴어올랐다. 숟가락을 내려놓고 소반을 옆으로 밀어놓았다. 문틈으로 웽강뎅강 그릇 메치는 소리가 들려왔다.

이불을 한켠으로 밀고 일어나 주위를 둘러보았다. 방 안은 폐품수구소에서 주워온 듯한 가재도구들이 몇 있을 뿐 단출했다. 화장품과 소지품 들이 가지런히 정리된 상 위에 놓인 액자 하나. 아짐의 처녓적 사진인 듯싶었다. 나리꽃 무늬가 돋친 꽃천을 입고 긴 양태머리를 앞가슴에 드리운 여자. 지금의 아짐을 생각해내기에는 아득한 세월 너머의 사진이었다. 수줍게 미소지은 앳된 얼굴에는 고난도 세월도 묻어 있지 않았다. 나는 액자를 손에 쥐고 사진 속 아짐의 얼굴을 쓰다듬어보았다.

"열아홉인가 스물인가, 그거 찍고 나서 결혼을 했지 않니."

어느새 문을 열고 들어온 아짐이 옆에 앉으며 말했다. 액자를 제 자리에 올려놓고 아짐을 맞았다. 이제 막 세수를 했는지 파마한 머리칼에서 물방울이 떨어졌다.

"참 곱습다."

"고왔지. 열흘 붉은 꽃 없다는 말이 맞지 않네. 그때가 내 인생의 황금기라. 지금이야 이리 늙었지만."

"왜서 그런 말을 하십까. 지금도 고우신데."

"어이구, 귀맛 좋은 소리 하는 거 보니 살아나긴 했구나."

아짐은 액자를 슬쩍 쳐다보더니 입가에 미소를 머금고 말을 이었다.

"나그네가 그저 나밖에 모르고 살았다 아니? 한족 사내들처럼. 겨울이면 양칫물 세숫물 다 떠다바치고, 장도 봐오고, 머리도 빗겨 주고, 손톱도 깎아주고, 옷도 입혀주고……"

"금슬이 좋으셨나봐요."

"좋으믄 뭐 해. 잠순간이었지 않아. 무슨 바람이 불었는지 나그네 가 로씨아 장사를 떠나지 않았네. 그땐 로씨아 장사 하면 돈이 세게 되던 시절이기도 했재이. 때 되면 편지니 전화니 잊지 않고 넣어주 는데, 안깐은 아무것두 하지 마라재이니. 돌아와서 집을 산다, 테레 비를 바꾼다, 반지를 사준다, 신이 나지 않아. 이참에 오는가 잔뜩 부풀어 기대하고 있는데, 언제부턴가 소식이 딱 끊어져버렸지 않아. 여자 바람이 들었는가, 돈바람이 들었는가, 반년 남짓 애만 끓고 있었지. 나야 오솝소리 기다리기나 하지 뭐 도리가 있어야지. 그런데 나그네가 죽었다지 않아. 로씨아 패거리들하고 뭔 쌈이 붙어서 칼에 찔렸다구. 청천벽력이 따로 없지 뭐야. 시신도 못 봤는데…… 나그네가 죽었다고는 지금도 믿어지지가 않아."

타발타발하던 아짐의 목소리에 물기가 묻어났다. 아짐은 주위를 획 둘러보다가 구석에 밀쳐진 쟁반에 시선을 멈추었다.

"손도 안 대었구나."

"조금 있다 먹겠슴다."

"잘 먹고 기운 차려야지. 타향에선 믿을 게 제 몸밖에 없다. 내일은 내가 뭣 좀 해주꾸마. 내가 이래 뵈도 식당일에 뼈가 굵다. 궈보우러우 같은 건 히쭉 웃으면서 하니끼니 뭐든 먹고 싶은 게 있음 말하재이?"

아짐은 목소리에 생기를 넣으며 쾌활하게 말했다. 남에없이 고려해주는 아짐이 고마워났다.

"제가 괜한 짐을 지워드림다. 어찌 은혜를 다 갚아낼지."

"무슨 소릴 그리 하나. 동포끼리 도우는 게 옳지 않니, 아니나? 여기 사람들이나 조선족 알기를 쌀의 뉘처럼 대하지. 걱정 말구 일단 몸이나 추슬러라. 나 절루 하는 거니까. 과부 설움은 과부가 안다고 했다. 오죽했으면 밤도망을 쳤겠나."

아짐의 말에 금시 가슴이 무엇에 콱 막히는 것 같으며 전신이 짜릿해났다. 나는 나부시 고개를 숙이고 죽그릇만 바라보았다.

"세상에 공거루 가질 수 있는 건 없다, 아니?"

"……"

"세한 사정은 몰라도…… 잘했다. 안 되겠다 싶으면 절로 나서야
지. 초달에 메워 사는 것보다는 떠나는 것이 나은 게지. 나도 그걸
너무 늦게 알았다. 한국 나와 칫김에 식당에 들어갔는데, 늙으데기
주인 남자가 한밤중에 파고들지 않겠니. 첨엔 막 미쳐버릴 지경이었
지. 시망스럽게 구는 늙으데기의 요구를 물리칠 수 없었단 말이다.
언녕 피하지 않은 내 탓이지 뭐야. 슬쩍슬쩍 용돈도 챙겨주고, 옷도
사주고. 잘하면 안주인 자리 차지 않겠는가 싶은 마음도 아이 있었
겠나. 어찌 알았는지 주인 여자가 눈에 쌍심지를 켜고 안달을 하더
란 말다. 돈을 훔쳐갔느니 밥을 훔쳐 먹느니 무함을 하는데, 늙으데
기 추잡한 몸뚱이는 참아도, 도둑년 취급당하는 건 도무지 견뎌낼
수가 없더란 말이. 그래 내쫓기기 전에 나 절루 나가는 게 좋겠다 생
각했지. 그래, 로임 받은 날 저녁, 줄행랑을 놓았지 않니."

아짐은 진절머리를 치며 웃었다. 웃음소리가 허허로웠다. 아짐의
웃음소리가 잦아들 무렵, 아침에 보았던 번대머리 사내가 문 사이
로 얼굴을 내밀었다. 앞이 훌렁 벗어진 머리 때문인지 나이가 제법
들어 보였다. 아짐은 무릎걸음으로 문가로 기어가 사내를 밖으로
밀어냈다.

"며칠만 좀 참으쇼. 어째 사람이 그리 매정하게 닦달을 함까, 아
픈 사람이 먼저 아이겠에요?"

아짐은 소리나게 문을 닫았다. 문 앞에 서 있던 사내가 저벅거리
며 골목을 빠져나가는 소리가 들렸다.

"저 때문에 어렵게 되었습다."

"일없다. 저리 삐죽하니 가도 또 금세 온다. 타박타박해도 속정

있는 사람이라…… 타향 만리에서 눈 맞추고 배 맞추면…… 그게 내 나그네 아니겠나. 보쟁인다고 눈구력 줄 안깐도 없고…… 아들 며느리 눈치 보느라 이리 드나들지만, 잘 챙겨준다…… 그러믄 된 게지. 그게 나그넨 게지."

아짐은 말끝을 흐렸다. 슬쩍 액자를 쳐다보는 눈 밑 안검이 가느다랗게 흔들렸다. 금슬이 좋아났던 나그네를 생각하는 것일까? 아짐이 생각났다는 듯 거울을 끌어당겨 얼굴에 화장품을 바르기 시작했다.

"타지에 나온 지 옹골 십 년이다. 혼자 있으니까 벌거지도 반갑데. 누군가 손을 쑥 내미니 어찌 아이 잡겠나……"

말끝을 길게 늘이더니 타닥타닥 계속해서 볼을 두들겼다. 무언가 말도움을 주고 싶었지만 딱히 생각나는 것도 없었다. 끙 소리를 내며 일어난 아짐은 옷을 갈아입고 이불을 폈다.

아짐과 이불 위에 나란히 누웠다. 아짐은 이불을 다독여주고는 고향에 돌아가겠는가, 찾아갈 사람은 있겠는가, 방조할 사람도 없는가, 주민증은 나왔는가 하고 물어왔다. 나는 아무것도 대답할 수 없었다. 아짐이 길게 날숨을 몰아그었다.

"단속도 심해졌는데 어쩌려구. 나오려면 준비나 단단히 해서 나올 것이지, 그렇게 살몸으로 어찌……"

"……"

"신랑한테는 다시 돌아가지 않을 테지?"

"네."

"그래, 돌아갈 거라믄 나오지도 않았을 게지."

아짐은 입을 다물었다.

"저…… 요구가 있슴다."

"무신 요구?"

"일자리를 구해야 한단 말임다. 여기서 좀 먼 곳이면 좋겠슴다."

"그래, 그래야지. 일단 며칠 푹 쉬었다가 함께 고려해보자이."

아짐은 이불을 바싹 끌어당겨 잠을 청했다. 일이 고되었는지 어느 결엔가 옅게 코 고는 소리가 들렸다. 나는 아짐의 어깨에 얼굴을 바싹 들이댔다. 아짐의 몸에서 담박하면서 향긋한 화장품 냄새가 났다. 화장품 냄새에 청수동 세욕중심이 떠올랐다. 영옥과 나란히 누워 한담을 나누던 오후. 지긋지긋하기만 했던 세제 냄새와 오일 냄새가 그리워났다.

영옥의 얼굴에 시동생 얼굴이 겹쳐졌다. 영옥과 시동생이 인차는 만났겠지. 나그네는 시동생에게 전화를 넣고 시동생은 영옥에게 내 거취를 물어보겠지. 당분간은 영옥이나 다른 어느 누구에게도 연락을 취하면 안 될 것이었다.

나는 그의 목소리를 떠올렸다. 무언가 힘을 줄 수 있는 말을 해줄 수 있을 것 같았다. 내가 가야 할 길을 가르쳐주지 않겠는지, 언제나 그를 만날 수 있게 되는지, 아무리 귀를 기울여도 그의 목소리는 들리지 않았다.

그의 얼굴을 떠올려보았다. 하지만 아무것도 기억나지 않았다. 그저 흐릿한 사내의 얼굴이 천장에 나타났다가는 사라지는 것이었다. 사내의 얼굴이 조금씩 선명해지는 것 같더니, 배롱나무 아래에서 영옥의 연락처를 건네받던 시동생의 얼굴이 되었다. 그의 얼굴을 생각하면 생각할수록 자꾸만 시동생 얼굴만 나타났다. 나는 고개를 세차게 저었다. 이제 영영 남이 될 사람들이었다. 눈을 꼭 감아 시동생의 얼굴을 지워냈다.

갑자기 아랫배가 치르르 당겨왔다. 아랫배를 휘돌던 통증은 허리를 관통해 명치를 거쳐 머리끝까지 올라왔다. 낯선 감각이었다. 아래가 뭉텅 빠지는 듯한 느낌. 일정한 간격으로 이어지는 낯선 통증에 아짐을 쳐다보았다. 아짐은 코까지 골며 깊은 잠에 빠져 있었다. 배를 쓰다듬었다. 통증은 슬그머니 꼬리를 감추었다.

이제는 앞으로의 일만 생각하면 되었다. 나는 행복해질 것이다. 그를 만나고, 그와 함께 고향으로 돌아갈 수 있을 것이다. 나는 엔지를 떠나던 날 밤처럼 내 속에 대고 말했다. 나는 행복해질 것이다, 끊임없이 속삭였다. 끊임없이 희망하고 기다리는 것, 그것이 내가 해야 할 일이었다. 내 속의 착한 어린애는 이제 의심을 하기 시작했다. 행복은 네 것이 아니라고, 기다려봐야 소용없는 일이라고. 백열전등알 속 필라멘트선이 파들거리며 흐린 빛을 간신히 유지하고 있었다.

여자의 눈길이 내 몸을 훑는가 싶더니 슬그머니 허공으로 후퇴했다. 나를 더듬던 여자의 눈동자에는 안개 같은 장막이 드리워져 있는 것 같았다. 원망과 체념을 가득 담은, 지극한 슬픔을 간직한 눈빛. 여자는 먼장을 응시하며 말없이 앉아 있었다.

나이를 가늠할 수 없는 여자였다. 지치고 피로한 낯색과 희끗희끗한 머리칼이 여자를 한없이 늙어 보이게 하는가 하면, 꼿꼿이 세운 허리와 기다란 목은 어쩐지 힘이 넘쳐나는 것도 같았다. 여자는 지하보도 가운데 기둥을 등지고 앉았으면서도 허리를 기대거나 비틀지도 않았다. 수행을 하는 사람처럼, 금방이라도 적을 향해 돌진할 사람처럼, 여자는 주위의 소음과는 상관없이 당당하게 앉아 허공만을 응시했다.

"일자리 마련될 때까지 이 아짐이랑 지내라. 나랑 함께 있으면 여북 좋겠냐만, 형편이 이래놔서."

아짐이 내 손을 쓰다듬으며 아쉽게 말했다. 내겐 선택의 여지가 없었다. 채근을 한 것은 아니었지만 아짐의 방에서 오래 머물 수는 없었다. 번대머리 남자는 밤마다 문가에 서서 아짐을 들볶았고, 아짐도 그런 남자의 요구를 물리치기 힘들어 보였다. 식당 주인이기도 한 남자는 아쉬울 것이 없는 사람이었다. 여차하면 다른 조선족 여자를 구할 것이라고 아짐은 한숨 섞인 말을 했었다. 지금이야 눈 맞아 모든 뒤를 봐주지만 사람 마음이란 언제 바뀔지 모르는 법이라고, 사내란 맘이 떠나면 바짓부리를 잡아도 소용없는 일이라고, 아짐은 이불 속에 누워 읊조리듯 말했다. 아짐의 말을 들으면서 나는 양태머리를 하고 수줍게 웃던 사진 속 처녀를 떠올렸다. 사진 속 처녀는 액자 속에 갇혀 빛바랜 청춘을 가까스로 기억해낼 뿐이었다.

식당 남자 때문이 아니더라도 아짐의 방은 그리 안전한 곳이 못되었다. 나그네라면 나와 함께 갔던 모든 곳을 뒤져서라도 나를 찾으려 할 것이었다. 나는 비린내 가득한 생선집 작은 방에 혼자 앉아, 언제 들이닥칠지 모르는 나그네를 생각하며 불안해했다. 방문이 열릴 때마다 나그네가 뛰어들어와 내게 목사리를 채우고 개처럼 끌고 가는 환영에 시달리곤 했다. 때론 내 무릎을 베고 누운 나그네의 얼굴이 떠오르기도 했다. 귀지를 파주면 스르르 잠이 들어 어린애 같은 미소를 짓던 모습. 그런 모습이 그려질 때면 나그네에게 되돌아가야 하지 않을까 하는 생각이 들곤 했다. 그런 생각은 유령처럼 불쑥불쑥 튀어나와 내 손을 잡아끌었다. 나는 나그네의 자장에서 가능한 멀리 떠나야 했다.

속초에 가고 싶었다. 끝간데없는 바다와 날갯짓하는 물새들, 그리고 거기 어디쯤 바다를 보고 있을 그. 속초에만 가면 당장이라도 만날 수 있을 것 같았다. 아짐이 소개해준 흥신소에서는 사진도 없이 이름과 고향 정도로 사람을 찾기는 힘들 거라고 하면서도 접수를 받았다. 조선족들만 전문으로 하는 흥신소니 희망을 가져도 될 거라고 아짐이 옆에서 거들어주었다. 어쨌거나 첫 월급을 받으면 주기로 한 흥신소 돈도 물어야 했으니 우선은 일자리를 구하는 것이 급선무였다.

"무시기, 부탁한다잉?"

아짐이 미리 준비해온 청량음료 상자를 내밀며 말했다. 여자는 상자를 힐끔 보더니 제 앞에 놓인 좌판을 거두기 시작했다. 좌판에는 중국에서 보던 각종 알약들과 약재들, 중국 담배 같은 것들이 펼쳐져 있었다. 그 위에는 비뚜름한 글씨체로 '살 빼는 약' '호랑이 연고' '록태고'라고 적힌 종이판이 올려져 있었다. 좌판은 두 개의 서류가방을 연이어놓은 것이었는데, 양쪽 끝을 잡고 한데 모으자 간단히 정리가 되었다.

"밥이나 먹자."

여자는 꿍 소리를 내며 자리에서 일어났다. 그제야 아짐의 얼굴에서 긴장이 풀렸다. 아짐은 서류가방을 뺏어쥐고 앞서갔다. 여자는 깔고 앉았던 방석을 기둥에 탈탈 털어 가방 속에 넣었다. 그러고는 예의 그 눈빛으로 허공을 한번 휙 훑었다.

지하도를 따라 한참을 걸어가다 또 골목을 돌아돌아 도착한 곳은 휘궈(火鍋)집이었다. 골목 입구에서부터 익숙한 향신료 냄새가 풍겨왔다. 익숙한 것은 냄새뿐이 아니었다. 양고기 꿰집, 중국식료품 재료상, 한자로 적힌 노래방 간판, 옌지에 돌아온 듯한 느낌이 들 정도였다. 식당에 들어가자 신문을 보고 있던 주인 남자가 여자와 아짐을 반갑게 맞았다.

두 가지 육수를 끓일 수 있는 노구솥을 중심으로 각종 야채와 버섯, 양고기가 식탁 가득 차려졌다. 여자는 흰술을 한 병 시켜 한 잔 꼴똑 채우고 다른 사람들 잔에도 채워주었다. 여자는 육수가 채 끓기도 전에 술 한 잔을 단숨에 비워내고는 썩두부 한 점을 집어먹었다. 나도 여자를 따라 술잔을 들고 입을 축였다. 알싸하면서 달큰한 술냄새가 입안에 가득 들이찼다.

타지에서 맛보는 흰술의 맛은 서글펐다. 술은 모든 긴장을 무장해제시키고 기억을 부르는 마력을 갖고 있었다. 불콰한 얼굴로 돈을 질러넣어주던 영옥이며, 연회에서 술잔을 돌리며 즐거워하던 아버지 얼굴이며, 약초 술을 만들던 엄마 손이 술향기처럼 알싸하게 번져갔다.

육수가 끓기 시작할 즈음, 아짐의 친구들이 들어와 자리에 앉았다. 모두 한 고향에서 온 사람들이라고 아짐이 간단히 소개를 시켜주었다. 태시없이 인사를 나누고는 모두들 솥에 머리를 모으고 양고기를 집어넣느라 여념이 없었다. 나도 얼얼할 정도로 맵고 뜨거운 육수에 양고기와 야채를 살짝 적셔 먹는 훠궈 맛에 흠뻑 취해 있었다. 야싸하게 매우면서 단맛이 살 도는 훠궈 맛. 콧잔등에 땀이 송송 배어났다. 그밖에 샹차이를 듬뿍 넣어 무친 편육과 볶음채도 오랜만에 맛보는 음식이었다.

"이놈의 정부가 유공자들한테 해준 게 뭐냐, 엉?"

묵묵히 술을 마시던 여자가 갑자기 술잔을 내려놓으며 말했다. 크지는 않았지만 부산하게 음식을 먹던 아짐들의 동작을 멈추게 할 만큼 단단한 목소리였다.

"또 시작이네, 그놈의 독립군 타령 언제 나오나 했다."

아짐은 쓱 한마디 뱉고는 노구솥에 양고기를 쓸어넣고 고기 한 접시를 더 시켰다. 다른 사람들도 여자의 술주정에 이골이 난 듯, 각자 일에 대해 푸념을 하거나 사장들 흉을 보기에 여념이 없었다. 아짐과 비슷한 나이의 한 여자는 신고가 들어와 월급도 못 받고 짐 싸들고 도망쳤는데, 후에 알고 보니 신고자가 식당 주인이었더라고 분통을 터뜨렸다. 식탁 위에는 더이상 놓을 자리가 없을 정도로 채 그릇이 가득 올려졌다.

"가난밖에 더 줬냐? 쥐꼬리만한 연금에, 약 좀 판다고 옥살이나 시키고. 옥살이를 하려면 무단강 액하감옥이 낫지. 내가 이래 봬도 서장군의 증손주다, 아니? 친일하던 놈들 자식들은 떵떵거리고 살고, 독립군 자식들은 옥살이나 하구. 지금 와서 친일 청산? 좋아들 하시네."

여자의 목소리는 높지도 낮지도 않았다. 누군가를 향해서 말하는 것도 아니고, 그렇다고 목소리를 제 안으로 삭이는 것도 아니었다. 그저 술 한 잔을 머금고 조용히 말할 뿐이었다. 머릿속에서는 옥살이, 감옥, 독립군과 같은 낯선 단어들이 맴돌았다.

"너는 뭐 얻어먹을 게 있다고 여기 왔나?"

느닷없이 여자가 내게 얼굴을 바싹 들이대며 말했다. 왁자하던 사람들이 일순 입을 다물었다.

"새파랗게 젊은 게 뭐 얻어먹을 게 있다고. 그냥 고향땅에 있을 것이지. 그지 발싸개 같은 노인네 시중하러 왔냐, 돈치장 하러 왔냐? 뭐 한다고 남의 땅에 와서 맘 졸이고 사냔 말이다."

여자의 말에 가슴 한쪽이 허비어났다. 여자를 제대로 쳐다보지도 못하고 괜히 휘궈 솥만 휘저었다. 울음이 터져나올 것만 같았다.

"어째 가만있는 사람 붙들고 별나게 그러니이? 그래도 동생은 불법체류는 아니지 않니? 그럼 이 나라가 우리한테는 뭘 해줬나? 쥐꼬리만한 연금이라도 줬나? 물에 기름 골라내듯 다박다박 잡아가기나 하지. 아니나? 맨날천날 독립군 타령만 하지 말고, 독립군 아버지 수발이나 잘해라. 내 말이 옳지, 아니나?"

어쩔 줄 모르고 앉은 내가 안쓰러웠는지, 아짐이 여자를 향해 모를 박았다. 여자는 입술만 움찔거릴 뿐 아무 대꾸도 하지 못했다. 사람들은 서로 눈을 피한 채 끓고 있는 육수만 바라보았다. 그러다가 누군가 얼마 전 강제출국당한 동무들 얘기를 했고, 누군가는 불심검문에 걸렸다가 착한 공안 덕분에 풀려난 일을 말했다. 누군가는 나더러 말투 먼저 고쳐야 살아남는다고 충고했고, 누군가는 조선족들은 낯빛만 봐도 안다고, 그래봐야 소용없는 일이라고 한숨 섞인 말을 했다. 얼얼한 고추 맛이 입안에 휘감겼다.

술자리는 흰술 세 병을 다 비우고서야 끝이 났다. 여자는 그후로 입을 다문 채 술을 비웠고, 다른 아짐들은 불콰한 얼굴로 술을 붓고 채를 먹고 고함을 지르며 웃어댔다. 알 수 없는 어떤 열기가 사람들을 부추기고 있는 것 같았다. 자리가 끝날 즈음 헤이룽장성에서 왔다는 남자들 두 명이 더 왔고, 아짐들은 남자들과 어울려 노래방으로 향했다. 어느 누구도 여자에게 함께 가자고 권하지 않았다. 생선집 아짐만 여자의 손을 슬쩍 잡았다 놓을 뿐이었다. 아짐은 헤어지기 전 지전 몇 장을 내 주머니 속에 구겨넣어주었다.

여자가 휘적휘적 걷기 시작했다. 팔을 잡아주려 했지만 여자는 단번에 거절했다. 두 개의 서류가방도 내게 넘겨주지 않았다. 보안등 불빛에 여자의 그림자가 길게 늘어졌다. 나는 한 발짝 떨어져서 여자의 그림자를 밟으며 걸었다. 바람이 여자의 그림자를 흔들었다.

집은 식당에서 그리 멀지 않은 곳에 있었다. 하지만 집에 도착했을 때 여자는 아주 먼 길을 돌아온 것처럼 지쳐 있었다. 여자는 가방을 자주 놓쳤고, 그때마다 걸음을 멈추고 먼 북쪽을 바라보곤 했다. 나는 혼쭐난 아이가 엄마 뒤를 쫓는 것처럼 바싹 따라가지도 못하고 멀어지지도 못한 채 눈치만 보며 그 뒤를 쫓았다.

좁은 골목을 돌아 도착한 곳은 반지하방이었다. 문을 열자 살림살이가 너저분하게 널린 부엌이 면바로 보였다. 여자를 따라 부엌에 신을 벗어놓고 방으로 올라섰다. 난방을 하지 않았는지 바닥이 냉골이었다. 여자는 서류가방을 한구석에 세워놓고 전기난로와 전기장판을 켰다. 어두운 방 안에 붉은 전선이 반딧불이처럼 조용히 빛을 발하고 있었다. 여자는 검은 목도리만 벗어 옷걸개에 걸어놓고 외투를 입은 채 이불 속에 누웠다.

나는 방 한구석에 말째게 쪼그리고 앉아 꼼짝도 않는 여자만 훔쳐보았다. 천장 가까이 붙은 창으로 사람들 발부리가 보였다. 골목 어귀에서 술에 취해 흥얼거리는 취객들의 노랫소리가 들려왔다. 아침은 쉽게 올 것 같지 않았다.

나는 매일 아침 서류가방을 들고 집을 나서는 여자를 쫓아 지하보도로 갔다. 여자가 좌판을 펴고 자리에 앉으면 나도 그 옆에 나란히 앉아 지나가는 사람들을 쳐다보곤 했다. 여자는 내 존재 따위는 상관없다는 듯, 늘 같은 모습으로 허공을 바라볼 뿐이었다. 여자는 말이 없었다. 무언가를 일러주거나 조언을 하지도 않았고, 눈구력을 주는 것도 아니었다. 그저 내가 뒤따르면 뒤따르는 대로 옆에 앉으면 앉는 대로 놔둘 뿐이었다. 하지만 내가 외투를 입은 후에야 그녀가 집을 나선다는 것을, 방석 하나를 슬그머니 내 뒤로 밀어주는 것을, 내가 전기장판 밖으로 밀려나지 않도록 벽에 바싹 붙어 잠이 든다는 것을 나는 알고 있었다. 나는 그림자처럼 여자를 따라다녔다. 어쩌면 여자의 그림자 뒤에 숨어 살고 싶었는지도 몰랐다.

손님은 많지 않았다. 지나가다 걸음을 멈추고 약을 사가는 사람은 더욱 없었다. 여자에게서 무언가를 사가는 사람들은 대부분 원하는 것이 분명했고 가격도 훤히 꿰뚫고 있었다. 약을 사는 사람보다 약을 넘기러 오는 사람이 더 많았고, 그때마다 여자는 말없이 약을 받아넣고 값을 치러주었다. 그나마 값이 세게 나가는 다이어트 약을 사가는 젊은 여자애들이 있는 것이 다행이라면 다행이었다.

여자의 이름은 서옥분이었다. 나는 그 이름을 어제야 알았다. 서옥분씨. 걸걸한 사내 목소리가 들려와 고개를 들어보니 강마르고 관골진 남자가 좌판 앞에 버티고 서 있었다.

"서옥분씨, 이건 안 된다고 그랬잖아요. 자꾸 이러면 나도 어쩔 수 없단 말이에요. 왜 그래요, 정말. 이번엔 벌금으로 안 끝날 거예요."

여자는 대답이 없었다. 나는 다소 위압적인 사내의 목소리만으로도 팔다리가 매시근해오는데 여자의 얼굴에선 어떤 감정의 변화도 보이지 않았다.

"병원에 있는 아버지 생각을 해야죠. 이러다 감방 가면 보훈병원이고 뭐고 없어요, 알아요?"

한참을 말없이 있던 여자가 서류가방을 탁 접고 자리에서 일어났다. 그러고는 남자를 뒤로 한 채 민속하게 지하도를 빠져나갔다.

"독립군이 무슨 벼슬이야? 지금 세상에. 독립은 자기가 했어? 에이, 드러워서 정말."

사내의 목소리가 지하보도에 울려퍼졌다. 사내는 맥없이 서 있다가 자리를 떴다. 한참이 지나도 여자는 돌아오지 않았다. 나는 평상시처럼 여섯시쯤 좌판을 접고 집으로 돌아갔다. 여자는 새벽녘에야 들어와 옷을 입은 채 자리에 누웠다. 여자의 몸에서 독한 술냄새와 함께 소독약 냄새가 풍겼다. 등을 돌리고 누운 여자의 어깨가 가녀리게 흔들리고 있었다.

여자의 등에 바싹 붙어 잠을 청했다. 여자의 등은 너른 들판 같았다. 여자의 등에 귀를 대고 있으면 바람에 뒤채는 풀잎 소리가 들렸다. 풀을 밟으며 걸어가는 말발굽 소리도 들렸다. 그 등을 쳐다보면 여자가 꾸고 있을 꿈이 그려졌다. 여자와 나는 서로의 몸을 기댄 채 단잠을 잤다. 천장에 바싹 붙은 작은 창으로 햇살이 들어올 때까지…… 오랜만에 든 편안한 잠이었다. 따뜻하고 보드랍고 포근한.

내가 깨어났을 때에는 여자가 먼저 일어나 창밖을 바라보고 있었다. 여자의 얼굴에 햇살이 번졌다. 하지만 햇살은 그녀의 얼굴에 오래 머물지 못했다. 여자가 웃고 있다는 생각이 들 무렵, 아짐에게서 연락이 왔다. 전화를 받는 동안 여자는 움직임을 멈추고 나만 바라보았다. 처음 내 몸을 훑어보던 눈빛, 몽롱하면서도 아련한 눈동자가 중심을 잃고 흔들리고 있었다. 그 순간 나는 떠날 때가 왔다는 것을 감지했다.

"여관 청소하는 일이라는데, 하겠니?"

전화를 내려놓고 한참이 지나 여자가 내게 물어왔다. 나는 여자의 말 속에 숨은 뜻을 헤아리려 애를 썼다. 여자는 내가 떠나는 것을 원치 않았다. 하지만 언제까지 팔리지도 않는 좌판을 나눠가지고 앉아 있을 수만은 없다는 것을 나는 잘 알고 있었다.

일자리가 구해진 것이 반가우면서도 한편으로 여자와 헤어질 일을 생각하니 아쉽기도 했다. 여자는 변함없이 무뚝뚝하고 냉랭했지만, 그 냉랭함 속의 감출 수 없는 따스함이, 따스함 속의 숨은 절망이, 나를 주춤거리게 했다. 나는 조용히 고개를 끄덕였다. 여자도 짤막하게 고개를 끄덕이고는 아짐에게 전화를 되걸었다.

"사장이 오후에 데리러 온단다. 짐 챙겨 나와라."

그뿐이었다. 여자는 평소대로 상자에서 약을 몇 가지 더 꺼내어 서류가방에 넣고 집을 나섰다. 여자의 등이 심하게 굽어 보였다. 내게는 챙길 짐도, 남겨두고 갈 만한 물건도 없었다. 방 안을 둘러보았다. 여기저기 곰팡 슨 자국이 남아 있는 벽지와 옷걸개에 걸린 여자의 옷가지들과 냉골의 방에 따스함을 주던 전기난로를 하나하나 쳐다보았다. 어쩐지 방이 휑하게 빈 것만 같았다.

여자와 나는 지하도에서 헤어졌다. 사장을 따라 계단을 올라가려는 내게 여자가 까만 비닐구럭을 손에 쥐여주었다.

"사장한테 말하면 팔아줄 거야. 긴요할 때 써. 가격은 네가 더 잘 알지? 록태고랑 영양제는 네 거야. 그건 팔 생각 말고 네가 먹어. 몸뚱이밖에 없는 사람들, 제 몸 제가 챙겨야지 누가 챙겨주겠니."

말을 마친 여자는 재빠르게 등을 보였다. 나는 여자가 성큼성큼 걸어가 좌판 앞에 앉는 것을 쳐다보았다. 여자는 내게 마지막 눈길도 주지 않았다.

벨이 울렸다. 객실이 비었다는 신호였다. 침대보와 수건, 청소도구 등을 챙겨들고 카운터로 갔다. 김군이 503호와 301호 열쇠를 보여주었다. 503호는 세 시간 전에도 침대보를 갈았던 방이다. 보조키를 들고 승강기 앞에 서 있는데 새 손님 들어오는 소리가 들렸다. 나는 계단으로 걸음을 돌렸다.

오늘은 아무래도 이 층계를 밤새도록 오르내려야 할 것 같다. 한 해의 마지막 날이었고, 평소보다 두세 배 많은 손님들이 들 것이었다. 지난 성탄절 때도 사람들이 얼마나 많이 밀어닥치는지, 욕실 청소를 다 마치기도 전에 문밖에서 손님이 기다리고 섰을 정도였다. 오늘은 대실료가 다른 날의 두 배가 되는데도 해가 지기 전부터 손님이 들었다.

'샹그리라 모텔'은 포구 옆 마천루처럼 선 여관 단지 내에 있었다. 반짝이는 전구로 장식한 여관, 첨탑을 높이 세운 궁전 모양의 여관, 입구에 휘장을 길게 늘인 여관…… 주위에는 모텔, 호텔, 러브텔 등의 이름을 단 여관들이 즐비했다. 샹그리라 모텔은 바닷가 쪽 전망을 볼 수 있는 몇 안 되는 여관이어서인지 주중에도 손님이 끊이지 않았다.

서둘러 시트를 갈고 욕실 청소를 마쳐야 했다. 안날에도 내가 재바르게 청소를 끝내지 못한다고 사장에게 언구럭을 받았었다. 더구나 오늘 아침에는 대목이니만큼 방 정리를 빨리 끝내달라고 몇 번이고 지시했었다. 사장은 성미가 까끈해서 물품 하나도 제자리에 있지 않은 것을 견디지 못해났다. 성을 낼 때면 양은쟁개비처럼 파르르 달아올랐고, 성을 냈다가도 언제 그랬냐는 듯 해깝게 굴곤 했다. 어쨌든 사장의 지적을 받는 일은 반길 만한 것이 못 되었다.

방이 많이 어질러져 있지 않은 것이 그나마 다행이었다. 매트를 들고 시트를 빼냈다. 시트를 한쪽에 구겨놓고 매트 위에 새 시트를 펼쳐놓았다. 하얀 시트를 펼칠 때마다 나는 기분이 좋아졌다. 푸닥푸닥 소리를 내며 시트를 펼치다보면 어느새 엄마의 목소리가 들려왔다. 흰 빨래는 볕에 널어야 한다고 말하던 엄마의 목소리, 잿물을 넣고 삶아 풀 먹인 이불깃을 탈탈 털어 마당 한가득 널던 엄마의 뒷모습. 눈이 시릴 정도로 하얗던 빨래. 바람이 불면 나풀나풀 소리를

192

내던 빳빳한 옥양목. 고향집 마당 풍경이 하얀 시트 위에 선하게 그려졌다.

다시 시트를 정리하려고 매트를 들어올리는데 손목이 뻐근하게 아파왔다. 하루에도 수십 번 하는 일이지만 시트 갈기는 달통되지가 않았다. 침대를 들고 시트 양옆으로 침대를 꼭 싼 다음 한쪽 귀를 이불귀 접는 것처럼 차곡차곡 접어넣고 다시 다른 쪽에 가서 시트를 힘껏 잡아당겨 밀어넣으면 된다지만, 그게 생각처럼 쉽지가 않았다. 쌍침대 무게가 제법 나가는데다 구김 없이 빳빳하게 잡아당기려면 여간한 힘으로는 안 되었다. 손목이 약해서인지 아무리 세게 잡아당겨 접어넣어도 시트 면이 빳빳하지 않고 다시 후줄근해지곤 했다.

되는대로 시트를 갈고 방과 욕실 정리를 마쳤다. 냉장고 안에 든 드링크와 정수기 옆에 있는 차는 손도 대지 않은 것 같았다. 실내화를 가지런히 모아놓고 마지막 눈가늠으로 물건의 위치를 점검하고 방을 나왔다.

301호는 503호보다 시간이 조금 더 걸리겠다. 문을 열자 시큼한 냄새가 코를 찔렀다. 방 안에는 빈 양주병과 맥주병 들이 어지럽게 널려 있었다. 얼마나 분탕질을 해댔는지 이불은 물론이고 시트까지 벗겨져 침대 옆에 널브러져 있었고, 바닥에는 쓰고 버린 피임도구까지 그대로 널려 있었다. 욕실은 물 사단이 난데다 변기에는 토사물 자국까지 남아 있었다. 욕지기가 올라왔지만 어쩔 수 없는 일이었다. 쭈그려앉아 변기를 싹 씻어내고 수건으로 바닥의 물기를 닦았다. 욕조에 손을 짚으며 몸을 일으켜세우는데 아랫배에서 싸하니 통증이 찾아왔다. 나는 배를 움켜쥐고 바닥에 주저앉았다.

며칠째 계속되는 복통이었다. 폭풍처럼 몰아쳤다가 슬그머니 가라앉는 통증. 아래가 뻣뻣하게 굳는 느낌이 드는가 하면 찌르고 당기는 복통이 이어지기도 했다. 나는 욕조에 머리를 기대고 통증이 멎기를 기다렸다.

모자란 잠 때문이었다. 이곳에 온 후로 한 번도 깊은 잠을 이루지 못했다. 나는 매일 마흔네 개 방의 침대보를 갈았다. 침대보를 갈고 나면 방바닥을 훔쳐낸 다음 화장실 목욕통과 변기를 청소했다. 청소가 끝나면 일회용 칫솔과 면도기를 바꾸어 포개놓고 냉장고 안에 드링크를 두 개씩 넣어두면 방 정리는 끝났다. 카운터 옆에 있는 또 하나의 방. 수건이나 침대보, 이불깃, 각종 세면용품 들을 쌓아놓는 창고 같은 방이 내가 기거하는 곳이었다. 나는 그곳에서 쪽잠을 자며 손님이 나가기를 기다렸다. 손님이 열쇠를 두고 나가면 카운터에 앉은 김군이 내 방으로 연결된 벨을 눌렀다. 벨이 울리면 객실에 올라가 시트를 갈고 청소를 마쳐야 했다. 저녁 여덟시에서 새벽 세시 사이가 쉬어가는 손님이 가장 많은 시간이었다. 손님들의 드나듦이 뜸해질 무렵 잠깐 눈을 붙이고 나서 나머지 숙박 방들과 복도까지 청소를 마치고 나면 그제야 이불을 펴고 편안하게 누울 수 있었다. 언제 울릴지 모르는 벨소리와 사람들의 발소리는 쪽잠도 허락하지 않았고, 그나마 조용한 낮에는 잠이 잘 오지 않았다. 밤에는 너무 덥거나 건조했고, 손님이 없는 낮에는 보일러가 돌지 않아 바닥이 차가웠다. 억지잠을 청하기보다는 포구로 산책을 나가는 편이 더 좋았다.

검은 뻘에 물이 차고, 고깃배가 물살을 가르며 들어오는 것을 볼 때면 절로 미소가 돌았다. 때로는 다리를 건너 어물전 구경을 하기도 했는데, 살아 펄떡이는 날생선들과 낯선 모양의 게나 어패류들을 보는 것만으로도 생기를 되찾곤 했다. 때로는 길거리에서 파는 튀김이나 닭고기꼬치를 사먹기도 했는데, 괜히 헛돈을 파는가 싶다가도 엔지에서 먹던 양꿰이 떠오르면 그런대로 마음을 눅잦힐 수 있었다.

변기를 닦아내며 푸른 바다를 상상했다. 욕조 위에 사품치는 파도와 모래사장을 그렸다. 그리고 그를 생각했다. 얼마간 고생을 하고 나면 돈도 벌고 그도 만날 것이었다. 어디선가 철썩이는 파도 소리가 들리는 것 같았다. 오늘내일이 지나고 나면 당분간은 조용하겠지. 잠을 푹 자고 따뜻한 수건으로 배를 감싸주면 복통쯤은 쉽게 가라앉을 것이다. 나는 배를 쓰다듬으며 통증을 가라앉혔다.

전화벨이 울렸다. 방 정리를 확인하는 전화였다. 방 안으로 뛰어들어가 전화를 받았다.

"인차 마쳤슴다. 손님 들이셔도 되겠슴다."

전화를 끊고 서둘러 방 정리를 마쳤다. 수건과 물품 들을 확인하고 방문을 나섰다. 문을 잠그고 돌아서는데 열쇠를 들고 온 손님들과 딱 마주쳤다. 눈가늠으로 보아도 아직 학생 티를 벗지 못한 애들이었다. 나는 고개를 숙인 채 자리를 비켜주었다. 까르르 웃는 여자애의 웃음소리가 복도에 울려퍼졌다.

손님들은 밤새도록 실북 나들듯 드나들었다. 자정이 지나면서 취객들이 늘었고, 잠깐씩 쉬었다 나가는 손님들도 여전했다. 복도에는 취객의 고함소리와 감탕질 소리가 새어나왔다. 나는 쉴새없이 방청소를 하고 수건이나 칫솔 따위를 날랐다. 소망이 하루 새롭게 이뤄지기를 기원해야 할 세말세초에 사람들은 술을 망탕 마시고 밤을 새우고 거리를 배회하고 있었다.

창문 틈을 휘돌아들어오는 억센 바람 소리. 몇십 년 만의 혹한이라고 했다. 나는 귓전으로 뉴스를 흘려들으며 수건을 개키고 있었다. 강원 산간지방에 기록적인 폭설이 내렸고, 그쪽으로 가는 길이 모두 통제되었다는 소리가 들렸다. 주말에는 서울 경기 지역에도 약간의 눈이 내릴 전망이라고 했다. 손을 멈추고 텔레비전 화면을 쳐다보았다. 어른 키만큼 눈이 쌓인 산간지역과 발을 동동거리며 버스를 기다리는 출근길 사람들의 모습이 휙휙 지나갔다. 나무와 집과 길 들의 경계를 지운 하얀 눈, 무게를 못 이기고 툭툭 부러지는 나뭇가지들…… 따뜻한 구들을 지고 앉은 것만 해도 다행이라는 생각이 들었다.

방이 너무 건조했다. 저녁나절에 수건 몇 장을 물에 적셔 걸어놓았는데 어느새 빳빳하게 말라 있었다. 다시 물을 적시려고 마른 수건을 들고 욕실에 들어가는데 문 두들기는 소리가 들렸다. 시계를 보니 열시가 조금 못 되었다. 대답을 하기도 전에 문이 벌컥 열리더니 사장이 얼굴을 내밀었다.

"잤나?"

"아이 잤슴다. 수건 정리하느라고……"

"너무 추워서 집에 갈 생각이 나야 말이지. 옆방으로 와. 매운탕이랑 뭐 시켜놨으니까. 김군이랑 소주나 한잔하지. 손님도 없는데."

사장은 내 대답을 듣기도 전에 등을 돌려 나갔다. 뭔가 할말이 있으면 벨을 눌러 부르거나 김군을 통해 말하던 사장이었다. 나는 멍하니 서서 사장이 들어간 옆방 문을 쳐다보았다. 때마침 김군이 몸을 옹송그리고 뛰어들어왔다. 김군의 손목에 매달린 비닐구럭에서 챙강챙강 병 부딪치는 소리가 났다.

"얼른 오세요. 뜨끈하게 국물이나 마시자구요. 사장이 뭐 좀 심심한가본데요?"

김군이 턱짓으로 옆방을 가리키며 눈을 찡긋했다. 내키지는 않았지만 머절싸하게 혼자 빠질 수는 없을 듯했다. 방 한가운데에는 매운탕이며 생선회며 닭튀김 같은 것이 가득 차려져 있었다.

"그렇게 서 있지 말고 어서 앉아."

사장은 휴대용 가스버너 위에서 끓고 있는 매운탕을 휘저으며 가볍게 말했다. 김군이 내 손을 잡아끌었다. 늘 보던 방이었지만 어쩐지 낯설게 느껴졌다. 쭈뼛거리며 자리에 앉았다.

"술 좀 하지? 중국 사람들 독한 술 먹잖아? 소주는 술도 아니겠지 뭐. 첫 잔은 원샷이야, 원샷 알지?"

사장은 우선 술잔부터 내밀었다. 그러고는 자기 잔에 든 술을 꼴딱 비웠다. 김군도 따라 비우고 생선회를 집어먹었다. 어쩔 수 없이 술을 한 모금 마셨다. 가볍게 현기증이 일었다. 사장은 조금쯤 들떠 있는 것 같았다. 워낙 쟁개비처럼 확 끓었다 식었다 하는 성미이긴 했지만, 이렇게 들떠 있는 모습은 처음이었다. 사장과 김군은 바쁘게 술잔을 비워냈다.

대화는 주로 여관과 관련된 얘기였다. 사장은 샹그리라 모텔이라는 이름의 여관을 하나 더 갖고 있었다. 여관을 하기 전에는 집장사를 했었는데, 요즈음 건축경기를 보건대 그만두길 잘했다고 스스로를 추켜세웠다. 강원도 어디쯤 대형 리조트를 세우는 게 목표라고, 얼마 남지 않았다고, 사장은 다짐하듯 말했다. 김군은 얘기를 재미나게 풀어가는 재주가 있었다. 아가씨를 불러달라고 떼를 쓰는 남자들 얘기, 손님 중 결혼한 사람과 안 한 사람의 구분법, 술 취한 여자를 떠메고 왔는데 여자가 정신을 차려 도망을 치자 돈을 물러달라고 했던 남자 얘기…… 카운터에 앉아 일하면서 겪었던 일화들은 끝이 없었다.

술 두어 병이 비워질 무렵 손님 들어오는 벨소리가 들렸다. 김군은 먹고 있던 튀김닭을 손에 든 채 득살나게 나갔다. 김군이 나가자 방 안에는 텔레비전 소리만 들렸다. 열두시가 다 되어가고 있었다. 인차 일어나야겠다고 생각하고 있는데 사장이 내 옆으로 바싹 다가앉았다.

"해화씨 요즘 어디 아파? 얼굴이 축난 거 같어."

"일없슴다. 걱정 안 하셔도 됨다."

"걱정이 되지 왜 안 되겠어. 여자 혼자 타향에 와서 고생을 하는데."

사장은 말끝을 살짝 올리며 내 무릎에 손을 얹었다. 무릎에 닿은 사장의 손바닥이 뜨거웠다. 소름이 확 끼쳤다. 슬쩍 무릎을 빼며 앞으로 주의하겠노라고 대답했다.

"뭐라 하려는 게 아니야. 걱정돼서 그러는 거지. 사람이 혼자서는 못 사는 법이야. 다 서로 도우면서 사는 거지, 안 그래?"

"예, 옳습다."

"이 여관일이라는 게 처녀들이 해낼 수 있는 일이 아니거든. 그저 애 둘쯤 난, 팔뚝도 굵고 뱃힘도 좋은 아줌마들이면 모를까. 해화씨처럼 그렇게 약한 몸으론 힘들지. 힘들고말고. 그래서 말인데……"

사장은 얼굴을 바싹 들이댔다. 그러고는 뜨뜻한 입김을 훅 불어넣으며 은근한 소리로 말했다.

"내가 좋은 사람 소개시켜줄게. 젊은 나이에 여관방에 혼자 누워서 재미가 안 나잖아. 나이도 좀 있고 사회적으로다가 안정도 되고 돈도 좀 있고, 그런 사람이 좋거든. 경험도 풍부하고 말야. 돌봐주기도 하고 애인도 삼아주고. 젊은 놈들이야 그저 껄떡댈 줄이나 알지, 진짜 맛은 모르거든. 애인만 하는 게 싫으면 결혼을 해도 돼. 한 이 년만 살면 주민증도 나오잖아. 그럼 불법체류도 아니고 얼마나 좋아. 돈 들어서 위장결혼도 하는 마당에. 어때, 내가 중신 좀 서볼까?"

"일없습다. 관계하지 마십쇼. 저 그만 일어나겠습다."

말을 마친 나는 서둘러 자리에서 일어났다. 사장의 얼굴이 검붉게 달아올랐다. 내가 너무 단단하게 말해버린 것은 아닌지, 사장의 화를 돋우어 해가 되지는 않겠는지, 신을 신고 방을 나오기까지 머릿속에 많은 생각이 들었다.

"여자가 그렇게 뻣뻣해서 살아남겠어, 어디?"

사장의 목소리가 빈 복도에 울려퍼졌다. 방문을 닫고 가름쇠를 잠갔다. 철컥, 쇳소리가 섬뜩했다. 정신이 번쩍 들었다. 문득 내가 혼자라는 사실을 깨달았다. 나는 나 스스로를 보호하고 지켜야 했다. 갑자기 아랫배에서 찢어지는 듯한 통증이 느껴졌다. 이전보다 훨씬 더 강렬하고 무거운 통증이었다. 배를 휘감아돌던 통증은 온몸으로 번져왔다.

두 다리가 녹시근해나는가 싶더니 무언가 뜨거운 것이 아래로 쑥 빠져나가는 느낌이 들었다. 아주 무겁고 찐득한 기분이었다. 나는 배를 움켜쥐고 욕실로 들어갔다. 바지를 내리고 변기에 앉자마자 또다시 뜨거운 덩어리가 울컥 쏟아져나왔다. 관자놀이까지 피가 역류하는 듯했다. 고통은 맥박치듯 살아 날뛰었다. 입술을 깨물고 겨우겨우 옷을 추슬러 입었다.

물을 내리려고 몸을 돌리다가 변기 하나 가득 쏟아낸 피가 보였다. 달거리라고 하기에는 양이 너무 많고 시커멓기까지 한 핏덩이들이 눈앞에 있었다. 피비린내가 끼쳐왔다. 쿰쿰하니 썩은내가 나는 것도 같았다. 냄새나고 검붉은 핏덩어리는 꼭 뭉개진 썩두부 같았다. 구역질이 치솟았다. 변기에 대고 속에 든 것을 모두 게워냈다. 내장까지 모두 토해내고 싶었다. 구역질을 할 때마다 아래에서도 울컥울컥 피가 나왔다.

그것은 어쩌면 내 속에서 잠시 살다 간 나그네의 분신인지도 몰랐다. 아니면 한국에서의 행복한 생활을 꿈꾸었던 나의 다른 모습인지도 몰랐다. 정신이 혼몽해져갔다. 나는 물을 내려 더럽고 냄새나는 핏덩어리를 흘려보냈다. 콰르르 쏟아진 물이 검붉은 덩어리를 휘감아내려가는 것을 눈을 부릅뜨고 쏘아보았다.

물을 따라 덧없는 욕망도 함께 내려갔다. 포근했던 봄날 한때와 일말의 기대도 사라졌다. 어머니와 나그네와 시동생의 얼굴이 한데 뒤섞여 흘러갔다. 지워버리고 싶은 것과 함께 붙들고 싶었던 아름다운 기억마저도 함께 사라졌다. 변기에 남은 마지막 붉은 기운까지 모두 사라지도록 나는 몇 번이고 물을 내렸다.

당금 사라진 그 붉은 피는 아무것도 아니다. 차올랐다가 이지러지는 달 같은 것이다. 아무 생명도 품지 못해 제 몸을 허무는 쓸모없는 핏덩이에 불과하다. 나는 욕실에서 이불 위로 기어가며 끊임없이 되뇌었다.

아무것도 아니다, 아무것도 아니다.

9

소개소에서는 결혼 성사 이후의 일은 책임이 없다는 말만 되풀이
했다. 크게 기대한 건 아니었지만 소개소의 냉담한 반응은 그러지
않아도 먹먹한 가슴을 더욱 무겁게 짓눌렀다. 형은 소개소 소장 여
자의 팔을 잡아 흔들며 눈물을 흘렸다. 그녀가 유일한 희망이기라
도 한 것처럼 막무가내로 매달리며 소리를 질러댔다. 형의 얼굴은
흥분과 절망으로 푸르게 변했다.

소장 여자는 팔짱을 낀 채 냉랭한 표정으로 서 있었다. 나는 소장
여자의 얼굴에서 오만한 미소를 보았다. 여자의 가출이 당연한 일
이라는 판단, 여자를 찾을 수 없을 거라는 단정, 최대한의 인내심으
로 참고 있는 자의 거만함, 형에 대한 업신여김과 무시.

나는 여자에게서 형을 떼어냈다. 마음 같아서는 당장이라도 형을
끌고 소개소를 나가고 싶었다. 하지만 나를 올려다보는 형의 눈빛
을 본 순간 그렇게 할 수 없었다. 그렇게 가만있지 말고 어떻게 좀

해봐, 너는 할 수 있잖아. 촉촉한 눈이 내게 말하고 있었다. 도저히 외면할 수 없는 간절한 눈빛. 나는 형의 어깨를 쓰다듬으며 분을 삭였다.

"그럼 전에 함께 갔던 사람들 연락처라도 알 수 있을까요? 그때 결혼한 사람 있지 않습니까? 서로 연락이 오고갔었을 수도 있지 않을까 해서요."

"규칙상 개인정보는 알려드릴 수 없습니다. 그쪽에서 원하지 않을 수도 있고……"

"전화번호 하나 알려주는 데, 뭔 놈의 규칙이야!"

더이상의 무시도 교만도 참을 수 없었다. 나는 고함을 치며 되는대로 팔을 휘둘렀다. 마침 내 손에 걸린 것은 책상 위 난초 화분이었다. 목이 긴 화분은 맥없이 넘어졌고, 시멘트 바닥으로 떨어진 화분은 파편을 퍼뜨리며 산산조각이 났다. 모든 시선과 소음이 깨진 화분으로 집중되었다. 아무도 움직이지 않았다. 난초 이파리만이 조금 전의 충격을 기억해내며 가볍게 흔들릴 뿐이었다.

침묵을 깨고 출입문 열리는 소리가 들렸다. 그리고 한 늙은 여자가 고개를 들이밀었다. 차려입긴 했으나 어설프기 짝이 없는 옷차림, 두려움을 누르며 들어오는 조심스러운 발걸음. 노인은 주위를 휙 한번 둘러보고는 내 앞으로 다가왔다.

"여가 결혼시켜주는 데 맞지요?"

가슴이 뭉텅 떨어져나가는 것 같았다. 그리고 언젠가 비슷한 모습으로 이 사무실을 찾았을 엄마의 모습이 그려졌다. 형에 대해서는 많은 것을 숨긴 채, 당신이 좋은 시어머니가 되리라는 것을 보

여주려 애를 쓰며, 당신의 작은 실수가 해를 끼칠까봐 조심조심 면
담을 하고 앉았을 엄마의 모습이 선하게 그려졌다. 네 형 결혼하는
걸 봤으니 이제 죽어도 여한이 없다. 엄마의 목소리가 싸하니 들려
왔다.

소장 여자는 서랍을 뒤져 서류를 건네주었다. 서류를 주머니에
쑤셔넣고 사무실을 나왔다. 나는 나도 모르는 새 소리지르고 떼를
쓰고 어깃장을 놓아 무언가를 얻는 법을 배워버렸다. 검색대를 통
과하고 세관 앞에 서는 동안 배운 확실하고 분명한 방법. 입에 쓴침
이 고였다.

함께 맞선을 보러 갔던 사람들 중에 결혼이 성사된 사람은 형과
점박이 남자뿐이었다. 얼굴에 커다란 붉은 점이 있던 그 남자, 킁킁
소리를 후렴구처럼 붙이며 말참견을 하던 남자. 어린 여자의 손을
잡고 나타났었지.

내가 누구인지 확인한 남자는 그다지 달가워하는 기색이 아니었
다. 의례적인 인사를 나눈 후 부인은 잘 있느냐 물었다. 시들하게
대답만 하던 목소리가 갑자기 날카롭게 변하더니 전화에 대고 악을
쓰기 시작했다.

"그년 얘기는 하지도 마소, 얼굴 반반해가 데리고 왔더만, 시어메
고 뭐고 안하무인이라, 지는 꽃단장하고 앉아서 시어메가 채려주는
밥 처묵고, 친구들 만난다꼬 싸돌아다니다가 들어오고, 그게 어디
맏며느리가 할 일입니꺼? 참다 참다, 내 몇 마디 했더니 쪼르르 집
을 나갔다 아잉교. 대구에 지 친언니가 있다 카더니 거기로 갔는 기
라. 그 맹랑한 가시나가 변호사까지 동원해갖고는 이혼해달라 안

합니까. 뭐라 카드나, 내가 뭐 지를 속이고 학대했다나? 변호사비도 내더러 물라 카니 이게 말이 되능교, 중국에서 데리고 와준 고마움도 모르고, 적반하장도 유분수지. 가시나 만나기만 하믄 그 잘난 쌍판대기에 염산이라도 칵 뿌려버릴 겁니다."

남자는 혼자 소리소리 지르다가 전화를 뚝 끊어버렸다. 내 얼굴에 염산이라도 뿌려진 것처럼 얼굴이 화끈거렸다. 형은 손톱 끝을 씹으며 내 표정만 살피고 서 있었다. 내가 고개를 가로젓자 형의 얼굴에 그림자가 짙어졌다. 그 짙은 그림자 속에 얼핏 날카로운 빛이 스쳐 지나가는 것 같았다. 그것은 원망도 실망도 아닌 어쩐지 섬뜩한 기운이었다.

아주 잠깐 동안 스친 그 빛은 나를 당혹스럽게 만들었다. 무엇이 한없이 온순하기만 하던 형의 얼굴에 저런 빛을 준 것일까? 형이 여자를 애타게 찾는 것은 그리움 때문이 아니라 자신을 홀로 남겨두고 떠난 여자에 대한 미움 때문은 아닐까? 여자는 도대체 뭐가 급해서 그렇게 서둘러 사라진 걸까? 위험에 처한 도마뱀이 꼬리를 자르고 도망가듯 모든 걸 버리고 성급하게. 당장 필요한 여권이나 외국인등록증도 챙기지 않고, 가방도 그대로 둔 채, 불심검문에 걸린 조선족들이 떼거지로 소환되는 이 마당에……

모든 답이 형의 얼굴에 쓰여 있기라도 하듯 나는 형을 뚫어지게 쳐다보았다. 날 선 낯빛은 사라졌지만, 나는 형의 얼굴에서 시선을 뗄 수가 없었다. 형은 고개를 숙인 채 손가락만 만지작거리고 있었다. 입술을 움찔거리는 것이 금방이라도 울음을 터뜨릴 듯했지만, 나는 안쓰럽지 않았다. 어쩐지 속은 듯한 느낌을 지울 수가 없었다.

형을 집에 내려주고 곧바로 운전대를 돌려 밖으로 나왔다. 일단 집을 나서긴 했지만 어디로 가야 할지 막막했다. 나는 되는대로 차를 몰았다. 함부로 클랙슨을 울려대고 가속 페달을 밟으며 교차로를 지나쳤다.

나는 지금 화를 내고 싶은 것이었다. 여자를 잃어버린 형에게. 제 여자도 지키지 못한 형에게 모든 탓을 돌리고 몰아세우고 싶은 것이었다. 아주 잠깐 스친, 분명하지도 않은 그림자를 들이대면서. 자신조차 돌볼 수 없는 형을 두고서. 급브레이크를 밟으며 차를 세웠다. 차는 교각을 들이받을 듯 아슬아슬 스쳐 지나갔다. 뒤따라오던 트럭의 클랙슨 소리가 요란했다. 나는 운전대에 머리를 박고 잠시 숨을 골랐다. 서서히 고개를 드는데, 교각 옆에 붙은 작은 플래카드가 눈에 들어왔다. 베트남 처녀와의 결혼, 재혼 환영. 성사 보장. …… 거기 형의 얼굴이 있었다. 환하게 웃는 형의 얼굴.

형은 사진을 가슴에 품은 채 잠이 들었다. 꽃잎 날리던 봄, 경복궁에서 전통혼례복을 입고 찍은 사진이었다. 이를 환히 드러내고 웃는 형과 고개를 살짝 숙인 채 미소를 짓고 있는 여자. 형은 거짓말 같은 그 사진을 한순간도 놓지 않았다.

멍하니 앉아 창밖만 바라보는, 그러다가 발작하듯 일어나 목에 핏대를 세우며 여자를 찾아달라고 애원하는 형을 그냥 보고만 있을 수는 없었다. 형은 여자와 함께했던 모든 기억을 되살렸다. 함께 갔던 식당과 가게와 거리 들. 가는 곳마다 여자의 사진을 보여주었지만 모두들 시큰둥한 반응이었다. 월곡동과 가리봉동 등 조선족들이 모여 사는 곳이나 터미널 주변을 무작정 배회하기도 했다.

매일 아침 새로운 기대로 집을 나섰던 형은 풀이 죽은 채 집에 돌아와 그대로 잠이 들었다. 반복되는 기대와 실망 속에서, 형은 빠르게 지쳐갔다. 형의 얼굴에서 가시지 않던 웃음은 찾아볼 수가 없었다. 형에게 남은 것은 절망과 체념뿐이었다.

더이상 갈 곳이 없었다. 여자를 찾아 무작정 거리로 나섰을 때, 구세군 종소리가 울리기 시작하더니 번잡한 연말연시가 지났다. 형은 꼼짝도 하지 않고 누워 있었다. 며칠째 같은 모습이었다. 환기되지 않은 방에서는 퀴퀴한 냄새가 났다. 찾아오는 사람도 없었다. 전화벨도 울리지 않았다. 시간의 흐름도 느껴지지 않았다. 침울한 정적만이 방 안에 감돌고 있었다.

형에게는 위안이 필요했다. 그것은 나 또한 마찬가지였다. 배가 그리웠다. 그리고 엔지가 그리웠다. 영옥의 날랜 손가락이 그리웠다. 근심을 지워주던 것들. 나에게 자유를 주던 모든 것들. 내게 위안을 줄 수 있는 것은 이제 한국땅에 없었다. 그것은 적막한 바다 위, 낯선 이국땅, 고래 뱃속 같은 배 안에서만 가능했다.

"형, 중국 가자."

형의 어깨를 흔들며 말했다. 형은 잠깐 내 쪽을 쳐다봤다가는 다시 눈을 감으며 몸을 틀었다. 나는 억지로 형을 일으켜 앉혔다. 형은 미간을 잔뜩 찌푸린 채 내 시선을 피했다.

"배 타고 중국 가자구!"

형은 고개를 가로저었다.

"네 형수, 오면 어떻게 해."

"형수는 안 와!"

형의 입술이 움찔거렸다. 울음을 터뜨릴 태세였다. 짧으면서도 날카로운 내 목소리는 형을 울리기에 충분할 터였다. 하지만 눈물을 보아서는 안 되었다. 눈물을 보는 순간 나는 또다시 형에게 굴복하고 말 것이었다. 나는 형의 양어깨를 꽉 움켜쥐었다.

"형이 안 간다 해도 난 갈 거야. 그러니까 형 마음대로 해! 여기 남든가, 아님 나랑 같이 배 타든가."

형의 눈동자가 점점 커졌다.

"형수는 떠났어! 왜 떠났는지는 모르지만 돌아오지 않을 거야. 모르겠어? 돌아올 거면 벌써 왔어. 안 와! 안 온다구!"

나는 바락바락 소리를 질렀다. 터져나오는 고함을 억누를 수가 없었다. 그것은 어쩌면 내 속에 대고 지르는 소리일지도 몰랐다. 여자는 돌아오지 않을 것이었다. 엄마와 내가 없는 사이 여자는 날개옷을 입고 사라졌다. 두 팔에 매달릴 아이가 없었으니까, 바보 같은 나무꾼은 날개옷을 숨길 줄도 몰랐으니까, 어차피 사라질 여자였을 테니까……

"안 와! 안 온다구! 내 말 알아들어?"

형은 말이 없었다.

"이제 그만 가자. 배 타고 중국 가자. 거기 가면, 그래, 거기 가면 형수를 찾을 수 있을지 몰라. 형수 고향에도 가보고 친구들도 만나보고. 서로 연락이라도 하고 있지 않겠어? 그러니까 이제 그만 여기서 떠나자, 응?"

나는 고개를 푹 숙이며 읊조렸다. 그것은 애원이었다. 이대로 있다가는 나까지 미쳐버릴 것만 같았다. 오지 않을 여자를 기다리느라 넋이 나간 채로 천장만 바라보고 누워버릴 것만 같았다. 한참을 말없이 앉아 있던 형이 슬그머니 내 손을 잡았다.

"그럼…… 문은 열어두고 가, 윤호야."

"……?"

"그래야 우리가 없어도 들어올 거 아냐."

형이 내 손을 쓰다듬으며 말했다. 형은 내게 굴복했다. 하지만 내 가슴에는 커다란 구멍이 뚫려버렸다. 그 구멍으로 쉴새없이 바람이 드나들었다. 바람은 속살을 벌리고 피를 빨아들였다. 가슴의 구멍은 목으로 머리로 배꼽으로 다리로 세를 넓히고, 나는 결국 넝마가 되어갔다.

길을 잃었다. 서시장 한복판에서. 눈을 감고도 훤히 떠올릴 만큼 익숙한 거리였다. 떠도는 공기의 냄새만으로도 길을 가늠할 수 있는, 골목 끝 추레한 이발소 간판까지도 기억해낼 수 있는 시장 한복판에서 길을 잃은 것이다. 지금 내가 어느 구석에 서 있는 것인지 감이 잡히지 않았다. 보이지도 들리지도 않았다. 어떤 냄새도 맡을 수 없었다. 꼭 진공상태에 들어 있는 것만 같았다.

누군가 내 몸을 밀치고 지나갔다. 나는 맥없이 넘어졌다. 등짐을 진 사내가 슬쩍 고개를 돌렸다가 다시 가던 길을 갔다. 서서히 주위의 소음이 들리기 시작했다. 구루마 굴러가는 소리, 사람들의 흥정소리, 뜻을 알 수 없는 고함소리 들. 그제야 나는 내가 잃은 것이 길이 아니라 형이라는 것을 깨달았다. 나는 형을 잃어버렸다.

단속반들 때문이었다. 그들은 그야말로 쏟아지듯 나타났다. 어떤 예고도 없이 떼거지로 들이닥쳤다. 장거리는 순식간에 아수라장이 되었다. 다라를 챙겨 도망치는 뜨내기 장사꾼들, 그들을 붙잡으려는 단속반들, 물건을 채 거두지 못하고 맨몸으로 뛰는 여자들, 좌판을 거두어 차에 싣는 단속반들, 다라를 뺏기지 않으려 안간힘을 쓰는 노인네들…… 단속반들과 길거리 상인들의 한판 전쟁이 끝나고 난후, 거리에는 뭉개진 과일이며 소금에 절인 미역 같은 것들만 나뒹굴었다. 길거리 상인들은 어디론가 몸을 숨겼는지 싹 사라지고 없었다. 그리고, 옆에 있어야 할 형도 함께 없어졌다.

내 곁에서 한순간도 떨어지지 않으려던 형이었다. 집을 나선 그 순간부터 배를 타고 이곳까지 오는 내내 형은 내 옆에만 붙어 있었다. 마치 내가 형의 마지막 세상이기라도 한 것처럼, 나를 잃는 순간 모든 것을 잃어버리기라도 하는 것처럼, 내 옆에만 머물렀었다. 그런데 지금 형은 도대체 어디를 헤매고 있는 걸까? 길도 설고 말도 통하지 않는 중국땅에서.

정신없이 시장 거리를 헤매고 다녔다. 골목골목 돌고 돌아도 형의 모습은 보이지 않았다. 목구멍이 바싹바싹 타들어가고, 팔다리가 노곤했다. 나는 푸줏간과 약재상이 밀집해 있는 교차로에 서 있었다. 형을 잃어버린 바로 그 자리. 햇빛에 노출된 벌레들처럼 화르륵 숨어들었던 거리 상인들은 어느새 제자리를 찾아 좌판을 벌여놓았다. 아무 일도 없었다는 듯 너무나 일상적인 모습으로 되돌아간 장거리가 오히려 비현실적으로 느껴졌다. 그 소란과 아우성이 실제로 일어난 일이었는지, 형이 정말 내 옆에 있기는 했었는지. 모든 것이 꿈결처럼 아득하기만 했다.

형을 이곳에 데리고 온 것부터가 잘못이었다. 여자를 찾을 거라고 큰소리쳤지만, 이 넓은 대륙에서 여자를 찾는다는 것이 어디 쉬운 일이겠는가. 여자가 이곳으로 돌아왔으리라고는 처음부터 생각하지 않았다. 그저 집에서 멀리 떠나고 보면 형도 충격에서부터 벗어날 수 있으리라 생각했다. 따이공으로 살다보면, 짐을 싸고 국경을 넘고 진땀나는 검색대를 거치다보면, 형도 여자를 잊을 수 있으리라 생각했다. 그러다보면 눈먼 조선족 계집애 하나쯤 붙기도 하겠다, 생각했을 것이었다.

그러다 문득, 내가 일부러 형을 놓친 것은 아닌가 하는 생각이 들었다. 그래서 부러 형을 잃어버리기 좋은 곳으로 데리고 온 것은 아니었는지, 되돌아올 수 없는 곳에 형을 내버려두고 나 혼자 돌아갈 생각은 아니었는지. 나는 나조차 확신할 수 없는 무언가를 나 자신에게 해명해야만 했다. 죄책감이 벌떼처럼 달려들었다. 나는 한 발짝도 움직일 수 없었다.

"윤호야……"

형의 목소리. 그 독특한 파열음. 환청이라고 생각했다. 죄책감이 형의 목소리를 불러낸 것이라고, 그저 바람결에 묻어온 헛소리일 뿐이라고. 하지만 소리를 좇아 고개를 돌렸을 때, 거기 거짓말처럼 형이 서 있었다. 그 자리에 계속 서 있었던 사람처럼, 좌판 앞에 앉은 길거리 상인들처럼 아무렇지도 않은 표정으로.

"도대체, 어디 있다 오는 거야? 한참 찾았잖아. 내가 형 찾아서 이놈의 시장바닥을 얼마나 헤매고 다닌 줄 알아? 말도 안 통하면서. 내 옆에 꼭 붙어 있었어야지. 그러다가 아주 잃어버렸으면 어쩔 뻔했어. 여권도 돈도 다 나한테 있는데. 왜 맨날 바보처럼 그렇게……"

나는 형의 어깨를 흔들며 속사포처럼 퍼부었다. 자신의 실수로 잃어버렸던 아이를 되찾은 엄마처럼 바락바락 소리를 질러댔다. 볼기를 쳐서 아이의 울음보를 터뜨리고, 저도 따라 소리지르며 우는 애엄마처럼. 하지만 형의 목소리를 듣는 순간 나는 숨이 막혀버렸다.

"본 거 같아서."

"뭘? 뭘 봤는데?"

"느이 형, 수."

"누구?"

내가 재차 묻자 형은 네 형수, 라고 또박또박 대답했다. 어쩐지 사무적으로 느껴지는 낯선 목소리였다. 그리고 형은 걸어갔다. 아주 익숙한 길을 가듯 단호한 걸음으로. 나만 혼자 남겨두고. 나는 한동안 멍하니 서 있다가 형의 뒤를 쫓았다. 이제 떨어지지 않으려고 애를 쓰며 걷는 것은 형이 아니라 나였다.

"정말 봤어? 어디서? 지금 어디 있는데?"

나는 형을 뒤따라가며 끊임없이 대답을 재촉했다. 형은 한참 만에야 걸음을 멈추었다.

"아니었어. 분명히 봤는데…… 아니더라구."

가까스로 말을 이은 형은 다시 고개를 숙인 채 걸어갔다. 허전했다. 그리고 안도했다. 형이 본 것이 여자가 아니었다는 말이 내게 던져준 느낌은 그렇게 상반된 것이었다. 어쩌면 나는 여자를 찾는 사람이 형이 아니라 나여야만 한다는 생각을 하고 있었는지도 몰랐다. 배가 고팠다.

형을 끌고 냉면집으로 들어갔다. 그리고 세숫대야만큼 커다란 그릇에 하나 가득 나오는 냉면을 시켜 먹었다. 국물은 너무 짜고 시고 달았고, 덜 삶아진 면발은 너무 질겼다. 나는 우적우적 얼음을 씹고, 질긴 면발을 넘기며 냉면 한 그릇을 남김없이 먹어치웠다. 그래도 허기는 가시지 않았다.

형은 두어 젓가락 뜨는 듯하더니 이내 그릇을 한쪽으로 밀쳐놓았다. 그러고는 창밖만 바라보았다. 식당 안은 시끄러운 사람들 소리와 담배연기와 바닥에 버려진 휴지들이 함께 어우러져 너저분하고 어수선하기 그지없었다.

"찾을 수 있겠지, 윤호야?"

"그럼, 찾을 수 있지. 여기서 못 찾으면 또 서울 가서 찾아보면 되구. 걱정하지 마, 내가 꼭 찾아줄게. 어쩌면 벌써 집에 돌아와 있는지도 모르고. 형을 두고 어딜 갔겠어? 안 그래? 찾을 거야, 찾을 거라구. 갔다고 해봤자 얼마나 멀리 갔겠어? 찾을 거야."

형은 내게 없는 확신을 강요하고 있었고, 나는 무슨 말이라도 해야 했다. 하지만 그것은 내 목소리가 아니었다. 과장되고 붕 뜬 말들. 나는 입을 다물고 형이 남긴 냉면그릇을 끌어와 쉼없이 젓가락질을 했다. 그걸로 내 입을 막으려고 하는 것처럼. 입을 막지 않으면 계속해서 생각과는 상반된 말들이 쏟아져나올 것처럼.

"날 버리면 안 돼."

그릇을 들고 남은 국물을 들이마시는데 형이 낮게 읊조렸다. 그러고는 들릴락 말락 한 목소리로 너는, 이라고 덧붙였다. 얼굴이 홧홧하게 달아올랐다. 갑자기 구역질이 치솟았다. 나는 그대로 화장실로 달려가 냄새나는 변기에 얼굴을 처박고 두 그릇의 냉면을 쏟아냈다. 시고 달고 짜고 뜨뜻미지근한 냉면 국물이 쏟아져나왔다. 변기에는 계란 노른자와 고기완자와 허연 면발이 뒤섞여 있었다. 그것은 냉면이 아니라, 내 몸의 일부인 것만 같았다. 지저분하고 뒤섞이고 형체를 잃은 내장들.

형이 그토록 불안해한 것이 그 때문이었을까? 버려지는 것에 대한 두려움. 형이 버려질 것이라고 믿기 시작한 것은 언제부터였을까. 여자가 떠난 때, 엄마가 죽고 난 후, 목소리를 잃은 그때, 아니면 이 세상에 태어난 그 순간부터? 그래서 그렇게 기를 쓰고 묘기를 부렸던 걸까? 끊임없이 웃기고 움직여서라도 누군가를 붙잡고 싶은 욕망. 그것이 형에게서 목소리를 빼앗았고, 형은 내 죄책감을 얻었다.

세면대에 기대섰다. 거울에 내 얼굴이 보였다. 입가엔 토사물의 흔적을 달고 눈엔 핏발이 선 낯선 남자. 모든 것을 들켜버려 허둥거리고 있는 비굴한 남자. 형을 버리면 안 돼, 나는. 입술을 훔치며 형이 한 말을 곱씹어보았다. 나는 정말 형을 버리려 했던 걸까?

형은 여전히 창밖을 바라보고 앉아 있었다. 형의 얼굴은 믿을 수 없을 만큼 진지해 보였다. 신호를 기다리는 단거리 주자처럼, 살짝만 건드려도 핑 소리를 내며 돌진할 화살처럼, 형은 허리를 꼿꼿이 세운 채, 창밖에서 시선을 떼지 않았다.

형에게 걸어가다가 문득, 형이 나를 버릴지도 모른다는 생각이 스쳐 지나갔다. 나만 남겨두고 홀연히 떠나버릴 준비를 하고 있는 것은 아닌지. 버려질 것에 대한 불안감. 그것은 너무 낯선 느낌이었다. 나는 언제나 떠날 준비만 해왔었다. 한 번도 누군가 나를 두고 떠날 것이라는 생각은 해본 적이 없었다. 불현듯 형에게서 아주 멀어진 듯한 기분이 들었다. 한기가 찾아왔다. 그리고 피곤했다.

하늘은 어둡고 음산했다. 한바탕 눈이라도 퍼부을 태세였다. 그렇지 않아도 삭막한 장영자세관은 꽉 막힌 하늘에 더욱 짓눌린 느낌이었다. 아직 이른 시간인데다 날도 궂어서인지 사람들도 보이지 않았다.

한 달 만이었다. 그동안 형과 나는 둔화와 사허옌에 다녀왔고, 거기서 여자의 가족을 만났다. 사허옌은 시내를 끼고 들어앉은 작은 마을이었다. 물어물어 소학교 사택에 산다는 여자의 가족을 만나러 가는 동안, 형과 나는 여자에 대해 아는 것이 별로 없다는 사실을 실감했다. 우리가 아는 것이라고는 여자를 만난 순간부터 헤어진 순간까지의 시간뿐이었다. 그 기간 동안에도 여자가 무슨 생각을 하고 있었는지 전혀 몰랐다. 형을 보자마자 눈물부터 흘리는 여자의 엄마를 보면서 배롱나무 아래 묻힌 엄마를 생각했다. 여자의 엄마는 연신 형의 손등을 쓰다듬으며 눈물만 흘렸다. 둔화 시내로 나가는 택시 뒤를 끝끝내 쫓아오던 늙고 왜소한 한 여자. 그 뒤로 꽁꽁 얼어붙은 강물이 보였다.

무작정 거리를 돌아다녔다. 옌지의 거리거리, 안마중심과 미용예 같은 곳들. 시간이 지날수록 형은 말수가 적어졌다. 내게 무언가를 요구하지도 않았고, 징징거리지도 않았다. 늘 누군가를 웃기려 애를 쓰던 형은 얼굴에 짙은 그림자를 드리운 채 제 속에만 머물렀다.

형을 위로하고 싶었다. 내가 생각해낸 것은 안마시술소였다. 형을 특실에 넣어주고 제일 잘나간다는 여자에게 웃돈까지 얹어주었다. 두 시간가량 진행되는 특실의 풍경이 어떠했을지는 짐작이 가고도 남았다. 흰 가운을 풀어헤친 여자는 형의 옷을 벗기고 오일을 발라 안마를 하는 동안, 모든 접근을 허락하며 형의 가능성을 점쳤을 것이었다. 자신을 안마소에서 꺼내줄 수 있는 사람인지, 아니면 하룻밤 팁이라도 넉넉히 받아낼 수 있는지. 나는 여자라도 대신 형의 마음을 잡아주기를 바랐다. 하지만 다음날 아침 형의 얼굴을 보는 순간 내 생각이 잘못되었음을 깨달았다. 형의 얼굴에 번지던 미소. 그것은 어쩐지 고통스러우면서도 경멸적인 미소였다. 형의 방에 들어갔던 여자애도 나를 보고는 눈살을 찌푸리며 도망치듯 숨어버렸다.

바람이 부는가 싶더니 기어이 눈발이 날리기 시작했다. 눈발을 실은 바람은 포악했다. 길을 잃고 이리저리 쳐대는 눈바람에 볼따구니가 알알했다. 형은 고개를 쳐들고 눈발을 맞고 서 있었다. 형의 얼굴이 발갛게 얼어붙었다. 나는 형을 끌고 세관 안으로 들어갔다. 세관 안쪽도 한적하기는 마찬가지였다. 몇몇 러시아 상품점만이 이제 막 보자기를 걷고 있었고, 매표구는 아예 문도 열지 않았다.

점순이는 나를 보자 의자를 내어주고 난로도 가까이 옮겨주며 전에 없이 반색을 표했다. 그리고 어느샌가 막 삶은 듯한 달걀을 가득 내어왔다.

"여태 엔지에 계셨음까? 하도 안 보이기에 같이 잡혀간 줄 알았습다."

턱을 괴고 앉은 점순이의 얼굴에는 장난기가 가득했다. 물건을 팔고 흥정을 할 때에는 능수능란한 장사꾼이지만, 이럴 때는 영락없이 어린 소녀였다. 형은 점순이의 얼굴을 슬쩍 보고는 밖으로 나가버렸다. 형을 불러세우려다 그만두고 달걀 하나를 집어들었다.

"내가 어딜 잡혀가니?"

나는 달걀 껍질을 까며 무심히 물었다.

"에휴, 모르고 계셨습까? 지난주에 속초항에서 네 명이나 잡혀갔다지 않습까?"

"잡혀가다니, 누가?"

"진짜 모르심까? 약 말임다. 개가 찾았담다, 냄새 맡는 개가. 부부라던데, 안까이는 젖싸개에 숨기고, 나그네는 허벅지에 테이프로 칭칭 붙이고. 암튼 그 개가 용케 찾아내서 난리가 났다 하잖습까? 요즘엔 다들 그 얘기만 하지 않에요. 따이공들 죄다 몸수색하고, 짐 풀어 헤치고, 두 명이나 더 잡혀갔다는데, 난 또 아지비가 아닌가 걱정하고 있었지 않았습까? 아지비가 안 오믄 오래비 연락도 못 받고……"

"또 누구? 나랑 같이 다니던 상원이, 그 아저씨 어제 장영자에 왔더냐?"

"그 시커멓게 생긴 아지비 말임까?"

"그래, 작고 시커멓고."

"본 것도 같고 아이 본 것도 같고, 글쎄 잘 모르겠습다. 이따 동춘 직원들 나오믄 함 물어보십쇼."

점순이는 가게 좀 봐달라고 말하고는 어디론가 부리나케 달려갔다. 붙잡을 새도 없었다.

점순이의 말을 듣는 순간 나는 상원을 떠올렸다. 부쩍 불안해하고 신경이 곤두서 있었던 날들. 상원은 훈춘에 도착해서도 낯선 사람들과 함께 어디론가 몰려가곤 했었다. 다음날 장영자세관에 도착한 상원의 얼굴은 어쩐지 몽롱하고 피곤해 보였다. 나는 나머지 두 사람 중 하나가 상원이라고 단정짓고 있었다.

애가 탔다. 금방 다녀오겠다던 점순이는 한참이 지나도 나타나지 않았다. 형은 세관 입구에 쭈그려앉아 하늘만 바라보고 있었다. 마침 동춘 여직원이 들어왔다. 매표소 문을 여는 여직원을 붙들고 상원의 안부를 물었다. 훈춘에 올 때마다 상원이 얼마간 찔러주거나 선물 같은 걸 주던 여자이니 소식을 알 것도 같았다. 여자는 상원이 어제 투먼에 간다고 했다고 심상하게 말했다. 그러곤 매표소로 들어가 문을 닫아버렸다.

투먼이라면, 상원이 즐겨 가는 곳은 아니었다. 북한으로 통하는 다리가 있어 관광객들이 잠깐씩 들르는 곳. 강폭이 좁아 북한 주민들이 월경을 감행하는 두만강과 탈북자들의 수용소가 있을 뿐, 놀거리라고는 눈을 씻고 봐야 없는 삭막한 곳이었다. 상원의 행보를 가늠하고 있을 때, 때마침 형과 함께 세관 안으로 들어오는 상원이 보였다.

"어데 처박혔다 이제 나타나노. 니랑 형님이랑 여다 살림이라도 차렸드나?"

여전했다. 시끄럽고 허풍스럽고 장난스러운 말투. 나도 모르게 상원을 덥석 끌어안았다.

"지금 뭐 하노, 가스나처럼 남사시럽게. 내는 냄새나는 사내 싫다. 저리 좀 가라."

"어떻게 된 거야? 누가 잡혀갔다며?"

"와, 낸 줄 알았나? 자슥, 내가 어디 그리 호락호락하게 보이드나. 왜 있다 아이가, 둘이 꼭 붙어댕기던 뒤쪽 다다미방 노인네. 여자가 좀 젊다 싶길래 깔친가 했다 아이가. 큰 소리도 안 내고 뭐 용돈이나 벌자고 다니는가 안 했나. 뭔 고양이가 부뚜막에 먼저 오른다고, 갸들이 그럴 줄 누가 알았겠노. 사업하다 쫄딱 망해가 왔다카데. 멍청하기로, 그걸 거다 숨기믄 안 들키겠나. 지금 속초 억수로 살벌하데이. 개새끼도 두 마리 더 늘었다 아이가. 지랄 난리도 아이다. 이럴 땐 죽으로 가만있는 게 상책인기라. 형님, 형님은 그저 저만 믿고 따라오소. 이 자슥은 겁이 많아가 아무것도 몬 한다 아입니까."

마음이 놓였다. 상원은 전과 다를 바 없이 이곳저곳을 기웃거리며 알은체를 하고 다녔다. 내가 처음 이곳에 왔을 때처럼 형을 데리고 다니면서 소개를 시키느라 부산을 떨었다.

출국 전 점순이는 남자에게 전해달라고 가방 하나를 건네주었다.

"조선에서 가져온 석청임다. 바위 위에 저절로 생긴 벌집에서 채취한 아주 귀한 검다. 타지에서 여북 고생이 심하겠슴까? 아버지 마작 빚만 아니었으면 교원 하며 잘 살았을 텐데…… 하나는 오라비에게 전해주시고 하나는 아지비 하십쇼."

점순이는 누런 이를 드러내고 웃었다.

한번 쏟아지기 시작한 눈은 그칠 기미가 보이지 않았다. 자루비노 항까지 가는 동안 눈발은 점점 더 거세어졌다. 국경수비대는 이유도 없이 버스를 붙들고 있었고, 출국심사대도 한참 동안 출구를 열지 않아 길고 지리한 기다림이 계속되었다. 따이공들은 그저 고개를 들어 창밖 시커먼 하늘을 쳐다보거나 잠을 잘 뿐 말이 없었다. 온통 짓눌리는 듯한 분위기였다.

배에 오르자 오랜 여행을 마치고 돌아온 듯한 기분이 들었다. 배에 오르자마자 들리는 얘기는 온통 마약사건에 관한 것들이었다. 사무장은 동춘의 명예가 실추되었다며 입에 거품을 물면서도 그나마 있던 따이공들과 선주들이 떨어져나갈까 전전긍긍하는 모습이 역력했다. 따이공들 사이에서는 앞으로의 행로에 대해 의견이 분분했다. 잠시 쉬어야겠다는 이도 있었고, 오히려 이럴 때가 적기라는 이도 있었고, 한번 들고 일어나야 한다는 이도 있었다.

상원의 방 한쪽에는 마약사건에 대한 기사가 실린 신문이 모아져 있었다. 신문은 그저 식탁 대용이거나 장뇌삼 싸는 데 필요할 뿐이라더니…… 나는 담배를 피워물고 신문을 읽어내려갔다.

기사들은 대부분 중국에서 제조된 마약이 러시아를 거쳐 속초로 들어오는 새로운 마약 루트가 적발되었다는 내용이었다. 나는 기사를 읽으면서 다다미방 노인네가 배씨라는 것과 나이가 환갑이 다 되었다는 사실을 새로이 알았다. 그는 운반 총책이었으며 십여 차례에 걸쳐 필로폰 삼 킬로그램가량을 들여갔다고 했다. 그것은 십만 명이 한꺼번에 투약할 수 있는 양이며 시가로는 백억원 정도 된다는 기사 내용도 있었다. 운반책은 대부분 보따리상들로, 한 번에 백만원씩 받고…… 따이공들에게는 당연히 유혹적인 액수였을 것이었다. 나는 배씨라는 노인네의 얼굴을 기억해내려 애를 써보았다. 하지만 그저 식당에서 조용히 밥을 먹고 사라지는 뒷모습만 조금 기억날 뿐이었다. 백억원, 십만 명 같은 짐작되지 않는 숫자들만 머릿속에 맴돌았다.

상원이 건들거리며 선실로 들어왔다. 상원 옆에 붙어다니던 형은 보이지 않았다.

"형은?"

"브리지 올라가더니 안 내려온다 아이가. 찾는다는 사람은 몬 찾았나?"

상원은 외투를 벽에 걸며 심상하게 물었다. 그러고는 내 대답은 기다릴 필요도 없다는 듯 바닥에 앉아 양말을 벗으며 중얼거렸다.

"프로펠러 터져뿌따네, 블라디에서. 이놈의 동춘호는 어째 성한 데가 없노. 하기사 이런 추위에 뭐는 안 터지겠나. 붕알도 터질 판인데. 다음주에 수리 들어간다 카드라. 그란 줄 알았으믄 훈춘에 남는 긴데, 베려부렀다."

"너도, 혹시 약 손댔니?"

"뭔 소리 하노?"

상원은 눈을 슬쩍 흘기고는 방바닥에 벌렁 누웠다.

"그럼 저 신문들은 뭐야. 조심해. 속초 세관에서 걸리면 그나마 낫지만, 중국에서 걸리면 끝장이야. 너두 알잖아. 중국에선 최고형이라는 거."

"짜슥, 소심해가지고선. 내가 어디 다다미방 노인네처럼 호락호락한 줄 아나."

상원은 긍정도 부정도 하지 않았다. 하지만 입을 다물어버린 상원의 침묵에 무언가 불길한 기운이 스며 있었다. 내가 모르는 어떤일에 빠져 있는 것만은 분명했다. 한참을 말없이 누워 있던 상원이 생각났다는 듯 일어나 주머니에서 뭔가를 주섬주섬 꺼내 내 앞에 던졌다.

"노니 뭐 하노, 서커스나 보러 가라. 장사 억수루 안 되었는갑다. 배값도 못 내 서커스표로 왕창 줬단다. 동춘 기집년들이 하도 사달라 캐서 몇 장 안 샀나? 따이공들 두 장씩은 다 샀다. 내는 서울 갈일 없으니까, 니가 가져가서 삶아묵든가 지져묵든가 맘대로 해라. 서커스는 무슨 서커스고? 러시아년들이라면 훈춘에 쌔고쌨는데, 돈만 질러주면 공연하다가도 방에 올라간다 아이가."

상원은 서커스표 다섯 장을 던져놓고는 다시 등을 돌리고 누워눈을 감았다. 상원이 던진 표에는 구슬장식을 머리에 두른 백마와러시아 여자가 그려져 있었다. 서커스. 나는 한동안 러시아 여자의드러난 가슴 골짜기를 물끄러미 쳐다보고 앉아 있었다.

동춘호는 예정보다 두 시간이나 늦게 출발했다. 길고긴 항해가될 것이었다. 프로펠러 하나로, 그러지 않아도 낡은 배가 긴 항해를해낼 수 있을까? 내항에서 벗어나 외항을 지나면서 배의 흔들림이심해지기 시작했다. 형은 어디를 헤매고 다니는 것인지 방으로 들어올 생각을 하지 않았다. 가만히 앉아 있는 것도 힘들 지경인데. 슬리퍼를 끌고 형을 찾아 나섰다. 배는 갈수록 그 기울기를 높여갔다. 배가 유난히 심하게 흔들려 걸음을 옮기기도 힘들 지경이었다.

사람들은 일찌감치 선실로 들어가버렸는지 복도와 로비가 텅 비어 있었다.

벽에 손을 짚으며 형을 찾아다녔다. 카지노에도 연회실에도 식당에도 브리지에도 없었다. 한참 만에야 선미 쪽 갑판 한구석에 서 있는 형을 발견했다. 형은 난간을 꽉 부여잡고 서 있었다. 바닥은 미끄러웠고, 귀를 후려치는 바람은 광폭했다.

"안 추워? 거기서 뭐 해?"

내 목소리는 바람에 날아갔다. 형은 뒤돌아보지 않았다. 나는 가까스로 형에게 걸어가 어깨에 손을 얹었다.

"상원이가 서커스 티켓 줬는데 서울 가믄 서커스 보러 가자. 형 서커스 좋아하……"

형은 울고 있었다. 형의 턱으로 콧물이 흘러내렸다. 나는 형의 얼굴에 손을 갖다댔다. 볼이 얼음장이었다. 형은 이내 고개를 돌리고 눈물을 지웠다. 내 몸의 어떤 부분과도 닿고 싶지 않다는 듯 단호했다. 나는 당황했다. 전 같았으면 내 가슴에 고개를 파묻고 목울음을 놓았을 것이었다. 옷에 눈물 콧물 다 묻히며 우는 어린애처럼, 컥컥 숨을 들이마시면서, 등을 다독이는 내 손길을 느끼면서, 그렇게 안겨 있었을 것이었다. 하지만 형은 내 손길을 거절했다. 가차없이.

형은 나를 지나쳐 선실로 들어갔다. 텅, 문 닫히는 소리가 심장 깊숙이 파고들었다. 문소리와 함께 알싸한 통증이 전해져왔다. 나는 버려졌다, 형의 뒷모습을 보며 생각했다. 나는 형의 냉담함을 이해할 수 없었다.

"나를 버리면 안 돼, 형은."

형이 사라진 문 쪽을 향해 말했다. 바람이 불어와 내 목소리를 지워버렸다. 날 버리지 마, 형. 눈물이 나올 것 같았다.

겨울이 깊을수록 대륙의 바람 역시 깊어진다. 바람이 세를 넓힐수록 바닷길은 더 험하고 난폭해지는 법이다. 동춘호는 정오 무렵이 되어서야 속초항에 도착했다. 길고 무서운 항해였다. 가만히 누워 자기 힘들 정도로 배가 흔들렸다. 텅텅, 배 옆구리를 치는 파도소리가 뼛속까지 울렸다.

속초항에 도착했을 때는 파도가 거짓말처럼 잔잔해졌고 하늘도 쨍쨍하게 펴져 있었다. 시리게 파란 하늘과 흰 눈에 쌓인 설악산 줄기가 비현실적으로 느껴졌다. 한 달 만에 돌아온 한국땅이었다. 육지에 발을 대자 그제야 뭍멀미가 치솟았다. 나는 신물을 삼키며 걸음을 옮겼다.

세관은 사람들 말대로 무거운 냉기가 돌았다. 웬만한 짐들은 풀어헤쳐지고, 초과된 농산물들은 예외 없이 압수되었다. 사람들은 다른 때와는 달리 숨을 죽인 채 세관을 통과했다. 오랜만이어서인지, 무겁게 짓누르는 세관의 공기 때문인지, 별다른 물건을 챙기지도 않았는데 괜히 주눅이 들었다. 하지만 한편으론 안도의 숨이 내쉬어지는 건 어쩔 수 없는 일이었다. 검색대와 세관을 통과하는 그 진땀나는 순간이 모든 뭍멀미를 잠재웠다.

대합실로 들어서자마자 눈에 들어온 사람은 남자였다. 남자는 전에 비해 마른 듯했고, 얼굴빛도 조금 더 어두워져 있었다.

"오래 안 보여서 그만두신 줄 알았습니다."

"엔지에 일이 있어서요."

"오전 내내 기다렸습니다."

"프로펠러가 고장이 나서 좀 오래 걸렸어요."

"보여드릴 게 있습니다. 같이 가겠느냐 묻겠습니다."

남자의 얼굴은 사뭇 진지했다. 나는 짐가방을 상원에게 맡기고 형을 찾았다. 형은 대합실에 앉아 있었다. 밤새 화장실을 들락거리며 토하느라 밤잠을 설쳐서인지 눈이 벌겋게 충혈되어 있었다.

"상원이랑 같이 있어. 나 잠깐 좀 다녀올게. 오래 걸리지는 않을 거야. 멀미에는 회국수가 제일 좋은데. 상원이랑 같이 가서……"

형은 내 말이 끝나기도 전에 고개를 끄덕이고는 자리를 박차고 일어났다. 그러곤 등을 돌려 상원이 있는 쪽으로 걸어갔다. 금세 멀어진 형의 뒷모습을 보면서 나는 다시 무서워졌다. 그렇게 벗어나고 싶던 형이었는데, 이제 형의 돌린 등만 보면 가슴이 덜컥 내려앉았다. 나는 형의 모습이 사라질 때까지 그대로 서서 그 뒷모습을 쏘아보았다.

남자와 나는 버스를 타고 거진항으로 향했다. 별다른 설명도 없었다. 남자는 그저 거진항으로 가겠다는 말만 했다. 그러곤 입을 다문 채 차창 밖만 바라보고 있었다.

"석청이랍니다. 동생분이 어렵게 구한 거라고."

대진항을 지나 거진항에 도착할 무렵, 점순이가 준 가방을 건네주었다. 남자는 가방을 슬쩍 보더니 깊게 숨을 내쉬었다. 그러곤 나를 보지도 않고 던지듯 말을 내뱉었다.

"일본에 갈 겁니다."

"일본이라니요?"

남자는 말이 없었다. 그걸로 끝이었다. 한동안 창밖만 바라보고 있던 남자가 석청을 내게 되밀었다.

"어렵게 구했을 겁니다. 거기서도 그리 흔한 건 아니니까요. 제게 필요한 건 아닌 것 같군요. 가져가셔서 다른 분들과 나누어 드십시오. 점순이 성의라고 생각하시구요."

남자는 다시 창밖을 바라보았다. 그러고는 버스에서 내릴 때까지 입을 꼭 다문 채 아무 말도 하지 않았다. 거진항에서 해변을 따라 걸었다. 이윽고 도착한 곳은 조선소가 있는 곳이었다. 거기 뗏목이 있었다. 남자와 나는 뗏목을 앞에 두고 앉았다.

"설 하루 전에 출정식을 하고 블라디로 출발한답니다."

"결국 가긴 가는군요."

"이제 나도 갈 때가 된 것 같습니다."

"어디, 고향으로요?"

"고향……"

"아니면 일본으로 가세요? 일본은 왜……"

"……처음 한국에 오기로 했을 때 말입니다. 고향을 찾는다는 기분으로 왔다 말입니다. 물론 상황이 어쩔 수 없어서 큰돈 벌자고 오기도 했지만, 그게 다는 아니었습니다…… 짐작하셨겠지만, 저는 발해사를 연구하는 사람입니다. 중국에서 역사를 공부한다는 게 여기 생각과는 많이 다르죠. 궁금했습니다. 발해가 정말 누구의 역사인지. 그리고 알고 싶었습니다. 내가 누구인지……"

"그래, 이제 알겠습니까?"

"아니요, 모르겠습니다. 제가 알게 된 건…… 어쨌든 여기서 저는 이방인이라는 거죠. 아니면 저렴한 노동력이든가요."

남자에게 무슨 말이라도 해주고 싶었다. 하지만 어설픈 위로를 하는 것보다는 입을 다물고 있는 편이 나을 듯했다. 나는 손가락 끝으로 모래를 파내며 남자의 말을 기다렸다.

"저들은 알고 있을까요?"

남자는 고개를 들어 뗏목을 바라보았다. 뗏목 위에서는 몇몇 사람들이 선실에 나무판자 덧대는 작업을 하고 있었다. 그 험한 뱃길을 한낱 저 뗏목으로 항해를 하겠다고 나선 이들. 그들이라면 알고 있을까? 내 눈엔 덧없는 일에 괜한 무리를 하고 있는 무모한 사람들로만 보였다.

"밀항을 할 겁니다. 일본으로 가는 밀항선을 알아두었습니다. 가서 탐사대가 입성하는 걸 볼 겁니다. 그리고 거기서 살 겁니다. 중국에서 소수민족으로 사는 것도, 여기서 외국인으로 사는 것도 싫습니다."

"……"

"한판 서커스를 끝내고 난 기분입니다. 이젠 그만두어야겠습니다. 서커스 짓거리 말입니다."

남자는 허허롭게 웃으며 돌 하나를 집어들어 바다 쪽으로 던졌다. 남자가 던진 돌은 두어 차례 물수제비를 뜨고 가라앉았다. 남자는 해가 지고 난 후에야 자리에서 일어났다. 헤어지기 전 남자가 내게 봉투를 내밀었다. 점순에게 전해줄 봉투였다. 남자를 위해 내가 할 수 있는 마지막 일이기도 했다.

남자와 나는 길거리에 서서 악수를 하고 헤어졌다. 손바닥으로 전해지는 남자의 악력이 단호했다. 그 단호함이 어쩐지 불길하게 느껴졌다. 남자는 주머니에 손을 넣고 고개를 삐딱하게 한 채 어두운 골목길로 숨어들었다.

빈 골목을 쳐다보다 문득, 여자를 떠올렸다. 여자. 잊고 있었다. 형과 함께 여자를 찾아다니는 동안, 형의 침묵을 견디는 동안, 나는 오히려 여자의 존재를 잊고 지냈다. 내가 찾아다닌 것은 여자가 아니라 형인지도 몰랐다.

나는 여자가 죽었을 거라고 생각했다. 차가운 길바닥이나 어느 이슥한 골목에서 죽었을 거라고, 신원 확인도 못 해 시체보관소에 누워 있을 거라고 단정했다. 그리하여 죽은 여자는 무연고 시체로 대학병원이나 연구센터로 보내지리라. 여자의 몸은 갈가리 찢기고 까발려지리라. 그렇게 흩어졌던 뼈와 살 들은 다시 한데 담겨 불길 속으로 들어가리라. 나는 한줌 재로 남은 여자가 바람을 타고 흩어지는 모습을 상상했다.

여자는 죽어주는 편이 나았다. 배롱나무 아래 묻힌 엄마처럼 기억 속에 사는 것이 나았다. 나는 죽은 여자를 바닷물에 묻었다. 긴 머리를 날리며 배롱나무 아래 서 있던 잔상을, 형과 나를 위안해주던 따스하고 촉촉한 목소리를. 봄꽃처럼 흩날리던 웃음소리를 묻었다. 마지막으로 닿았던 손길의 감촉까지 남김없이 묻었다.

문득, 형도 여자를 버렸다는 사실을 깨달았다. 여자를 버려야만 살아진다는 것을 형은 벌써 알았을 것이었다. 나는 어금니를 악물

고 어둠 속을 노려보았다. 여자는 죽었다. 죽지 않았어도 죽을 것
이다.

10

온통 흰빛이었다. 마당 가득 널린 흰 빨래들. 희디흰 빨래들이 바람에 나부끼고 있었다. 한쪽에서 빨래를 탈탈 털어 널고 있는 엄마. 엄마 뒤로 사열받는 듯 서 있는 자작나무들. 햇살에 반짝이는 푸른 이파리들이 손에 잡힐 듯하다.

연거푸 울려대는 아즈러운 벨소리가 푸른 이파리들을 지웠다. 벽에 등을 기대고 앉았었는데 어느 결엔가 잠이 들었다. 눈만 감으면 꿈을 꾸었다. 꿈속에서 나는 엔지의 거리나 고향집 어느 한 곳에 가 있었다. 어쩌면 나는 그곳에 돌아가기 위해 잠을 자는지도 몰랐다.

하혈은 일주일간 계속되었다. 자고 일어나 이불을 들쳐보면 핏자국이 선연했다. 아랫배의 찢어질 듯한 고통은 줄었지만 어지럼증과 노곤한 피로감이 아득하게 휘몰아치곤 했다. 하혈이 멈춘 후에도 정신을 놓고 메하니 앉아 있을 때가 많았다.

강해져야 했다. 나를 도와줄 사람은 아무도 없었다. 나 혼자 견디고 나 혼자 이겨내야 했다. 손을 뻗어 머리맡에 둔 진통제 네 알을 물 없이 삼켰다. 목구멍이 아려왔다. 한동안 계속된 복통에 어쩔 수 없이 먹게 된 진통제가 이젠 습관이 되어버렸다. 조금만 기다리면 가슴이 뛰면서 정신이 맑아질 것이었다.

약을 먹지 않으면 정신을 차리지 못했다. 나는 자주 실수를 범했다. 칫솔이나 면도기를 빼놓거나 청소도구를 객실에 두고 나와 시찰 나온 사장의 지적을 받기도 했다. 양탄자 깔린 복도를 걷다보면 꿈속인 듯 몽롱한 기분이 들었다. 가만히 앉았으면 하염없이 졸음이 왔고, 한번 잠이 들면 누군가 문을 두들겨야 겨우 깨어났다.

친절을 보이던 사장은 태도를 바꾸어 트집을 잡느라 혈안이 되어 있었다. 틈날 때마다 애인을 삼으라든가 건강이 걱정된다든가 하면서 내 방문을 두들기던 사장이었다. 사장은 이제 방문을 두들기는 대신 벨을 눌러 나를 부른 다음, 내가 한 실수들에 대해 소리를 지르거나 화를 냈다. 침대보가 후줄근하다거나 욕실 청소가 깔끔하지 못하다거나 방에만 처박혀 있다거나…… 사장의 시정사항은 끝이 없었다.

여자가 준 약봉지에서 록태고를 꺼냈다. 록태고는 사슴의 태아를 고아서 만든 약이다. 나는 잠시 망설였다. 록태고 한 상자를 팔면 안비납동편 스무 상자를 파는 값이 떨어질 만큼 비싼 약이었다. 임신한 사슴의 배를 가르고, 세상의 빛이라곤 한 번도 보지 못한 태반 속 아기를 꺼내 만든 약. 나는 망설이다가 껍질을 벗기고 록태고 한 알을 씹어먹었다. 그리고 여자를 떠올렸다. 여자는 왜 내게 그 비싼 록태고를 준 걸까? 내게 일어날 일들을 짐작하고 있었던 것은 아닐까. 여직 그 지하도에 앉아 중국제 약들을 팔고 있을까?

다시 벨이 울렸다. 손님이 들 시간이 아닌데. 옷매무새를 가다듬으며 안내실로 달려갔다. 안내실 앞에는 사장이 눈을 잔뜩 쪼프리고 서 있었다.

"뭐 하느라고 벨소리도 못 들어요? 잤어요?"

사장이 존대를 할 때는 지적사항이 있을 때다. 또 무슨 실수를 한 걸까. 나는 그저 고개를 주억거리며 사장의 말을 기다렸다.

"어디 아픈 모양이네."

"아닙다. 뭐 시키실 일이라도?"

"일이라기보다…… 자꾸 그렇게 아파서 어떻게 해요? 아무래도 해화씨 몸으로 여관일은 무리인 거 같애. 여관 청소는 시골에서 힘쓰며 살던 아줌마들이 해야 한다니까. 그래서 말인데……"

사장은 말을 멈추고 주머니에서 봉투 하나를 꺼내 내밀었다.

"저, 갑작스럽긴 하지만…… 다른 데 알아봐야겠어요. 사람을 새로 구했거든요. 이 여관일이라는 게 아무래도 말이야…… 아무튼 월급은 넉넉히 넣었으니 너무 섭섭해하지 마요. 새사람이 오늘부터 온다고 했는데, 어쩌나."

"오늘부터 말임까?"

"새로 온 사람도 방이 필요하긴 한데, 갑자기 비워달랄 수도 없는 일이고. 며칠은 그 방 그냥 빌려줄 테니까, 천천히 해요."

사장은 선심 쓰듯 말하면서 내 어깨를 툭툭 쳤다. 그러곤 서둘러 여관을 빠져나갔다. 로임이 든 봉투를 손에 든 채 잠시 그대로 서 있었다. 마침 김군이 여관문을 열고 들어왔다. 김군은 내 손에 들린

봉투를 보더니 얼른 눈을 내리깔았다.

"죄송해요. 저라도 미리 알려드렸어야 하는데, 사장이 딱 붙어 있으니 도통 틈을 낼 수가 있어야죠. 언제부터 온대요, 그 아줌마?"

"오늘."

"당장 오늘이요? 해도 해도 너무하네, 정말. 사장한테 여자가 생겼나봐요. 갈빗집에서 만난 여자라던데, 아예 여기다 데려다놓고 일도 시키면서 놀려구 그러는 거예요. 사장이야 꿩 먹고 알 먹고니까. 그 아줌마도 중국에서 온 사람이래요. 하긴 요즘 중국 사람들 아니면 이런 데서 누가 일하려고 하겠어요. 저, 오해는 마세요…… 근데 어떡하실 거예요? 제가 어디 일자리 좀 알아봐드려요?"

나는 조용히 고개를 가로저었다. 그리고 방으로 들어가 짐을 정리했다. 쌀 짐도 없었다. 일회용 칫솔을 비롯한 세면도구는 모두 여관 용품이었고, 옷 두 벌과 약꾸러미가 내가 가진 전부였다. 방에 깔린 이불을 개고 간단히 욕실 정리를 끝내고 나니 더이상 할 일이 없었다. 마지막으로 실내화를 가지런히 모아놓고 종이봉투에 옷과 약을 담아 여관 문을 나섰다.

어차피 일어날 일이었다. 로임도 받지 못하고 쫓겨나는 경우가 허다하다고 하지 않았던가. 불법체류라고 몰래 신고하는 주인들도 있다는데. 처음부터 내가 있을 곳이 아니었다. 나는 쉽게 마음을 정리했다.

바닷가 전망, 대실료 이만오천원, 샹그리라 모텔. 여관 옆에 붙은 플래카드가 바람에 펄럭이고 있었다. 샹그리라. 남쪽나라에 있는 유명한 리조트 이름이라고 사장은 말했었다. 그것보다 더 멋진 리조트를 세우는 것이 꿈이라고 말하던 사장의 얼굴이 플래카드에 겹쳐 보였다.

'샹그리라'라는 이름을 처음 들었을 때, 나는 어떤 환상적이고 아름다운 골짜기를 상상했었다. 고난도 시기도 없는 평화롭고 풍요로운 골짜기. 나는 어쩌면 한국을 그런 곳이라고 믿고 있었는지 모른다. 한국행을 꿈꾸는 다른 모든 여자들처럼, 밀항을 하고 여권을 위조하면서까지 한국에 들어오는 사람들처럼. 헛웃음이 나왔다. 바람에 나부끼는 플래카드 소리가 귓가에 쟁쟁하게 울렸다.

포구는 검은 개흙을 드러내고 있었다. 개흙 위에는 낡은 배들이 바닥을 드러낸 채 삐딱하니 서 있었고 그 주변으로 갈매기 몇 마리가 날아다녔다. 나는 소래다리 난간에 기대서서 포구를 바라보았다. 파도가 몰아치는 푸른 바다는 아니지만 그래도 내게 작은 위안을 주던 곳이었다. 속초 바다를 상상하고 그를 떠올릴 수 있었던 곳.

나는 다시 길을 떠나야 했다. 두렵지 않았다. 오히려 마음이 편안했다. 무서울 것도 없었다. 차가운 바람이 불어왔다. 지금은 매서운 겨울바람이지만 때가 되면 독기를 누잦히고 포근한 바람이 되리라. 나는 바람 부는 쪽으로 얼굴을 돌렸다.

다리 끝에 서서 로임으로 받은 봉투를 열어보았다. 청수동에서 반년을 꼬박 일해야 손에 쥘 수 있는 돈이었다. 이래서 다들 한국으로 오려 하는구나. 이래서 한국을 못 떠나는 거였구나. 결국 이거였구나. 다리 저편 내가 떠나온 곳을 바라보며 생각했다. 궁전 모양이나 화려한 성 모양으로 근사하게 포장된 여관 건물들. 마천루처럼 솟은 건물들은 껍데기뿐인 빈 상자처럼 보였다. 그것은 허상이었다.

잠시 쉬었다 가는, 자고 일어나면 사라져버릴, 허상이었다.

버스를 타고 여자가 있는 지하보도로 갔을 때는 날이 저문 후였다. 여자는 여전히 기둥 옆에 좌판을 펼쳐놓고 약을 팔고 있었다. 나는 몇 발짝 떨어져서 여자를 바라보았다.

"살 뺄 데가 어디 있다구 자꾸 오냐, 이년아!"

"그래도 줘요. 내가 내 돈 주고 산다는데 아줌마가 왜 난리예요?"

"미친년아, 이게 무슨 영양젠 줄 아냐?"

여자는 한 계집애와 실랑이를 벌이는 중이었다. 한동안 입씨름이 이어졌다. 계집애는 집어던지듯 돈을 주고는 안비납동편 두 박스를 손에 넣었다. 그러곤 긴 외투를 펄럭이며 지하보도를 빠져나갔다. 여자는 계집애가 사라진 쪽에 대고 다시 한번 욕을 해댔다. 돈을 넣으려던 여자와 눈이 마주쳤다. 나는 느린 걸음으로 여자에게 다가갔다. 그러곤 말없이 여자 옆에 앉았다.

여자는 내게 어떤 말도 묻지 않았다. 그저 엉덩이를 슬쩍 들어 자리를 비켜주었을 뿐이었다. 늘 함께 앉아 있었던 사람처럼, 잠깐 자리를 비웠다가 돌아온 사람처럼. 꼭 엄마 옆에 앉은 기분이었다.

타닥타닥 도람통 치는 소리. 후렴구처럼 들려오는 워낭 소리. 이 소리는 어둠을 거두어가는 돼지 여물꾼의 고함소리다. 달구지 소리가 사라지고 도마를 치는 칼질 소리가 들려온다. 향긋한 밥냄새, 구수한 장국 냄새. 이제 일어나야젠? 나는 방구들에 누운 채 밥 짓는 냄새에 묻어오는 엄마 목소리를 듣는다. 아버지가 더운물 다 써난다, 얼른 일어나야젠? 나는 눈을 비비며 정지문을 연다. 부엌에는 하얀 김만 가득 서려 있고, 엄마는 없다.

부엌에서 들리는 칼질 소리가 나를 고향집에서 불러들였다. 눈을 떴지만 나는 여전히 고향집에 머물고 있었다. 엄마 목소리가 채 가시지 않았는데, 모란꽃 무늬 꽃장과 정지문이 눈에 선한데, 구들의 온기가 몸에 그대로 남아 있는데, 나는 조금씩 사라져가는 엄마 목소리를 놓치지 않으려 애를 썼다. 내가 누운 곳은 고향집이 아니라 여자의 반지하방이었고, 부엌에 밥을 하고 있는 사람은 엄마가 아니라 여자였다.

여자가 끓이는 국 때문에 방 안에 김이 서렸고, 따스했다. 그 달큰한 국냄새에 엄마 냄새가 묻어오는 것 같았다. 방 안 가득 들어찬 습기에 내 몸도 촉촉하게 풀어졌다. 여자가 상을 들고 들어왔다. 상 위에는 미역국을 비롯해 금방 요리한 채 몇 가지가 올려져 있었다.

"뭐가 좋다고 그걸 여태 뱃속에 넣고 다녔냐. 미련한 것 같으니라고. 그게 낳는 거보다 더 힘든 거다. 한 솥 끓여났으니까 틈나는 대로 먹어라. 미련한 년……"

여자는, 말은 그렇게 하면서도 넘치도록 담은 국그릇을 내 앞으로 밀며 숟가락을 손에 들려주기까지 했다.

아무것도 아니라고 생각했었다. 어느 날 내가 변기에 흘려보낸 것이 그저 더러운 핏덩이일 뿐이라고 생각했다. 어제 여자에게 끌려 병원에 갔다 오고 나서야 그것이 미련처럼 남아 내 속을 막고 있었다는 걸 알았다. 유산되면서 미처 따라 나오지 못한 찌꺼기들이 엉겨 질을 막았고, 매달 해야 할 달거리까지 막은 거라고, 그래 복통이 계속되었던 거라고, 산부인과 의사가 쇠꼬챙이 같은 기구로 다리 사이를 쑤셔대면서 말했다. 마취도 하지 않은 채였다. 나는 생살이 긁히는 아픔보다도 내 발목과 팔목을 옥죄고 있는 단단한 고무줄이 더 무서웠다. 영양제를 맞고 누워 있는 내내 여자는 내 곁을 떠나지 않았다. 여자의 어깨에 기대 병원 문을 나서는 내 몸은 천근만근이었지만, 마음은 홀가분했다. 온전한 자유를 얻은 기분이었다.

나는 여자와 머리를 맞대고 앉아 후룩후룩 소리를 내며 미역국을 들이마셨다. 쇠고기를 푹 고아 끓인 미역국이 구수하고 부드러웠다.

"내가 왜 한국에 온 줄 아니?"

느닷없었다. 한 달 넘게 함께 살면서도 사적인 얘기는 한 번도 하지 않은 여자였다. 나는 숟가락을 내려놓고 여자를 쳐다보았다. 여자는 여느 때처럼 무표정한 얼굴이었다.

"그저 당에 충성할 줄만 알았다, 나는. 산아제한정책이라고, 그저 루프만 끼면 되는 줄 알았지. 그게 내 속에서 썩어들어갈 줄 누가 알았겠니. 어찌나 떼거지로 졸속으로 시술을 했던지. 자궁을 통째로 들어냈다. 다시 애를 낳을 것도 아닌데, 자궁이 없다니까 무섭더라. 생식력까지 통제당하는 국가에서 더이상 살 수 없었다."

여자가 그렇게 많은 말을 하는 것은 처음이었다. 여자는 아무 일 없었다는 듯 다시 밥을 먹기 시작했다. 그러다 문득 숟가락을 손에 든 채 내 얼굴을 쳐다보며 말을 이었다.

"그래도 말이다, 죽을 때가 되면 나 태어난 곳으로 돌아가고 싶다. 당이고 민족이고 조국이고가 다 뭐냐. 나고 자란 곳이 고향 아니겠니."

아주 잠깐 여자의 눈가에 물기가 어렸다가 사라졌다. 여자는 다시 눈을 내리깔고 밥을 먹었다.

상을 치우고 나서 여자는 다른 날과 다름없이 약을 챙겨들고 집을 나섰다. 여자가 그냥 집에 있으라고 만류했지만 나는 여자를 따라나섰다. 집 안에 혼자 남는 것보다 여자와 함께 있는 것이 나았다. 혼자 있으면 자꾸 잠이 왔다. 꿈속에서 가 닿지도 못할 고향집을 보는 것도 힘들었다. 사람들 발부리에 차이는 길거리라도 여자와 있는 것이 차라리 좋았다.

여자는 하루도 빠지지 않고 지하도로 갔다. 여자가 매일 아침 지하보도로 향하는 것은 약을 팔기 위해서가 아니라 누군가를 기다리기 위해서인 것처럼 보였다. 여자를 찾는 사람들…… 발가락이 짓무를 정도로 무좀이 심한 노인네들, 정력을 위해서라면 불개미라도 씹어먹는 사내들, 다이어트약에 중독된 젊은 여자애들, 수집상을 거치지 않고 직접 거래하려는 보따리상들, 그리고 꼭꼭 숨겨둔 약을 꺼내들고 온 피곤한 기색의 조선족들.

여자는 보따리상들보다 조선족들에게 값을 후하게 쳐주었다. 밥이라도 끓여 먹으려고 마지막 희망으로 꺼내온 약이라고, 다른 장사꾼들에게 가면 본전도 못 건지고 넘기게 될 거라고, 돈을 주머니에 넣고 되돌아서는 조선족들을 보며 쓸쓸히 말하곤 했다. 여자는 팔기 위해서가 아니라 사기 위해 거기 앉아 있는 셈이었다.

좌판을 펼친 다음 여자는 누군가 버리고 간 신문이나 잡지를 모아왔다. 그러곤 기둥에 기대앉아 자동판매기에서 뽑아온 커피나 율무차 같은 것을 마시며 지난 신문을 읽었다. 여자가 신문을 읽는 동안 나는 좌판을 다시 정리하거나 주변을 청소하곤 했다. 그리고 나선 나란히 앉아 튀긴 누룽지나 행상에게서 산 떡 같은 것을 씹으며 지나가는 사람들을 바라보았다.

점심나절에 몇 가지 약을 넘기러 온 보따리상이 있었을 뿐, 좌판을 정리할 때가 다 되도록 약을 사러 오는 사람은 없었다. 오늘은 또 공치는 날이다. 짠해난 마음으로 여자의 얼굴을 살폈지만 여자는 괘념치 않는 것 같았다.

"이거 받으십쇼."

나는 여관에서 로임으로 받은 봉투를 여자에게 내밀었다.

"치료비도 제법 나왔을 텐데, 가진 게 이거밖에 없습다."

"까불지 말고 다시 가져가라. 그거 갖고는 안 되니까."

여자는 무심히 말하고는 좌판을 정리하기 시작했다.

"하면 장사 밑천이라고 생각하면 안 되겠슴까? 저도 장사를 하면 어쩌겠는지. 그저 메하니 앉아 있기만도……"

"기다려봐라. 내가 곧 일자리 알아봐줄 테니."

그래도 돈은 주어야겠다는 생각에 여자의 주머니에 억지로 봉투를 넣었다. 여자는 몸을 비틀며 완강히 거절했다. 그때 누군가 여자의 이름을 불렀다.

"서옥분씨."

지난번 여자를 찾아왔던 형사였다. 이번엔 혼자가 아니라 둘이었다. 여자와 나는 실랑이를 멈추고 옆에 선 남자를 올려다봤다.

"저희랑 같이 가셔야겠는데요. 저도 이제 어쩔 수가 없네요. 이번엔 좀 어려울 거 같아요. 누가 죽었어요. 중국산 다이어트약 먹고 그랬대요. 그래, 일제 단속 들어갔거든요. 그러게 신종마약이라고 팔지 말라고 몇 번이나 그랬잖아요. 한 몇 달 쉬다 온다 생각하는 게 편하실 거예요. 그리고 저것도 가져가야겠습니다."

남자가 여자의 팔을 잡아끄는 사이, 다른 남자는 좌판을 접었다. 나는 두 팔을 벌려 남자의 길을 막았다.

"어째 이러십까? 우리 아짐이 무슨 잘못을 했다구 이러십까?"

"아줌마도 감옥 가고 싶어요? 어서 비켜요."

정신이 아득해났다. 여자를 위해 아무것도 할 수 없다는 사실에 나는 절망했다. 아무것도 할 수 없었다, 아무것도. 좌판을 모두 거두고 나서 두 남자는 여자의 양편에 달라붙어 여자를 끌고 갔다. 나는 두어 발짝 따라가다 걸음을 멈추었다.

"집에 가 있어, 어디 가지 말고! 알았지? 다락, 짐가방 밑."

여자는 고개를 돌려 그렇게 말하고는 순순히 걸어갔다.

나는 다시 혼자가 되었다. 여자와 함께 있는 동안은 포근했는데, 봄볕처럼. 하지만 따스함은 언제나 잠순간일 뿐이었다. 무서웠다. 바닥에는 미처 거두어가지 못한 약 한 상자가 떨어져 있었다. 상자를 뜯었다. 작고 단단하고 파란 알약. 나는 바닥에 앉아 알약 하나를 씹어먹었다. 한 알을 넘기고 나면 또 한 알을 입에 넣었다. 약은 쓰고 독했다.

날이 밝아오고 있었다. 조금만 지나면 저 낡은 창으로 빛이 들 것이다. 그러면 이 무서움증도 가라앉을까?

이불을 걷고 일어나 앉았다. 어지럼증이 일었다. 아침에 눈을 뜨면 내가 저녁까지 버틸 수 있을지 자신이 없었다. 내가 의지할 수 있는 것은 오직 약뿐이었다. 그것이 무슨 약인지는 상관없었다. 약을 먹으면 아프지도 무섭지도 않았다. 그리고 몽롱했던 정신도 맑아졌다.

손을 뻗어 서류가방을 열었다. 분불납명편, 안비납동편, 상주청, 상청춘, 록태고…… 나는 상청춘 한 알을 그대로 삼켰다. 쌉쌀한 맛 끝에 살짝 단맛이 도는 것 같았다. 그리고 안비납동편도 두 알 먹었다. 약이 얼마나 남았는지 모르겠다.

손을 짚고 일어나 다락으로 올라갔다. 장판을 들쳐내고 비밀 문을 열었다. 여자가 만들어놓은 비밀 수납공간. 남자들에게 끌려가면서도 무슨 암호처럼 말하던 여자의 마지막 말. 다락 짐가방 밑. 그 속에는 전시를 대비한 비상식량처럼 약간의 돈과 약이 숨겨져 있었다. 아직 걱정할 정도는 아니었다. 상청춘 두 박스를 꺼내 방으로 던져놓고 다시 장판을 덮었다.

어느새 해가 밝아 있었다. 시간은 더디게 흘렀다가 어느 순간 훌쩍 지나가버렸다. 서류가방에 상청춘과 약들을 챙겨담았다. 무얼 좀 챙겨 먹어야지, 여자였더라면 내 손을 끌고 식당으로 가 국 한 그릇을 모두 비울 때까지 계속 재촉을 해댔을 것이었다. 하지만 입안이 써글써글한 것이 아무 생각도 나지 않았다. 가방을 들고 집을 나섰다.

나는 매일 아침 가방에 약을 챙겨넣고 지하보도로 갔다. 그러곤 여자가 그랬던 것처럼 기둥 옆에 가방을 펼쳐놓고 앉아 지나가는 사람들을 쳐다보았다. 보따리상이 가져다주는 약을 사고, 그 약을 다시 사람들에게 팔았다. 하루 종일 약을 사가는 사람이 없어도 나는 그 자리를 지켰다. 그것이 내가 여자를 위해 할 수 있는 유일한 일이었다.

지하도 안은 아직 상점들이 문을 열지 않아 조용했다. 그래도 집에 누워 있는 것보다는 나았다. 아무도 약을 사가지 않아도 누군가 내 앞에 백동전을 던지고 지나가도 상관없었다. 사람들이 북적거리는 지하상가 한복판에 앉아 있으면, 그나마 살아 있다는 생각이 들었다.

사람들 발소리, 촤르르 셔터문 여는 소리, 음악 소리, 인사를 나누는 소리, 여자들의 구두 소리. 썰렁했던 지하보도에 사람들의 훈기가 채워지고 있었다. 얼었던 몸이 조금씩 녹아들었다. 나는 또다시 잠이 들었다. 잠을 자면서도 들을 수 있었다. 사람들의 웃음소리와 발소리와 음악 소리와 흥정하는 소리들을.

향긋한 냄새. 누군가 내 앞에 멈추어 서는 것이 느껴졌다. 가까스로 눈을 뜨고 내 앞에 선 사람을 올려다보았다. 염색한 머리를 길게 늘어뜨린 여자. 무언가 조급하고 신경질적인 눈빛. 나는 물어보지 않아도 그녀가 원하는 것을 알고 있었다. 가방 밑쪽에서 상청춘 한 박스를 꺼내 여자에게 건네주었다.

약상자를 받은 여자의 눈에 생기가 돌았다. 여자는 내 손에 돈을 쥐여주었다. 확인하지 않아도 여자가 지불하는 돈은 정확할 것이었다. 여자는 두어 발짝 걸어가다가 뒤를 돌아보았다. 아주 잠깐, 여자와 나는 시선을 교환했다. 여자도 알고 있는 것이었다. 나 또한 그녀처럼 약 없이는 살 수 없다는 것을. 우리는 같은 병을 앓고 있었다.

여자가 사라지고 나서 습관처럼 가방을 정리했다. 이것은 호랑이

고약, 모기 물린 데 머리 아픈 데 삔 데 멍든 데, 한 통에 오천원씩. 이것은 안비납동편, 두통약 다이어트약 진통제, 한 알에 만원. 구구단을 암기하는 학생처럼 끊임없이 외우고 외웠다. 그렇게 가방을 정리하다보면 어느새 날이 저물었다.

또다시 잠이 몰려왔다. 약을 먹어야 하는데. 지하보도에 사람이 뜸해지는가 싶더니 어느새 나 혼자밖에 남지 않았다. 천천히 가방을 챙겼다. 집으로 들어가고 싶지 않았다. 혼자 남은 그 집은 무덤보다 더 춥고 무서웠다. 나는 모든 것을 버리고 떠나는 사람처럼 집을 나와 아무 기대도 없이 그 집으로 들어갔다. 그 집에서 살아 있는 것은 내가 아니었다. 얼음꽃이 피었다 지고, 쥐들이 내 몸을 넘나드는 것 같았다.

계단을 올라와 지상에 서서 나는 잠시 망설였다. 그러고는 터미널 쪽으로 걷기 시작했다. 집과는 반대방향이었다. 수많은 사람들이 떠나고 도착하는 곳. 그곳에 가면 사람들의 온기를 얻을 수 있을 것 같았다. 터미널에는 가뿐하게 차려입은 사람들로 북적거리고 있었다.

곧 춘절이란다. 날 가는 것도 모르고 있었다. 춘절이면 엄마는 밤새도록 물만두를 빚곤 했었는데. 설에 먹는 물만두는 자지 않고 빚어야 신령들이 맛있게 먹고 간다고 했는데. 그래야 한 해 잔병치레 없이 잘 산다고 했었는데. 엄마는 오늘도 작고 보드라운 물만두를 빚고 있을까?

의자에 앉아 깜빡깜빡 졸며 텔레비전을 보았다. 내 옆자리는 자주 바뀌었다. 텔레비전 화면에는 귀향길에 오르기 위해 역전으로 몰려든 사람들의 모습이 보였다. 자꾸 몰려드는 졸음을 지우기 위해 눈을 부릅뜨고 화면을 쳐다보았다. 정신이 아득해나면서 화면이 뿌예졌다. 나는 눈을 감은 채 텔레비전에서 나오는 소리를 들었다.

설이 지나면 기름값이 오른다, 귀성길 정체가 내일 오후에 가장 심할 것이다, 뗏목을 타고 동해를 건너가는 탐사대가 내일 출정식을 갖고 러시아로 출발한다, 내일의 날씨는 평년기온을 웃도는 따뜻한 날이 될 전망이다, 내일은 포근한 날이 될 전망이다, 포근한 날……

춘절이 지나고 꽃소식이 들리고 봄이 온 것을 나는 몰랐다. 봄이 왔지만 내 몸은 여전히 겨울이었다. 나는 두꺼운 겨울외투를 걸치고 집을 나섰다. 가방 속의 약은 바닥이 나가고 있었다. 나는 지하보도에 가는 대신 터미널로 가 누군가를 배웅하고 난 사람처럼 쓸쓸히 앉아 있다 돌아오곤 했다. 봄이 다 가도록 여자는 돌아오지 않았다.

터미널. 어디라도 떠날 수 있는 곳. 나도 어디든지 갈 수 있다는 걸 잊고 있었다. 햇빛 찬란한 봄날 아침, 나는 한 여자를 보았다. 그 여자는 사뿐사뿐 걸어와 내 손을 잡아끌었다. 여자는 가녀린 미소를 띠고 있었다. 여자를 따라 표를 사고 버스에 올라탔다. 나는 여자의 어깨에 머리를 기대고 잠이 들었다. 아주 길고 단 잠이었다.

나는 지금 속초에 와 있어. 당신이 그토록 보여주고 싶어했던 속초 바다. 붉은 등대가 있는 방파제야. 방파제 끝에 앉아 끝도 없는 바다를 보고 있어. 저 끝에 보이는 배는 아련하게 멀지만 아주 큰 배인 것만은 확실해. 항구를 향해 오고 있는지 아님 먼바다로 나가는 중인지 그건 잘 모르겠어.

무덤을 생각해. 당신과 함께 갔던 무덤. 두 개의 관이 있던 그 무덤 말이야. 비파를 연주하는 악사와 춤을 추는 무희들. 하지만 이젠 기억이 가물가물해. 나와 당신을 연결해주는 송신탑이었던 그 무덤이 이젠 아무 신호도 보내지 않아. 비파 소리도 춤추는 무희도 악사들도 없어. 내 몸은 무덤보다 깊은 어둠 속을 헤매고 있어. 이젠 나를 견디게 해주는 것은 한줌의 약이야.

약을 먹으면서 나는 상상해. 따뜻한 숲속. 소소리 솟은 이깔나무 가지에 물든 야들야들한 바늘잎. 해묵은 낙엽층을 뚫고 싹터오른 온갖 풀잎들. 키 다툼 하듯 우썩우썩 자라는 여린 이파리들. 어데라 없이 피어 있는 민들레며 은방울꽃. 진한 송진 냄새와 더불어 싱그러운 꽃향기가 감도는 것 같기도 해. 산들산들 봄바람이 내 얼굴을 어루만지며 불어오고 귀맛 좋은 새소리와 풀벌레 소리도 들려. 상상하는 것, 그것이 나를 살아 있게 해. 하지만 이젠 상상하는 것도 힘겨워. 자꾸 졸음이 몰려와. 졸음을 견딜 수가 없어서 약을 또 먹었어.

그런데 당신 지금 어디 있는 거지? 나는 여기에 와 있는데. 당신이 왜 이곳으로 와야 했는지 아직도 모르겠어. 내가 왜 여기 왔는지도. 당신 때문이었을까? 꼭 그런 것만은 아닌 것 같아. 당신 얼굴이 가물가물해. 아무리 기억해내려 해도 기억나지가 않아. 아무래도 약 때문인 것 같아.

언젠가 변기 속에 흘려보냈던 핏덩이를 생각해. 내 몸의 일부였던 그 붉은 덩어리. 나그네의 웃음소리도 들려. 어머니의 나긋나긋한 목소리도. 버리기로 했어. 모두. 그리고 이젠 돌아갈 테야. 거기, 따뜻한 무덤 속으로. 내가 살았던 곳으로. 이제 몸을 좀 뉘어야겠어. 누군가 내 이름을 부르고 있는 것 같아. 당신이 온 걸까? 아, 참 따뜻한 봄볕이야.

11

형은 아주 다른 사람이 되기로 한 듯했다. 형은 완장을 찬 시골뜨기처럼 누군가 만들어주는 일에 충성을 다하며 동춘호를 누비고 다녔다. 누가 야참 얘기라도 하면 조리실로 달려가 닥치는 대로 먹을 것을 훔쳐왔고, 또 누가 사무장 욕을 하면 곧바로 달려가 사무장 멱살을 잡았다. 사람들은 그런 형을 독려하며 새로운 완장을 채워주기 바빴다. 저들이 하기 싫은 일이나 껄끄러운 일들은 모두 형에게 미루었다. 훈춘에 도착하면 형은 상원과 어울려 달려가 술을 진탕 마시거나 여자를 사거나 몰래 두만강 국경을 넘었다.

그런 형의 모습은 어찌 보면 활력이 넘치는 것도 같고, 발악을 하는 것도 같았다. 나는 형을 제어할 수도 독려할 수도 없었다. 형은 나에게만은 여전히 차갑고 냉정했다.

형의 자장에서 밀려나 있는 동안, 나는 버스를 타고 옌지의 영옥에게 달려갔다. 그러곤 다시 배를 타러 떠날 때까지 영옥의 품에 누위 끊임없이 말을 했다. 형과 형의 묘기에 대해, 꽃바람 불던 봄날 깜빡 잠이 들던 오후에 대해, 배롱나무에 묻힌 엄마에 대해. 영옥은 내 머리를 가만히 쓰다듬으며 말을 들었다. 영옥의 손길에 잠이 들면 꿈속에서 엄마와 형과 여자를 만났다. 꿈속에서는 꽃잎 흩날리던 봄, 그 환하디환한 시절로 돌아가 있었다. 가끔은 뗏목을 타고 먼바다로 멀어지는 남자의 모습이 보이기도 했다.

내가 영옥의 품에 숨어 있는 동안 겨울이 가고 봄이 왔다. 꽃이 피었에요. 과수농원에 온통 사과배꽃이 하얗게 피어났지 않에요, 따뜻한 봄바람이 불어요. 영옥의 목소리가 아련하게 들려왔다. 다시는 오지 않을 것 같던 봄이었다. 봄과 함께 형도 내게로 왔다.

알량한 완장은 언젠가는 떨어지기 마련이었다. 사람들은 광대 같은 형의 행동에 싫증을 냈고, 과도한 충성에 불편해했다. 형이 소리를 지르면 눈살을 찌푸리며 자리를 피했다. 형은 그럴수록 기를 쓰고 사람들에게 매달렸다. 그러다 안 되면 화를 냈고, 마음에 들지 않으면 잡히는 대로 들고 아무 데나 휘둘러댔다. 누구에게나 싸움을 걸어들었고, 브리지나 기관실 같은 곳을 함부로 드나들며 사람들을 귀찮게 했다. 사무장과의 세번째 멱살잡이가 있고 나서, 사무장은 형에게 사 인실 방을 따로 내주었다. 완장을 잃은 형은 결국 선실 하나를 차지한 채 다시 침묵을 지켰다.

형이 돌아왔다. 나 없이는 아무것도 못 했던 예전의 형으로. 나는 내 옆에 얌전히 누운 형을 보며 그렇게 생각했다. 형은 나와 함께 있는 것이 안전하다는 사실을 이제야 깨달은 것이다. 멀고먼 길을 돌아 드디어 내게 왔다. 나는 형의 귀환에 안도했다.

봄이 왔지만 동춘호는 오히려 혹한 겨울이었다. 검색의 고삐는 봄이 와도 늦춰지지 않았다. 엄격한 물품규제와 제한한도의 삭감은 사람들을 바짝 얼어붙게 만들었다. 농산물 수효가 뜸할 시기이기도 했지만, 배를 타는 따이공들 숫자가 눈에 띄게 줄어들고 있었다.

초상집처럼 침울한 동춘호에 그나마 활기를 가져다준 것은 서커스단의 승선 때문이었다. 서커스단의 귀환. 예상보다 저조한 관람객 때문에 연장에 연장공연으로 꽤나 늦어진 귀환이었다.

서커스단보다 동춘호에 먼저 올랐던 것은 서커스와 관련된 수많은 이야깃거리들이었다. 삼백 년 전통 세계 최고라는 러시아 볼쇼이 동물 서커스. 와이어를 타는 곰과 롤러스케이트를 탄 고양이들과 여자들의 채찍에 강아지처럼 배를 드러내고 눕는 사자들. 서커스에 다녀온 사람들은 불붙은 링을 통과하는 사자와 사자 머리 속에 머리를 집어넣은 예쁜 여자에 대해 너나없이 떠들어댔다.

나는 사람들 얘기를 들으며 사자가 여자의 작은 머리통을 부수고 살점을 흩뜨리며 포식하는 모습을 상상했다. 공포에 떨며 서커스장을 빠져나가려는 사람들로 아수라장이 되겠지. 그리고 그런 사람들을 끝끝내 뒤쫓는 맹수들의 포효. 그런 일이 일어나진 않았지만, 사건이 아예 없었던 것은 아니었다. 사건을 일으킨 것은 한 마리 말이었다.

"말한테 무릎을 꿇린 것부터가 사단이라, 큼. 죽기 전에는 무릎 꿇지 않는 게 말이란 동물이란 말이지. 그런데 그런 것들을 다섯 마리씩이나 일렬로 앉혀놨으니 사단이 안 나? 큼, 공중회전 해서 백마 위에 사뿐히 올라앉은 건 좋았지. 근데 그 백마가 일렬로 앉은 말

위를 건너뛰려는 순간 일이 일어났단 말이지, 큼큼.”

사고가 있던 날, 동춘호 사람들 중 유일하게 그곳에 있었던 사무장은 사람들에게 둘러싸여 신나게 떠들어댔다. 사무장이라면 눈에 쌍심지를 켜던 상원조차 그 틈에 껴서 큼큼거리며 말을 잇는 사무장의 얘기를 들었다.

“갑자기 마지막에 앉아 있던 놈이 몸을 일으켜세웠단 말이지, 큼. 그랬더니 가만 무릎 꿇고 앉았던 다른 놈들까지 덩달아 일어나고, 그 위를 날던 백마가 고꾸라지고, 사람도 고꾸라지고, 말들은 날뛰고…… 순식간에 아수라장이었단 말이지. 그놈 목숨은 건졌나 몰라, 큼. 아주 작신작신 밟아놓더라구, 그놈의 미친 말들이.”

사람들의 관심은 이제 사고를 일으킨 말과 말에 짓밟힌 서커스 단원에게로 향했다. 무릎을 폈던 그 말이 병을 앓고 있다고 누군가 말했고, 그 말을 죽여야 된다고 누군가 받아쳤다. 병든 말은 검역소에서 하선을 허락지 않는다고, 배에서 죽는다고 해도 검역을 받지 않은 동물의 사체이므로 마찬가지라고, 자칫 잘못하면 다른 동물들까지 내릴 수 없게 된다고, 조련사들이 밤을 틈타 말을 바다에 버릴 것이라고, 병이 든 것도 죽은 것도 아닌 아예 없었던 것으로 만들 것이라고, 사람들은 저마다 한마디씩 하며 입을 모았다.

사람들은 자신들이 만들어낸 소문들을 확인하기 위해, 동물의 우리가 있는 B데크와 러시아인들이 모인 연회장을 밤늦도록 들락거렸다. 하지만 소문은 소문일 뿐이었다. 밤이 깊어졌지만 아무 일도 일어나지 않았다. 술을 마시고 노래를 부르던 서커스 단원들도 방으로 들어가고 따이공들의 술렁임도 가라앉았다.

방에 들어서자 벽을 보고 모로 누워 잠을 자고 있는 형의 뒷모습이 보였다. 서커스단이나 말에 대한 소문들도 저녁나절에 방 안에 들어간 형을 밖으로 끌어내진 못했다. 나는 조용히 문을 닫고 들어가 형 옆에 앉았다. 그리고, 형의 웅크린 어깨를 쳐다보다가 부쩍 숱이 적어진 머리칼과 그만큼 많아진 흰 머리칼을 보고 말았다. 나는 형이 내게 돌아왔다는 것에 안도하면서도 쓸쓸했다. 꼭 기력이 쇠한 늙은 말을 보고 있는 듯한 기분이 들었다. 기를 쓰고 나다니는 형을 보는 것이 오히려 마음이 편할 것 같았다. 나는 형의 등에 몸을 바싹 붙이고 누웠다. 형의 등이 따뜻했다.

고마워, 돌아와줘서. 걱정하지 마, 내 옆에만 있으면 돼. 이제 괜찮아, 다 괜찮아. 나는 형의 등에 대고 조용히 말했다.

나는 무언가 축축한 기운에 잠에서 깨어났다. 무서울 정도로 고요한 밤이었다. 배의 움직임을 전혀 느낄 수 없었다. 꼭 진공상태에 들어 있는 것만 같았다. 몸을 일으켜 불을 켰다. 여태 내 옆에 있던 형은 보이지 않았고, 선실 문은 훤하게 열려 있었다. 열린 문으로 습습한 기운이 몰려들어왔다. 나는 무엇에 끌린 사람처럼 차갑고 축축한 공기를 따라 밖으로 나갔다.

바다는 짙은 해무에 둘러싸여 있었다. 지독한 안개였다. 한 치 앞도 보이지 않는 안개. 바람도 불지 않았다. 나는 안개를 헤치며 배 곳곳을 누비고 다녔다. 형은 어디로 갔는지 도무지 보이지가 않았다. 모든 것이 안개 속이었다. B데크로 내려가다가 나는 자리에 우뚝 멈춰 섰다.

안개가 살짝 걷힌 사이 소문의 실체가 드러났다. 재갈이 물리고 네 다리를 한데 묶인 말 한 마리가 기중기에 들려 있는 것이 보였다. 네 다리를 묶인 말은 가까스로 목을 뒤채일 뿐 별다른 저항도 하지 못했다. 그것은 분명히 살아 있는 말이었다.

소문은 사실이었다. 그저 소문이라고 생각했다. 설마 살아 있는 말을 바다에 집어넣기야 하겠느냐고. 하지만 내 눈앞에서 벌어지고 있는 모습은 소문이 아니었다. 현실이었다.

안개 속에서 잠깐 번쩍이는 칼날이 보였다. 그리고 칼을 든 남자가 모습을 드러냈다. 남자가 내 쪽을 쳐다보았다. 남자의 눈에 섬뜩한 기운이 스쳐 지나갔다. 그리고 칼을 들어 줄을 끊었다. 철벅, 그뿐이었다. 지독한 안개가 마지막 소리마저 감추어버렸다. 조련사들은 범행 현장을 빠져나가는 범인들처럼 민첩하게 자리를 떴다.

눈앞에서 벌어진 일을 나는 도무지 믿을 수가 없었다. 분명 살아 있었다. 네 발이 묶였어도 뒤채임을 할 수 있는, 재갈이 물렸어도 콧김이 뿜어져나오는 산 말이었다. 나는 허물어지듯 자리에 주저앉았다. 꼼짝도 할 수 없었다. 손끝 하나라도 움직이면 나 또한 안개 속으로 사라질 것만 같았다.

내 앞에 한 마리 말이 그려졌다. 들판을 달리던 다리는 꽁꽁 묶인 채, 목초를 뜯고 되새김질을 하던 입에는 재갈이 물린 채, 그 몸이 기억하는 모든 자유를 포박당한 채 검은 바다 속으로 침잠하는 한 마리의 말. 그것은 말이 아니었다. 그저 검은 바다 속에 던져진 먹잇감일 뿐이었다. 바닥에 닿기도 전에 물고기들에게 눈과 살을 내주어야 할 먹잇감. 장어며 갈치 같은 것들이 떼거지로 몰려와 목구멍을 타고 내장 속을 타고 들어갈, 가죽을 뚫고 다시 살 속을 파고 들어 결국 앙상한 뼈만 남게 될, 고깃덩어리였다. 앙상하게 남은 뼈마저 해초와 물고기 들의 은신처로 내주고 말 한낱 고깃덩어리.

바람을 타고 안개가 내 쪽으로 진군해오고 있었다. 안개의 입자 하나하나가 몸 속 깊숙이 파고들었다. 그리고 내 몸의 모든 기관들, 심장이며 간이며 핏줄 하나하나를 잠식해들어가기 시작했다. 내 몸 구석구석을 좀먹는 그것은, 지독한 슬픔이었다. 죽음보다 더 독한 슬픔. 나는 가까스로 몸을 일으켜 계단에 발을 내디뎠다. 두어 발짝 내디뎠을 때, 나는 다시 자리에 꼼짝없이 붙들리고 말았다.

형이었다. 안개 속에 형이 있었다. 형은 B데크로 내려오는 계단 참에서 난간으로 올라가고 있는 중이었다. 그리고, 두 팔로 겨우 중심을 잡으며 난간에 올라섰다. 나는 어떤 말도 어떤 저항도 할 수 없었다.

"그러지 마!"

겨우 내뱉은 말이었지만 소리는 입 밖으로 나오지 않았다. 짙은 안개가 목구멍을 틀어막은 것 같았다. 형은 몸을 똑바로 세우고 서서 두 팔을 벌렸다. 잠깐, 형이 내 쪽을 쳐다보았다. 아주 잠깐이었다. 그리고 몸을 날렸다. 안개 속으로. 한 마리 새처럼.

형은, 네 팔다리를 쫙 벌리고 비상하는 새처럼, 날았다. 그리고 사라졌다. 형이 사라지고 남은 것은 지독한 안개였다.

오래 비워둔 집에 사람의 흔적이라고는 누군가 마당에 버려두고 간 쓰레기들뿐이었다. 사람의 훈기가 닿지 않는 집은 금세 허물어진다는 것을, 그 자리에 무언가 다른 것들이 차지하게 된다는 것을 실감했다. 형의 웃음소리가 끊이지 않던 방은 쥐와 벌레 들의 은신처가 되었고, 채소들이 자라던 밭은 쓰레기들의 차지가 되었다.

폐허였다. 모두가 떠난 집은, 그 집에 홀로 돌아온 내 가슴은 폐허였다. 찢겨나간 오리 우리 비닐만이 바람에 펄럭이며 폐허를 떠돌았다. 나는 배롱나무 아래 서서 폐허로 변한 집을 바라보았다. 그나마 눈에 보이는 집과 오리 우리와 나무들도 이젠 영영 사라지게 될 터였다.

쓰레기 틈새를 비집고 기를 쓰고 올라오는 잡초들이 보였다. 나는 그 지독한 생명력이 무서웠다. 그리고 내가 무서웠다. 모두가 죽고 혼자 남았어도 여전히 밥을 먹고 숨을 쉬는 내가, 시체도 없이 형의 상을 치르고 난 지 얼마 지나지도 않아 끝내 살겠다고 자리를 박차고 일어난 내가, 다시는 배를 타지 않겠다고 소리치면서도 한편으로 배를 그리워하는 내가, 견딜 수가 없었다.

집과 땅을 처분하는 것은 그리 어려운 일이 아니었다. 복사골에 아파트 단지가 생길 때부터 투기꾼들이 탐을 내던 곳이라 값도 제법 괜찮게 받았다. 처분할 가재도구나 챙길 만한 물건도 없었다. 엄마의 유골이 아니었다면 폐허인 이곳에 다시 발을 디디지 않았을 것이었다.

나는 배롱나무 옆에 앉아 담배를 피워물었다. 나무 옆에 색 바랜 법랑이 눈에 들어왔다. 오래전부터 거기 놓여 있었던지 반쯤은 땅에 박힌 채였다. 법랑은 비를 담고 지는 꽃과 잎을 담아 얼고 녹으며 있었을 것이었다. 모두가 떠나버린 빈집을, 배롱나무 아래 묻힌 엄마를, 나 대신 거기 앉아 지켜보았을 것이었다.

법랑 속을 들여다보았다. 흙알갱이, 나뭇잎, 오리 깃털, 끊어진 빨랫줄. 나는 그것이 무슨 암호라도 되는 듯 미간을 좁히고 하나하나 쏘아보았다. 시야가 흐려지는가 싶더니 여자의 얼굴이 나타나기 시작했다. 나는 손가락으로 물을 휘저어 여자의 얼굴을 지웠다. 그리고 찰랑찰랑 소리를 내며 계속해서 물을 저었다.

어쩨 이제 옴까? 여자의 목소리가 들리는 것 같았다. 잔입에 담배부터 피우면 속 베려요, 여자가 말했다. 피우던 담배를 던져 여자의 목소리를 지웠다. 밥은 꼭 챙겨 먹고 다녀 윤호야, 여자의 목소리는 슬그머니 형의 목소리가 되었다. 그러더니 꿈결처럼 엄마 목소리도 들렸다. 잘 살겠지야? 나 없어도 잘 살겠지야?

눈물이 핑 돌았다. 그동안 나를 힘들게 했던 것은 형과 여자와 엄마가 없다는 것이 아니었다. 모두가 죽어갈 때, 나 혼자 살아남아 슬픔을 견뎌야 한다는 현실이었다. 하지만 이 작은 법랑 속에 모두 살아 있었다. 엄마와 형과 여자가 모두 살아 내 머리를 쓰다듬고 어깨를 다독이고 있는 것을 나는 느낄 수 있었다. 나는 땅을 파고 엄마의 유골함을 꺼냈다. 그리고 엄마의 유골을 흰색 법랑에 옮겨담아 집을 나섰다.

법랑 하나 달랑 들고 동춘호에 오르자 사무장을 비롯한 따이공들은 모두들 당황한 기색이었다. 유령이라도 본 것처럼 얼굴이 하얗게 질리는 사람들이 있는가 하면 눈물을 글썽이며 내 어깨를 두들기는 사람들도 있었다. 내가 배를 비운 사이, 줄어들었던 따이공들도 예전의 수를 되찾았다. 그중에 상원의 얼굴은 보이지 않았다. 아무도 상원의 거처를 아는 사람이 없었다. 누군가는 국경을 넘었을 거라고 했고, 누군가는 공안에게 끌려가는 상원을 본 사람이 있었다고도 했다.

나는 상원이 잠깐 여행을 떠났을 거라고 생각했다. 잠깐이 조금 길어진다 해도 상관없었다. 그저 여행을 떠났을 뿐이니까.

법랑을 바닷속에 던졌다. 형과 여자를 던졌다. 그리고 죽은 내 몸뚱이도 던졌다. 죽은 형은 이제 어느 곳에도 존재하지 않을 것이다. 어느 곳에도. 가벼웠다. 존재감을 느낄 수 없을 정도로 한없이 가벼워졌다.

바다에서 등을 돌리려는 순간 먼바다에서 수면 위로 튀어오르는 돌고래떼가 보였다. 돌고래의 푸른 등짝이 햇살에 반짝였다. 돌고래들은 한동안 배 옆을 따라오다 사라졌다. 돌고래가 사라진 자리, 맥박치듯 철썩이며 일어나는 포말 속에 형의 얼굴이 보였다. 형은 하얀 이를 드러내고 하염없이 웃고 있었다.

그처럼 환하게 웃고 있는 형의 얼굴을 나는 본 적이 없었다. 형의 얼굴은 항적을 따라 멀어져갔다. 나는 거기서 하얀 말을 타고 달리는 형을 보았다. 형은 두 팔을 뻗고 전사처럼 함성을 지르고 있었다. 어쩌면 형은 저 속에서 여자를 만났는지도 모르겠다. 그리고 저 멀리 뗏목을 탄 남자의 모습이 보였다. 그는 아주 먼 바다로 항해를 떠나고 있는 중이리라. 나는 모두에게 손을 흔들어주었다.

잘 가라, 어디든지. 잘 가라.

밤이 되면 나는 갑판에 나가 해가 뜰 때까지 바닷물의 색깔을 쳐다보곤 한다. 밤바다라고 해서 모두 검은색을 띠는 것은 아니다. 바닷물은 시간과 구름과 바람과 온도에 따라 다른 결과 색과 냄새를 풍긴다. 어둠이 바다로 스며들기 시작하는 새벽녘, 까만 물살은 갑자기 붉은 기운을 띠기 시작한다. 붉은 기운이 조금씩 다른 색을 받아들이다가 어느 순간 흰 일렁임이 보이면 그때가 바로 해가 얼굴을 내밀기 시작하는 순간이다. 바다는 엄마 품처럼 따사로운 색을 내는가 싶으면 어느새 새침데기 아이가 되어 샐쭉한 표정이 되고, 또 어느 순간 수다쟁이가 되어 다양한 색을 보여주기도 한다.

검은 바닷물 속에서 연둣빛 미광이 느껴질 때도 있다. 그 불빛은 풀숲 반딧불처럼 싸하니 일어났다 스러지기를 반복한다. 나는 그것이 무슨 신호라도 되는 것처럼 눈을 부릅뜨고 명멸하는 불빛을 바라본다. 그것은 아주 오래전부터 바다에 뼈를 묻어왔을 바다생물들의 숨결, 파도에 휩쓸리는 동안 파이고 깎이고 허물어져 이윽고 바다와 하나가 된 것들, 거기 숨어 나를 쳐다보는 얼굴들, 내 머리를 쓰다듬는 위안의 손길들이다.

날이 밝는다. 바다는 짙은 푸름과 은빛 햇살만 남았다. 이제 곧 속초항에 도착할 것이다. 멀리 방파제가 보인다. 속초에 도착하면 저 방파제를 따라 걸으리라. 따뜻하게 데워진 바다에 누워 파도 소리를 들으리라. 한 번도 죽지 않은 파도를 쳐다보리라. 파도가 철썩일 때마다 피어나는 바다꽃을 잡아보리라. 그 하얀 꽃잎 가슴에 품고 오래오래 누워 있으리라. 바다에 핀 한 송이 흰 꽃.

하나이지 않은 그녀들

류보선(문학평론가)

1. 첫 장편, 그리고 새로운 도약

천운영이 드디어 장편소설을 썼다. 『잘 가라, 서커스』가 그것. 반가운 일이다. 또 놀라운 일이기도 하다. 어떻게 보면 『잘 가라, 서커스』는 작가 천운영에게는 중대한 결단, 혹은 소설적 모험에 속한다. 비트겐슈타인의 표현을 빌리자면, 『잘 가라, 서커스』는 작가 천운영을 지금의 위치에 오르게 한 진리의 사다리를 치우고 전혀 새로운 명제를 마련하려는 쉽지 않은 결단의 결과물인 것이다. 그러니 반가울밖에. 또, 놀라울밖에.

작가에게 조금만 관심을 가진 독자라면 알 수 있듯이, 천운영은 2000년에 「바늘」로 등단한 이래 지난 사 년여 동안 줄곧 단편소설만을 고집해온 작가이다. 그 작품 하나하나가 다 빛났음은 물론이다. 그렇게 천운영은 한 편 한 편을 발표할 때마다 가능성 있는 신예에서 무서운 신예로, 그리고 또 거기에서 한국문학의 문제적인 작가로 자신의 자리를 스스로 높여나갔다. 천운영의 소설이 이처럼 한국소설의 또하나의 중요한 실험 혹은 성과로 자리한 데에는 여러 가지 이유가 있겠으나, 그중 중요한 것은 그 한 편 한 편이 한국문학이라는 상징적 질서가 견고하게 억압하던 어떤 것을 귀환시키는 장관을 연출하고 있기 때문일 것이고, 또 그것을 단편소설이라는 압축적인 형식 속에 밀도 있게 녹여냈기 때문일 것이다.

천운영 소설은 등단작인 「바늘」부터 "우리들 저마다의 심층에 잠복한 익명의 감각들", 예컨대 "위태로운 공격성과 관능과 탐미" 등을 불러냈다는 평가를 받은 바 있거니와, 이후에도 계속 우리의 상징적 질서라는 감옥에 갇혀버린 측량되고 개념화되지 않은 혁명적 에네르기, 감각, 욕망, 충동 들을 충격적이면서도 밀도 있게 호명하는 작가로 널리 주목받은 바 있다. 하여, 천운영의 소설에는 항시 '동물적 관능의 미학 혹은 야생의 미학'(이광호), '세차게 약동하는 욕망의 역학'(황종연), '모든 제도와 구속을 거부하고 자연의 생명력과 친화하며 진정한 자신의 발견에 나서는 야성녀의 초상'(남진우), '그로테스크한 육체와 도착적 욕망'(심진경), '정신적 상처에 따른 죽음충동과 페티시, 판타지, 희생제의 등을 통한 삶에의 열망'(김동식) 등의 수식어들이 따라다니는 것이 사실이다. 이러한 수식어가 천운영 소설의 미적 특질들을 얼마나 정확히 포착했는가 하는 것은 좀더 따져보아야 하겠지만, 그렇다 하더라도 이것만으로도 우리는 천운영이 이전의 한국소설에서는 거의 볼 수 없었던 새로운 영역을 스스로 개척해가고 있음을 충분히 감지할 수 있다. 이런 점에서 보자면 작가 천운영은 자신의 아비들과의 관계를 단절하고 스스로의 기원을 형성해가는, 일종의 사생아에 가까운 작가이다. 하지만 그 형식에 관해 말하자면 그의 소설은 기존의 단편소설의 문법을 충실하고도 완미하게 계승한다. 천운영은 묘사와 서사, 부분과 전체의 조화라는 단편소설의 철칙을 충실하게 따를 뿐만 아니라 하나의 절정을 향해 아주 모범적인 방식으로 사건을 배열해나간다. 그리고 이어지는 절정 끝의 결말들.

천운영의 소설은 이렇게 낯설고 괴상망측한 내용을 완미한 소설적 형식에 적절하게 녹여내면서 한국소설의 새로운 영역을 개척해왔다. 천운영의 단편소설은, 굳이 여러 평자들의 말을 빌리지 않더라도, 우리 소설사에서 단연 낯선 물건인 듯하며, 따라서 그 가치도 남다른 듯하다. 그 낯섦이 작가 고유의 무의식의 발현물인지, 아니면 지금까지 한국문학을 지배하던 남근적인 상징질서를 부정하고 그로테스크한 여성 섹슈얼리티를 통해 여성적 권력을 획득하려는 의도의 산물인지, 그것도 아니면 정신분석학적 개념의 알레고리적 형상화인지는 알 수 없으나, 하여간 그의 소설에는 현재의 상징질서에 의해 버려지고 억압된 것들이 넘쳐나는 것이 사실이다. 천운영의 소설이 '정신분석학적 해석을 자연스럽게 촉발하는 동시에 또 그것을 잘 견뎌내는 텍스트'(남진우)로 일컬어지는 것도 이 때문이리라.

하지만 굳이 정신분석학적인 해석을 동원하지 않더라도 천운영 소설의 낯섦을 설명하기란 어렵지 않다. 천운영 소설이 낯설고 기괴한 것은 천운영의 인물들의, 그러니까 작가가 꾸는 꿈의 모순적

성격 때문이다. 가령 천운영 소설의 인물들은 서로 모순되고 그래서 같이 양립할 수 없는 어떤 것을 동시에 열망한다. '아름다움과 공격성'(『바늘』, 창비, 2001, 198쪽)을 동시에 지닌 존재랄까. 아니면 '늑대'이면서 동시에 '여인'인 여성, 혹은 메두사의 웃음 같은 것. 그러므로 천운영 소설의 인물들은 항시 무언가를 결핍하고 있다. 그/그녀들은 지나치게 강하기만 하거나 지나치게 아름답기만 하다. 아니면 아름답지도 않고 강하지도 못하다. 해서, 그/그녀들을 휘어잡는 정서는 결핍감이다. 그/그녀들에게 아버지는 현존하지 않으며 현존하는 어머니는 더럽혀져 있다. 아름답지 못한 어머니는 지나치게 탐욕적이어서 추하기 짝이 없으며, 아름다운 어머니는 누군가에게 더럽혀진다. 우선 어떤 결핍감이 부재하는 아버지와 더럽혀진 어머니를 불러왔는지, 또는 부재하는 아버지와 더럽혀진 어머니가 절대적인 결핍을 가져왔는지, 아니면 둘 다인지는 알 수 없으나, 하여간 천운영 소설의 그/그녀들은 대개가 이렇게 아름다우면 아름다운 대로 훼손된 상태이면 또 그런 상태대로 결핍감에 시달린다. 그리고 그/그녀들은 당연히 그 결핍을 메우고자 한다. 그/그녀들은 그것이 아닌 저것을, 그리고 '나'가 아닌 '초인'을 그야말로 뜨겁게 열망한다. 그 열망은 대부분 현실원칙과 위배되지만 그/그녀들은 현실원칙을 간단히 넘어서버린다. 따라서 이상한 열망에 들린 천운영 소설의 그/그녀들은 대부분 병적 징후에 휩싸인다. 그/그녀들은 현재와 전혀 다른 가족 로망스를 상상해보기도 하고, 아름답거나 강한 존재들(혹은 아름답거나 강한 자의 어느 부분)에게 맹목적인 선망과 증오를 보내기도 하고, 또 문신이나 공격적인 도구 등을 취하여 그/그녀들의 그 텅 빈 심연을, 결핍을 채우기도 한다. 아니, 거기에서 그치지 않는다. 그/그녀들은 저것에 대한 병적인 집착을 넘어 그것과 자신을 동일시한다. 하여, 그/그녀들은 저것들의 노예가 되거니와 때로는 오히려 사물의 도구가 된다. 그 결과로 그/그녀들은 상상계 속에 살거나 아니면 살인자가 되어버리기도 한다. 그리고 저것들과의 동일시로부터 깨어났을 때의 정신적 공황, 혹은 자기 모멸의 비애들.

천운영의 소설들은 대부분 이렇게 구성되어 있다. 비록 차이는 있으나 작가 고유의 패턴에 의해 배치되고 움직인다고나 할까. 비루한 존재들의 저것들에 대한 편집증적인 집착으로부터 소설이 열리고 진정성을 상실한 부/모(혹은 조모)와의 오이디푸스적 갈등이 펼쳐지며 급기야는 무시무시한 도구나 판타지의 힘을 빌려 자기 자신을 영웅으로 상상하기에 이른다. 그리고 그 판타지에서 깨어날 때의 충격과 환멸이 덧붙여진다. 이러한 문법으로 구성된 천운영 소설이 해낸 것은 결코 만만한 것이 아니다. 기존의 평가를 빌리자면, 천운영의 소설은 '즉자적 현존적 육체가 불러내는 욕망의 세밀화(細密畵, 細密化)를 통하여 기존의 리얼리즘적 서사에 의해 가려진 삶의 생생한 구체성'(남진우)을 새로이 밝혀내는가 하면, '반생명적 현실에 대한 무의식적 저항이나 낡은 기율과 통제에 의해 유지되는 문화로부터의 탈주'(황종연)를 꿈꾸게 하기도 한다. 또 그런가 하면 천운영의 소설은 '남근적인 상징질서가 그어놓은 금을 넘어 여성적 권력을 획득할 수 있는 한 방식'(심진경)을 보여주기도 한다. 그렇다, 정말로 그렇다. 천운영의 소설은 정말로 초자아, 총체성, 남성성에 의해 은폐되고 억압된 것들을 놀라울 정도로 설득력 있게 불러내며 그를 통해 기존의 보편성을 여지없이 통렬하게 해체시킨다.

하지만 편집증적 일상이나 일상화된 편집증은 그것이 반복되면 될수록 삶의 생생한 구체성으로부터 멀어진다. 특히나 천운영의 소설처럼 은폐된 욕망이나 억압된 충동 들을 불러내어 그것을 곧 인간의 보편성으로 상정하는 경우는 더욱 그러하다. 즉, 억압된 것들이 귀환하면서 곧 그것이 현존재의 보편적 자질로 고착될 경우, 그곳에서는 기존의 남성성의 시각이나 총체성의 신화들이 의식과 무의식의 그 숨막히는 파노라마 속에서 인간이라는 현존재를 맥락화시키지 못했던 것과 마찬가지 방식으로 '환원불가능한 대상의 구체성'이 사라진다. 뿐만 아니라 천운영의 소설은 강한 주체가 되기 위해 환상 속에 빠져드는 편집증적인 주체의 기원을 대부분 가족관계, 그러니까 오이디푸스의 트라이앵글로 한정하고 있는 것이 사실이다. 즉, 천운영 소설에서는 편집증적 주체의 기원이 주로 철저하게 부재하는 아버지와 더럽혀진 어머니 사이의 도착적이고 전도된 관계로 고정되어 있다. 굳이 프로이트의 정신분석학이 도착된 의식의 형성을 지나치게 가족의 틀로 한정했다고 비판하고 '앙티 오이디푸스'를 소리 높여 외친 들뢰즈와 가타리의 목소리를 상기하지 않더라도, 천운영의 이러한 서사들은 대단히 제한적이고 동어반복적인 느낌이 강하다. 해서, 천운영의 소설에서는 인간들이 이성적 의식 말고도 어느 순간 인간의 삶을 장악하는 무의식적 욕망들을 같이 거느리고 있다는 일반적인 사실을 충격적으로 발견할 수 있기는 하나, 어느 면에서는 지금 이 시대를 살아가는, 그러니까 현재를 지배하는 대타자와 무의식적 충동 사이에서 갈등하고 길항하는 바로 그 사람들인 생활인을 찾기 힘들다.

낯선 풍경은 반복될수록 낯설지 않다. 마찬가지로 낯선 것이 가져다주는 강렬함 역시 반복될수록 점점 더 그 강렬성이 반감되기 마련이다. 무엇 하나 흠잡을 데 없는 천운영의 소설이 그 완성도에도 불구하고 최근으로 오면 올수록 그 열도가 옅어지는 것처럼 느껴지는 것은 바로 이 반복 때문인지도 모른다. 그런데, 그랬던 것인데, 어느 순간 천운영이 현재 천운영의 위치를 가능케 한 그 서사틀을 던져버리고 전혀 새로운 문법과 형식의 소설을 발표했으니, 그것이 바로『잘 가라, 서커스』이다. 한마디로, 『잘 가라, 서커스』는 작가 천운영이 어떤 변신을 시도해야 할 바로 그 시점에 정말 혁신적으로 변화를 시도한 소설인 셈이다. 『잘 가라, 서커스』가 반갑고도 놀랍다고 한 것은 이 때문이다. 아무래도 자신이 변화해야 할 시점을 가장 잘 아는 사람은 어느 누구도 아닌 바로 그 작가인 모양이다.

물론『잘 가라, 서커스』가 반갑고도 놀라운 것은 이 소설이 작가 천운영이 변화를 요하는 그 시점에 장편소설이라는, 단편소설과는 명확하게 구분되는 형식을 시도했다는 점 때문만은 아니다. 『잘 가라, 서커스』에 나타나는 변화는 이것에 그치지 않는다. 『잘 가라, 서커스』는 문제의식이나 소설문법, 그리고 문체 등에 이르기까지 여러 가지 점에서 이전의 천운영 소설과는 현격한 차이가 존재한다. 물론 이 변화 자체가 곧 『잘 가라, 서커스』의 미적 질을 결정지을 수는 없을 것이다. 당연히 보다 중요한 것은 서사적 모험 자체가 아니라 그 모험 끝에 도달한 자리여야 할 터, 『잘 가라, 서커스』가 주목되는 것은 바로 이 점 때문이다. 한마디로 『잘 가라, 서커스』는 대단히 밀도가 높을 뿐만 아니라 이전의 천운영 소설이 행했던 역할과는 또다른 방식으로 한국소설사의 새로운 영역을 개척한 소설이라 할 수 있다.

그러므로 이제 우리의 관심사는 『잘 가라, 서커스』가 새롭게 등재시킨 미적 영역이 무엇인지를 구체화하는 일이다.

2. 그들의 방황, 혹은 그들의 자기 기만

『잘 가라, 서커스』가 작품 전체를 통해 말하고자 하는 바를 효과적으로 전달하기 위해 얼마나 공을 들인 작품인가 하는 것은 이 소설의 외적 형식만 훑어보아도 쉽게 알 수 있다. 『잘 가라, 서커스』의 구조는 그리 복잡하지도 않지만 그렇다고 간단하지도 않다. 『잘 가라, 서커스』는 모두 11장으로 구성되어 있다. 이 11개의 장에는 크게 두 개의 이질적인 서사가 교차하고 있고, 소설의 서술 역시 각기 다른 서사의 주인공에 해당하는 인물이 교대로 작중화자가 되어 진행시키고 있다. 즉, 『잘 가라, 서커스』에는 윤호의 방황기와 림해화의 모험담이 교대로 펼쳐지고, 윤호의 방황기는 윤호가 직접 작중화자가 되어, 그리고 림해화의 모험담은 림해화가 작중화자가 되어 서술해나간다. 물론 이렇게 각각의 서사가 각각의 화자에 의해서 서술된다고 해서 이 두 인물이 전혀 무관한 인물은 아니며 또 이 소설 전체가 전혀 다른 두 개의 서사가 단순하게 병치되어 있는 것도 아니다. 이 두 명의 주인공, 그러니까 윤호와 림해화는 외면적으로는 형의 아내와 남편의 동생 사이로 설정되어 있어 각기 다른 공간을 살아간다. 하지만 어쩌다 우연적이고도 간헐적인 만남을 통해 그들만의 불온하면서도 친밀한, 그리고 형식적이면서도 내밀한 관계를 형성한다. 따라서 윤호의 방황기와 림해화의 모험기라는 두 개의 서사 역시 전혀 무관한 상태로 병치되는 것이 아니라 나름대로 긴밀한 연관을 갖는다. 보다 구체적으로 말하면 윤호의 방황기가 림해화의 모험담의 한 동인이 되기도 하고 또 반대로 림해화의 모험기가 윤호의 방황기의 원인이 되기도 한다. 이렇게 윤호의 체험 내용과 림해화의 체험 내용이 서로 교집합을 이루면서 소설은 진행되거니와, 이는 서사의 흐름을 이끄는 효과적인 장치가 될 뿐만 아니라 윤호의 방황기(혹은 그 방황 속에서 드러나는 자본주의의 체제의 남성적 역사지리지)와 림해화(사랑의 완성을 통해 진정으로 자유롭고자 하는 여성적 시선) 사이의 자연스러운 비교, 대조, 유추가 이루어지기도 한다. 뿐만 아니라 소설의 첫 장을 윤호의 세상 읽기로부터 시작해 마지막 장을 다시 윤호의 내면 풍경 제시로 끝맺음으로써 아주 자연스럽게 소설의 의도나 주제를 전달하는 면모도 보인다. 이렇듯 『잘 가라, 서커스』는 두 명의 주인공과 그들의 연대기가 수시로 겹쳐지고 또 나누어지면서 진행되거니와, 이러한 구성을 통해 소설이 전달하고자 하는 바를 극대화시키는바, 이 또한 『잘 가라, 서커스』의 문제성을 더욱 심화시킨 한 요인임에 틀림없다.

『잘 가라, 서커스』는 이처럼 두 개의 핵심서사가 서로 교차되면서 소설이 진행되거니와, 이중 소설을 앞 선에서 이끄는 서사는 바로 윤호의 방황기이다. 윤호의 방황기는 한편으로는 림해화의 모험을 이끌어내기도 하고 또 때로는 그녀의 모험을 결정적으로 좌절에 빠 뜨리기도 하며 중요한 서사 기능을 수행하는 동시에 이 소설에서 말하고자 하는 바를 보여주는 한 중요한 축이 되기도 한다. 여기, 윤호라는 인물이 있다. 그는 현재의 조건으로부터 끊임없이 벗어나 고자 하는 인물이다. 자유롭지 않기 때문이다. 그에게는 무슨 저주 처럼 짊어지고 있는 짐이 있다. 당뇨로 다리를 잃어 의족을 하고 있 는 어머니와 어릴 때 그에게 서커스를 보여주다 사고로 목소리를 잃은 형이 그것이다. 그는 이 상황으로부터 벗어나고자 한다. 우선 그는 형으로부터 놓여나고자 한다. 이를 위해 목소리를 잃었을 뿐 만 아니라 아직 현실원칙을 자기화하지 못한 채 정신적 유아상태에 머무르고 있는 형을 데리고 중국으로 맞선여행을 떠난다. 국내에서 는 어느 누구도 관심을 보이지 않기 때문이다. 그곳에서 그들은 맞 선을 보는 것은 물론 그에 앞서 패키지로 끼어 있는 서커스를 관람 하는바,『잘 가라, 서커스』는 바로 이 대목에서 시작한다.

소설 첫부분을 장식하는 서커스 장면은 매우 중요하다. 그 서커 스 장면은 작중인물들의 과거와 현재를 잇는 가교 역할을 할 뿐만 아니라 미래를 미리 보여주는 복선의 기능도 담당하기 때문이다. 그뿐만 아니다. 이 서커스 장면에 대한 세밀하고도 치밀한 묘사에 서 드러나는 윤호의 시선, 나아가 작가의 시선은 총체성의 신화에 가려진 사물이나 삶의 생생한 구체성을 여지없이 길어올릴 뿐만 아 니라 이 소설 전체를 가로지르는 역사지리지를 내밀하게 암시하기도 하는 것이다.

1) 나는 팔짱을 낀 채 무대를 바라보았다. 어떤 위험한 묘기가 펼쳐진다 해도 나는 감동받지 않을 준비가 되어 있었다. 몸을 기이하게 접고 구부려 탄성을 자아내는 중국 기예단의 묘기는 안쓰러울 뿐이었다. 서커스는 위험을 내포한다. 지독한 훈련을 통해 육체적 한계에서 벗어나는 것이 서커스다. 그러니 서커스에서 얻는 것은 감동이 아니라 측은함이다. (……) 목숨까지 위협할 수 있는 서커스. 그것이 진짜 서커스다.(7~8쪽)

2) 아이는 천을 몸에 감으며 천천히 위로 올라갔다. 어느샌가 피리 소리가 멈추고 아이도 움직임을 멈추었다. 초록 천에 휘감긴 아이는 얼굴만 조금 보였다. 무대 위에는 무서운 정적만 흐르고 있었다. 여자애가 말았던 천을 갑자기 풀며 바닥으로 떨어졌다. 발판이 치워진 사형수처럼, 의식을 잃은 새처럼, 순식간에, 추락했다. (……) 그애의 몸이 바닥에 닿지는 않았다. 그러나 바닥과 그애의 머리통 사이에는 겨우 주먹 하나가 들어갈 만한 공간이 있을 뿐이었다. 그애가 다시 천을 감으며 올라갈 때 내 입에서는 옅은 한숨이 새어나왔다. (……) 여자애는 하늘로 되돌아가는 선녀처럼 줄을 타고 올라가 어둠 속으로 사라졌다. 무대에는 먹먹한 어둠만 남아 있었다.(10~11쪽)

1)에서 작중화자인 윤호는 진짜 서커스와 측은한 서커스를 구분한다. 그리고 진짜 서커스란 목숨까지 위협하는 것이며, 측은한 서

커스는 인간의 육체적 한계를 넘어서기 위한 서커스가 오히려 인간 자체를 육체의 노예로 만들어버리는 것이라는 것이다. 거듭된 훈육을 통해서 이루어진 성공보다는 그 반복으로부터의 일탈, 추락이 더 값지다는 인식이니, 이는 작중화자가 얼마나 자신의 궤도로부터 이탈하고 싶은가를 단적으로 보여준다. 즉, 작중화자는 진짜 서커스, 그러니까 목숨을 건 모험을 하고 싶은 열망으로 가득 차 있는 것이다. 2)에서 윤호는 목숨을 건 숨막히는 서커스를 펼친 여성에게서 선녀, 그러니까 이상적인 여성상을 발견한다. 하지만 이 선녀의 출현은, 아니 진짜 서커스를 보여준 아이에게서 선녀를 발견하는 환상체계는, 자신이 내부에 품고 있는 어떤 열망의 외적 표현이라 할 수 있다. 즉, 당뇨로 다리를 잘라 어디로도 움직일 수 없는 어머니에 대한 반감과 자신을 이곳이 아닌 저곳으로 데려다줄 존재에 대한 열망. 이렇듯 윤호는 어떤 이유인지는 몰라도 한계상황으로부터 벗어나기 위한 목숨을 건 쟁투가 아니라 한계상황으로부터 벗어나기 위해 다른 한계상황으로 도피하는 것에 대해 대단히 냉소적이며 비판적이거니와, 이는 단지 윤호의 시선에 그치는 것이 아니라 『잘 가라, 서커스』 전체를 가로지르는 하나의 중요한 역사지리지이기도 하다.

하여간 윤호는 자신의 가족, 특히 형에게서 놓여나기 위해 형의 아내를 구한다. 아니, 정확히 말하면 구매한다. 그 자리에서도 윤호의 측은한 서커스에 대한 반감은 노골적이다. 해서, 형의 아내로 팔리기 위해 오히려 자신의 눈치를 보는 그녀들에게 '냉혹한 면접관' 역할을 마다하지 않는다. 그 또한 그녀들이 형과 얼마나 어울릴 것인가에는 관심이 없다. 오로지 그녀들이 한 번 구매하면 얼마나 충실하고 견고한 상품이 될 수 있을 것인가에만 관심이 있다. 예컨대 윤호의 태도는 대단히 이중적이다. 자신의 측은한 서커스, 혹은 환금 가능성에의 집착에는 전혀 죄의식을 느끼지 않으나 대신 그녀들의 측은한 서커스에는 냉혹할 정도로 비판적인 것이다. 이때 한 여성이 나타난다. 『잘 가라, 서커스』의 또하나의 중요한 인물인 림해화. 그녀의 서커스는 목숨을 건 듯 당당하다. 그녀는 다른 그녀들처럼 윤호의 눈치를 보지 않는 것은 물론 윤호의 형을, 그리고 형의 결함을 정면으로 응시한다. 뿐만 아니라 이것저것 계산하지 않고 자신의 바람을 표현하기도 한다. 윤호는 그런 그녀에게서 서커스의 마지막 부분에서 '하늘에서 내려온 선녀' 같은 '초록 천을 타고 오르던 여자'를 연상한다. 그리고 염원한다. "형이 착하지 않았으면 좋겠어. 사람들 즐겁게 해줄 생각도 하지 말고, 바보처럼 당하지도 말고, 속 썩이지도 말고. 내가 언제까지나 형을 보살필 수는 없어. 그래, 정말 선녀 같잖아. 날개옷 같은 건 태워버려. 도망가지 못하게."(20~21쪽)

하지만 자유롭고자 하는 윤호의 열망은 형이 결혼을 하고서도 실현되지 못한다. 왜냐하면 형의 아내인 그녀, 림해화를 열망하는 자신을 발견했기 때문이다. 그 열정은 그 자신에게마저도 불온하게 느껴진다. 뜨겁다 못해 끓어넘치며 그래서 현실원칙, 특히 근친상간의 금기마저 흔들 지경에 이른다. 그는 불현듯 "여자의 손을 잡고 싶어졌다. 형과 엄마가 그랬던 것처럼 여자의 손등을 오래오래 쓰다듬고 싶"(55쪽)은 충동에 휩싸이기도 하며, 또 발해 무덤 앞에서 과거의 기억 때문에 쓰러진 그녀를 일으켜 안고는 무아지경에 빠지기도 한다. "여자를 품고 있던 잠깐 동안 억겁의 시간을 지나온 것 같았다. 꿈이었는지도 몰랐다. 밀물처럼 다가왔던 꿈은 흔적도 없이 사라졌다. 아무 생각도 나지 않았다."(79쪽) 그런가 하면 "내 눈은 틈만 나면 여자의 몸을 쓰다듬고 탐"(88쪽)하는 "불경한 욕망"(89쪽)에 휩싸이기도 한다.

결국 윤호는 이전보다 훨씬 더 자유롭지 못하게 되며 이전보다 더욱 더 깊고깊은 방황의 상태에 놓인다. 이제 선택의 기로에 놓인다. 이 극한상황을 견디느냐, 아니면 이 극한상황을 피해 다른 곳으로 가느냐, 그것도 아니면 현실원칙을 넘어 여자에 대한 열망을 실현하느냐. 지금까지 우리가 표현했던 방식을 따르자면, 그냥 자기 보존적인 삶을 사느냐, 측은한 서커스를 벌이느냐, 목숨 건 서커스(즉 모험)를 펼치느냐의 기로에 놓여 있다고나 할까. 윤호는 측은한 서커스를 선택한다. 그는 현실원칙을 넘어선 모험을 선택하기보다는 '불경한 욕망이 만들어내는 극한상황'을 피해 중국 보따리 장사라는 또다른 극한상황 속으로 걸어들어간다. 그리고 그 안에서 그녀에 대한 욕망을 잊기 위한 무모한 모험을 거듭한다. 보따리 가방에 점점 더 비밀 주머니를 늘리고, 해화에 대한 욕망을 잊기 위해 해화의 친구를 찾으러 다니고, 금지된 품목을 하나둘 늘려나가고…… 하지만 이러한 그의 행동은 전혀 모험일 수가 없다. 모험을 가장한 도피에 불과하다고나 할까. 가장 불확실한 것, 예측할 수 없는 것, 그리고 우연적인 것들을 강한 주체의 힘으로 가장 확실한 것, 필연적인 것으로 만들어내는 것이 모험의 속성이라면, 또 모험이 미리 결정되지 않은 수많은 삶의 내용을 자신의 판단과 일치시키는 삶의 형식이라면, 윤호의 행동은 철저하게 자신의 주체를 포기한 채 위험에 자신을 내맡기는 행위에 불과하다. 윤호는 끊임없이 자신의 삶의 내용을 우연성의 연쇄 속으로, 불확실성의 더미 속으로 밀어넣고 그 안에서 자학적인 쾌감을 얻어낸다. 따라서 『잘 가라, 서커스』에서 윤호가 보이는 이동성은 자신의 삶의 목표에 점점 더 가까워가는 그런 것이 아니라 자신의 삶으로부터 끊임없이 멀어지는 것일 뿐이며, 결국에는 의미 없는 배회일 뿐이다.

그렇다고 해화에 대한 열정을 실행에 옮긴다고 해서 윤호의 행위가 의미 있는 모험이 되는 것은 아니다. 그것은 윤호의 열정이 형제 간이라는 상징적 질서를 위반하는 불경한 것이어서가 아니라 그의 열정이 해화의 고유한 실재, 또는 그녀의 실재적인 염원을 전혀 읽어내지 못한 상태에서 성립된 것이기 때문이다. 윤호는 처음에는 형의 아내라는 상품으로 그녀를 거리낌없이 구매하며, 나중에는 그녀에게 '하늘에서 내려온 선녀'라는 이미지를 덧씌우고 그에 대한 열정을 키워간다. 하지만 정작 그녀의 마음속 깊은 곳에 존재하는 염원들이나 영혼의 목소리는 듣지 못한다. 아니, 듣지 않는다. 그는 그녀가 한국에 온 그날 밤 왜 방에서 나와 집 주위를 서성였는지, 또 박물관의 발해 공주의 무덤 앞에서 왜 혼절했는지 그리고 그 혼몽중에 그에게 "어째 이제 옴까?"라고 물었는지, 또 어머니도 잃고 동생마저 떠나자 모두가 자기를 떠날 거라는 두려움에 아이로 퇴행한 형의 마조히스트적 행위에 그녀가 집을 나갔을 때도 정작 왜 그녀가 집을 나갔는지를 알려고 하지 않는다. 그는 거듭 두려워한다. 어릴 적 자신 때문에 목소리를 잃은 형이 또 한번 자신의 불경한 욕망으로 인해 상처받고 고통받을 것을 두려워한다. 그래서 그는 여자에게 가까이 갈 기회가 생기면 스스로 차단막을 만들어 그 열정을 유예하며 그녀와의 거리를 좁히지 않는다. 그녀라는 타자와의 거리를 극복하는 것보다도 지켜야 할 더 중요한 질서가 있기 때문이다. 그에게는 우선 형과의 관계가 절대적이다. 그러므로 그녀의 고통과 희망은 그리 중요하지 않다. 또 현실원칙을 파괴할 정도로 그녀를 열망하면서도 애초에 그녀를 상품으로 귀속시켰다는 사실에 대해서는 전혀 반성하지 않는다. 다시 말해 그는 자신의 남근중심주의적 상징질서에 묻혀 그녀의 고통과 희망, 그녀의 욕망과 염원을 보지 못하는 것이다.

그러므로 윤호는 해화 때문에 끊임없이 방황하고 갈등하는 것처럼 행동하지만 그것은 진정으로 해화 때문에 방황하는 것이 아니다. 그것은 단지 남성 위주의 상징질서 속에서 이루어진 남근주의적 윤리를 지켜내기 위한 안간힘일 뿐이다. 따라서 그 궤도 안에서는 윤호가 고통받으면 고통받을수록 해화의 실존은 지워져버리게 된다.

『잘 가라, 서커스』의 한 축을 차지하는 윤호의 방황기는 일단 이 지점에서 멈춘다. 우리가 확인할 수 있었듯이 해화로 인해 촉발된 윤호의 방황은 고통스럽고 치열하기 짝이 없다. 하지만 그의 방황과 자기 성찰 속에 해화라는 고유한 실재가 존재하지 않는 것 또한 사실이다. 그렇다면 윤호의 해화를 대상으로 한 열정과 방황은 기실 여성을 위하고 원하는 듯하지만 여성을 욕망이 없는 이미지로 고착시키는 것일 뿐 여성이라는 타자를 진정으로 만나기 위한 노력은 아닌 셈이 되며, 또한 이에 따르면 지금의 남근주의적 상징질서는 남성들의 여성들에 대한 직접적인 폄하나 배제를 통해서가 아니라 남성들의 여성들에 대한 허위의식적 관심을 통해서 관철되고 있다는 말이 된다. 『잘 가라, 서커스』처럼 이러한 성찰은 남근중심적인 상징질서가 얼마나 철저하고 천재적으로 여성의 실존과 욕망들을 지워내는가를 차분하면서도 치밀하게 묘파한 것이어서 단연 충격적이다. 물론 여성의 실존이 남성들에 의해 은폐되는 과정을 다룬 소설이 없었던 것은 아닐 터이다. 하지만 『잘 가라, 서커스』처럼 그것이 이처럼 남성들의 진지하고 치밀한 성찰 속에서 무의식적으로 이루어진다는 사실을 날카롭게 파헤친 경우는 드문 것으로 보인다. 특히 『잘 가라, 서커스』가 윤호라는 '믿을 만한 화자'를 작중화자로 내세우고 있고 또한 그가 멈추지 않고 진지한 방황과 성찰을 하는 것으로 일관되게 형상화되어 있다는 사실은 주목할 만하다. 이는 곧 『잘 가라, 서커스』가 남근중심주의적 허위의식을 '믿을 만한 화자'의 '믿지 못할 성찰들'이라는 이율배반을 통해 제시하고 있다는 것을 의미하는바, 이는 『잘 가라, 서커스』의 득의의 영역이라 해도 과언은 아니며 또한 앞으로 오랫동안 한국소설의 중요한 자산으로 등재될 만한 것이다.

3. 하나이면서 하나이지 않은 그녀들

윤호의 텅 빈 방황기가 『잘 가라, 서커스』의 주요한 하나의 서사라면, 『잘 가라, 서커스』의 또하나의 중요한 서사는 림해화의 모험담이다. 림해화는 명명 자체에서도 알 수 있듯 기존의 우리 소설에서 그 목소리를 듣기 힘들었던 존재이다. 다름아닌 연변의 조선족. 『잘 가라, 서커스』에는 림해화를 위시하여 다수의 조선족이 등장한다. 물론 앞서 윤호의 방황기에서 짐작할 수 있듯 이 소설이 연변 조선족의 삶의 애환을 다룬 소설이 아닌 만큼 이들의 등장은 한국에 온 연변 조선족의 애환 같은 것과는 그리 큰 관련은 없다. 『잘 가라, 서커스』의 연변 조선족에 대한 관심은 아마도 다음과 같은 것과 관련이 있는 것으로 보인다.

"그래? 사과배는 도대체 어떤 맛이냐?"
"그거이 겉은 사과같이 생겼는데, 껍질은 더 단단하고 속살은 꺼끌꺼끌하지 않아 부드럽슴다. 한입 베어물면 시원하면서도 단맛이 싸악 도는 것이 아주 맛남다. 나중에 함께 가서서 맛도 보고 그럼 좋겠슴다. 벼이삭이 누렇게 익어갈 때쯤이면 어른 주먹만한 게 주렁주렁 열리는데 다들 차를 끌고 먹으러 가지 않슴까. 겨울에는 얼려서 먹기도 한단 말임다. 그걸 뚱리라고 하는데, 말 그대로 언 배라는 뜻임다. 깡깡 언 뚱리를 물에 불궈서 얼음이 빠져나오게 한 다음 먹으면 단물이 주르르 나오는데 별맛이지요."(61쪽)

『잘 가라, 서커스』가 연변 조선족에 관심을 갖는 이유는 여러 가지로 보인다. 예컨대 자세히는 나와 있지 않으나 조선족이나 중국인이라는 모순적인 상황 때문에 겪는 그들의 정체성의 혼란에 관심이 있어서인 듯도 하고, 또 그들을 일방적으로 소유하고 지배하는 자본주의라는 타락한 질서를 비판하기 위해서인 듯도 하고, 또 우리와 다른 혹은 우리보다 낮은 것으로 판단되는 존재들에게 보내는 이 사회의 오리엔탈리즘을 냉소하기 위해서인 것처럼 보이기도 한다. 하여간, 『잘 가라, 서커스』에는 다수의 연변 조선족이 등장할 뿐만 아니라 그들의 세계내적 위치 또한 다양하게 맥락화되어 있어서 쉽게 하나의 경향으로 종합하기는 힘드나, 연변 조선족들이 집중적인 관심의 대상이 되는 것은 그들이 '중국에서 터전을 잡은 우리 조선족들과 같은' 운명인 사과배 같은 생명력을 가졌기 때문인 것으로 보인다. 그/그녀들은, 특히 그녀들은, 단단한 껍질과 같은 강인함으로 특히 여성, 이국인, 노동자 들을 상품으로만 전유하는 자본주의적 메커니즘과 맞서고, 사과배의 속살과 같은 부드러움으로 자기보다 하위 계층들의 목소리를 들어주고 또 그들만의 고유한 실존을 철저하게 자기화한다. 어떤 점에서 보자면 『잘 가라, 서커스』에서 연변 조선족 여성들은 이전의 천운영 소설이 열망하던 '아름다움과 강함'을 동시에 갖춘 자아-이상, 혹은 욕망의 매개자이기까지 하다. 아마도 『잘 가라, 서커스』는 수많은 억압과 희생 속에서 인간으로서의 자존을 지켜온 그녀들의 역사지리지를 이 시대의 의미 있는 삶의 방식으로 설정하고 있는지도 모를 일이다. 하여간, 『잘 가라, 서커스』는 이처럼 연변 조선족 여성들의 삶의 호흡 속에서 여전 살아 꿈틀거리는 그들의 삶의 감각이나 정신을 특히 끊임없이 여성을 상품으로 유통시키며 유지되는 이 시대의 의미 있는 좌표로 설정하고 있으며, 이것 또한 『잘 가라, 서커스』의 하나의 특색이라면 특색이라 할 만하다.

림해화는 바로 이 강인하면서도 부드럽고 각자가 강한 주체이면서도 타자에 대한 배려를 늦추지 않는 연변 조선족 여인네들의 후예이다. 림해화의 모험은 우선 윤호의 방황 때문에 촉발된다. 윤호는 어머니와 형이라는 천형 같은 질곡으로부터 벗어나기 위해 형의 아내를 구매하기로 하는바, 림해화는 그렇게 자신의 삶의 토대로부터 이탈한다. 물론 전적으로 어떤 우연에 수동적으로 끌려온 것은 아니다. 그녀는 여성에게 단지 어머니, 처녀, 창녀만을 요구하는 남근적 자본주의 시스템에 스스로 발을 내딛거니와, 그것은 그녀가 놓여 있는 아이러니적 상황 때문이다. 그녀는 찾아야 할 정인, 그가 있었던 것이다. 그는 어느 시절 발해의 정효공주의 판타지를 들려주어 그녀에게 비로소 존재감을 갖게 한 존재이나 어느 날 갑자기 한국으로 떠나버린다. 가능한 길은 그가 없는 절망적인 현실을 견디거나 아니면 남의 아내로 팔려서라도 그의 곁으로 가는 것. 곁에 있고 싶어 거리상으로 그에게 다가서고자 하나 그 길을 선택하면 결혼이라는 제도 때문에 결국 그에게 더욱 갈 수 없는, 그러니까 엄연한 현실과 싸움을 벌여도 승리할 가능성이 없고 그렇다고 그 싸움을 포기할 경우 더 큰 절망에 휩싸이는 이중 절망의 상태에 그녀는 놓여 있었던 것이다. 그녀는 그러나 결연히 모험을 선택한다. 그대로 머물 경우 그것은 안정되기는 하나 그녀의 삶의 목표에서는 영원히 멀어질 수 있다는 판단 때문이다. 그녀는 미래의 불확실성을 반드시 확실성으로 바꾸겠다는 의지를 주문처럼 외우며, 한국행을 선택한다.

그러나 그녀를 받아들인 지금, 이곳의 현실은 만만치 않다. 원래 그녀가 필요했던 동기가 그러했듯 그녀에게 '지독한 짐'이 얹혀졌기 때문이다. 타인 앞에서의 애정 표현의 금지라는 터부조차도 개념에 없는 남편의 목소리가 되어야 하고 시중을 들어야 하며 아이를 낳아야 하게 된 것이다. 물론 '나그네'의 어머니와 서로 '소통'하며 활기차게 지내던 시절이 없었던 것은 아니나 그 어머니가 돌아가시자 그녀는 그곳에서 철저하게 익명의 존재를 강요당하기 시작한다. 자신의 언어를 들어주고 대신해주던 한 축인 어머니가 죽자 더욱 어린 시절로 퇴행한 나그네, 게다가 그나마 말을 섞을 수 있을 것으로 기대했던 아우마저 무슨 까닭인지 자신의 말을 외면하다가 결국 집을 떠나버리고 만다. 그러자 나그네는 더욱 어린아이가 되고 급기야는 누군가 떠나는 것을 두려워한 나머지 항상 그녀의 팔다리를 묶어버리는 사디즘적 상태에 빠져들고 만다. 그녀는 "나그네가 목소리를 잃은 것처럼 말하고 싶은 욕구를 잃"(121쪽)는 극한 상황에 빠져든다. 이때 걸려온 아우의 전화. 하지만 그 아우는 자신의 말만을 전하고는 전화를 끊어버려 누군가에게 자신의 고통과 염원을 털어놓는 것이 이제 불가능해졌음을 깨닫게 한다.

또다시 선택의 기로. 미친 듯이 학대하다가 정신을 차리면 순진한 어린아이로 돌아가는 나그네의 곁에 있을 것이냐 타락한 현실 속으로 들어설 것이냐. 그녀는 거울 앞에서 묻는다. "그런데 넌 누구지?" 그리고 자기 내부에서 울려퍼지는 여러 소리들을 듣는다. 그리고 다시 자기를 발견한다. "가슴에 손을 올려놓았다. 따뜻했다. 내 몸은 피가 흐르고 숨을 쉬는 육체였다. 묶이고 갇혀야 할 고깃덩어리가 아니었다."(123쪽)

그녀는 다시 모험을 떠난다. 그때부터 고투가 시작된다. 여성을 오로지 어머니, 처녀, 창녀라는 기호로만 소비하는 남근적 자본주의 시스템으로부터 자기 자신의 욕망을 지켜내기 위한 쟁투. 현실은 그녀를 끊임없이 강박한다. 자본주의적 시스템이 요구하는 기호로 살아야 한다고. 그때마다 그녀는, 뤼스 이리가라이가 하나이지 않은 성을 지닌 여성의 특성으로 주목한, 자기 내부의 여러 목소리를 듣는다. 즉, 남성의 경우 자기가 익명의 존재로 전락할 경우 그 익명 성으로 벗어나기 위해 곧 대자아의 충실한 하수인이 되지만 오랜 역사 동안 익명의 존재로 살아온 여성들은 그 자포자기의 상태에서도 자신의 목소리는 물론 여러 존재들의 목소리를 들으며 자기를 지키는 법을 알고 있다는 이리가라이의 말처럼 그녀도 여러 존재들의 목소리를 듣는다. 그녀 자신이 림해화임을 거듭 확인하고 또 그녀에게 존재감을 알려준 그의 목소리, 그리고 무덤 속에서의 기억, 그리고 연변 조선족 여인네들의 목소리와 손길 들. 하지만 이 거대하고도 텅 빈, 그래서 모든 존재들 특히 여성들을 자신들이 요구하는 기호로 만들어 채워넣어야 하는 자본주의적 메커니즘은 견고하기만 하다.

궁전 모양이나 화려한 성 모양으로 근사하게 포장된 여관 건물들. 마천루처럼 솟은 건물들은 껍데기뿐인 빈 상자처럼 보였다. 그것은 허상이었다. 잠시 쉬었다 가는, 자고 일어나면 사라져버릴, 허상이었다.(234~235쪽)

아무리 모든 불확실성을 확실성으로 만들겠다고 굳게 다짐해도, 저것은 허상이므로 허위의식에서 벗어나면 된다고 거듭 결심을 해도, 저 허상이 인간의 의식을 장악하고 또 인간은 그에 따라 움직이는 것은 어쩔 수 없는 일이다. 저 허상에 의해 전지전능한 힘을 부여받은 남근적 자본주의 시스템은 아무리 깨어 있다 하더라도 그 한 사람으로서는 넘어설 수 없는 철옹성일 것이며, 그리고 언젠가는 가능할지 몰라도 아직은 극복 불가능한 험난한 벽인 상태인 셈이다. 결국 연변 조선족 여인네들의 충실한 후예였던 해화의 모험은 실패로 끝나고, 그녀는 환상 속에서 그의 목소리를 들으며 그 힘든 항해를 마친다.

그런데 당신 지금 어디 있는 거지? 나는 여기에 와 있는데. 당신이 왜 이곳으로 와야 했는지 아직도 모르겠어. 내가 왜 여기 왔는지도. 당신 때문이었을까? 꼭 그런 것만은 아닌 것 같아. 당신 얼굴이 가물가물해. 아무리 기억해내려 해도 기억나지가 않아. 아무래도 약 때문인 것 같아.

언젠가 변기 속에 흘려보냈던 핏덩이를 생각해. 내 몸의 일부였던 그 붉은 덩어리. 나그네의 웃음소리도 들려. 어머니의 나긋나긋한 목소리도. 버리기로 했어. 모두. 그리고 이젠 돌아갈 테야. 거기, 따뜻한 무덤 속으로. 내가 살았던 곳으로. 이제 몸을 좀 뉘어야겠어. 누군가 내 이름을 부르고 있는 것 같아. 당신이 온 걸까? 아, 참 따뜻한 봄볕이야. (245~246쪽)

윤호의 방황기가 자본주의적 허상을 기묘하게 강화시키고 공고하게 하는 역할을 한다면, 해화의 모험담은 그 자본주의의 허상을 밝혀내고 그 허상에 의해 가려지고 은폐된 의미 있는 욕망의 소리를 찾으려는 노력이라 할 수 있을 터이다. 하지만 이 두 축 사이의 쟁투는 표면적으로는 자본주의적 허상의 승리로 귀결된다. 하지만 이 싸움에서 저 시원으로부터의 의미 있는 삶의 전통을 계승하려는 해화식의 자기 증명이 실패로 끝난 것은 아쉬운지 모르겠으나, 이러한 식의 마무리가 『잘 가라, 서커스』의 현실성을 높이는 데 큰 기여를 한 것은 사실이다. 앞서 지적한 것처럼 이전의 천운영의 단편소설이 은폐된 욕망이나 억압된 충동 들을 불러내어 그것을 인간의 보편적인 핵심적인 자질로 환원해버리는 경향을 보였다면, 『잘 가라, 서커스』는 은폐되었던 여성적 욕망들을 불러내고도 인간이 그것만으로 살아가고 살아갈 수 있는 것처럼 그리지는 않는 것이 사실이다. 하여 『잘 가라, 서커스』에는, 천운영의 소설에서 세차게 약동하던 욕망의 동역학은 약화되었을지는 모르나 대신에 의식과 무의식, 대자아와 욕망의 숨막히는 파노라마가 욕동치고 있는 것이 사실이다. 이것 역시 천운영 소설세계에 있어서 의미 있는 진전처럼 보인다. 천운영의 소설에서 드디어 인간 모두는 욕망을 지녔다는 인간 일반에 대한 성찰뿐만 아니라 지금, 이 시대를 살아가는 구체적이고도 생생한 현존재들을 만날 수 있게 되었기 때문이다.

4. 상징적 자살, 혹은 영점으로 돌아가기

여기까지 읽은 사람이라면 이렇게 말할 수 있을지 모르겠다. 그렇다면 이제 어떻게 해야 하느냐고. 그저 가만히 있으면 큰타자 너머에 존재할 자기 자신을 볼 수 있으며 또 가만히 있으면 하나이면서도 하나이지 않은 그녀들의 목소리를 들을 수 있는 것이냐고. 만약 그런 것이라면 『잘 가라, 서커스』는 주요한 문제를 제기하고도 너무 추상적으로 마무리한 것은 아니냐고. 그럴 수 있다. 하지만 그렇게 우려할 필요는 없다. 『잘 가라, 서커스』에는 큰타자에게 억눌린 그녀들의 욕망을 발견할 수 있는 길이 (그렇게 구체적이지는 않지만) 제시되어 있기 때문이다.

앞서 『잘 가라, 서커스』의 외적 형식에 대해 말할 때 지적했듯 『잘 가라, 서커스』는 윤호의 방랑기에서 시작하여 해화의 모험담과 교차되다가 제일 마지막 장이 다시 윤호의 이야기로 끝난다. 그런데 이 마지막 장에 중요한 사건 하나가 제시되어 있는바, 바로 윤호 형의 자살 장면이다. 윤호는 자신의 형이 죽는 장면을 그 현장에서 목격하는바, 이 죽음을 통해서 '모든 것을 잃은 상태', 즉 영점에 놓이게 된다. 형은 해화 그녀를 애타게 찾으면서도, 또 그녀를 찾을 수 없게 되자, 자신을 비워놓고 그 자리에 다른 존재들의 목소리를 채워넣으며, 그들의 정언명령에 따라 완장을 찬 듯 살아간다. 하지만 이 자기를 비워놓는 행위가 자신이 그녀에게 저지른 악행을 감추거나 씻을 수 없음을 깨닫는다. 그리고 결국 자살을 택한다. 아마 자신의 광기에 대한 반성이리라. 아니면 더 근원적으로는 여자를 화폐로 소통시키는 남성적 상징질서와 그에 순응하며 살아갔던 자신에 대한 모멸 때문이었으리라. 하여간 형은 그렇게 자살을 하고, 형과 가부장적 카르텔을 형성했던 윤호는 혼자 남는다. 죽음과도 같은 절대고독의 상태에 빠지니 진리의 빛이 보였던 것일까, 아니면 형이 없으니 이제 여성을 소비하게 할 뿐 그녀의 진짜 목소리를 듣지 못하게 했던 네트워크 속으로 들어가지 않아도 되었던 것일까. 하여간 그는 그 이전에 죽은 어머니, 그리고 해화 그녀, 그리고 형의 고유한 목소리를 듣고 자기화하기 시작하며 상징질서에 구속되어 있던 자신의 삶을 청산한다. 그리고 그들을 상징질서가 존재하지 않는 곳, 고래 뱃속으로 보낸다. 이제는 죽어 없어진 자신의 몸뚱이까지를 포함하여.

법랑을 바닷속에 던졌다. 형과 여자를 던졌다. 그리고 죽은 내 몸뚱이도 던졌다. 죽은 형은 이제 어느 곳에도 존재하지 않을 것이다. 어느 곳에도. 가벼웠다. 존재감을 느낄 수 없을 정도로 한없이 가벼워졌다.

바다에서 등을 돌리려는 순간 먼바다에서 수면 위로 튀어오르는 돌고래떼가 보였다. 돌고래의 푸른 등짝이 햇살에 반짝였다. 돌고래들은 한동안 배 옆을 따라오다 사라졌다. 돌고래가 사라진 자리, 맥박치듯 철썩이며 일어나는 포말 속에 형의 얼굴이 보였다. 형은 하얀 이를 드러내고 하염없이 웃고 있었다. (……) 잘 가라, 어디든지. 잘 가라.(256쪽)

한마디로 우리 자신을 휩싸고 있는 상징적 질서를 폐기하고 영점의 상태로 되돌아가자는 것, 그러면 하나이면서 여럿인 그녀들의 목소리와 상징적 질서로부터 해방된 그들의 목소리를 들을 수 있다는 것, 그것이 우리의 출발점이라는 것이다.

　너무 추상적이지 않느냐고 물을 수도 있겠다. 그러면 이렇게 대답해야 할지도 모르겠다. 이 철옹성과도 같은 상징적 질서로부터 벗어나는 길이란 결국 그 상징적 질서라는 외피를 벗어버리고 그때 드러나는 실재를 보는 것 아니겠느냐고. 원래 길이 끝나는 곳에서 여행은 시작되는 것 아니냐고. 그렇게 시작된 여행이 또 새로운 길을 만드는 것 아니겠느냐고. 그러니, 우리도 『잘 가라, 서커스』의 인물들처럼 그렇게 외치는 것은 어떠냐고. 잘 가라, 서커스!

작가의 말

    사랑은 위안이다. 사랑은 설레임도 매혹도 열정도 아니다. 위안이 없으면 사랑이 아니다. 등을 쓰다듬고 머리를 쓸어올려주고 젖은 눈을 들여다보는 것이 사랑이다. 그러므로 모든 상처받은 자들은 사랑할 자격이 있다. 나는 그렇게 생각한다. 사랑은 위안이고 치유다. 이 소설을 쓰는 동안 나는 사랑했다. 사랑에 빠진 것이 아니라 사랑을 했다. 사랑을 했다기보다는 사랑을 받았다. 해화의 사랑을, 발해의 사랑을, 바다의 사랑을 받았다. 그들은 내 옆에서 숨쉬고 내 등을 쓰다듬고 내 젖은 눈을 보았다. 사랑을 받았지만 내가 사랑을 주기는 했는지 자신할 수가 없다. 나는 그들을 벼랑 끝으로 몰고 가고, 가차 없이 물속에 빠뜨렸다. 위안을 주고 싶었는데, 사랑을 하고 싶었는데, 내 사랑은 이렇게 이기적이다. 그래도 그들은 여전히 내 곁에 머물고 있다. 불안에 떨고 있는 내 어깨를 감싸고 따뜻한 입김을 불어넣는다. 사랑이었으면 좋겠다. 위안이었으면 좋겠다. 나를 사랑해준 이들의 이야기이므로. 이 소설을 읽는 사람들도 따뜻해졌으면 좋겠다. 내가 그랬던 것처럼.

한때 사랑이라고 믿었던 것들이 있었다. 그것은 내 의지와는 상관없이 함부로 날뛰는, 아무래도 다스려지지 않는 지독한 열병이었다. 숨이 막히고 열꽃이 피는 한 시기가 지나고, 몸에는 온통 상처만 남았다. 열병을 앓고 난 후, 사랑은 믿을 만한 것이 못 된다고 생각했다. 사랑은 없다고 단언했다. 하지만 곰곰 생각해보니 꼭 상처만 남은 것은 아니었다. 잠시 들었던 따뜻한 품속, 잠시라도 받았던 위안, 그것이 사랑이었다. 그러고 보니 상처도 사랑인 게다.

책을 내고 나면, 오래전 연락이 끊어졌던 사람들에게 기별이 올 때가 있다. 주머니 속에 슬쩍 넣어준 돈 만원을 잊지 못하고 눈물 흘리며 전화를 걸어온 아이도 있었고, 지금은 학부형이 된 중학교 단짝도 있었다. 책은 내게 어떤 송신탑인지도 모르겠다. 내 근황을 알리고 그들의 기별을 기다리는 송신탑. 그래서 나는 내 소식을 전해야겠다. 한때 내게 위안을 주었으나 결국 상처만 남기고 떠났던 사람들에게 말해야겠다. 괜찮다고, 괜찮다고, 괜찮다고. 그러니 걱정 말라고.

도움을 준 사람들이 너무 많다. 연길10중에서 조선어를 가르치고 있는 김점순 선생님과 그의 친구들, 둔화의 정효공주 무덤에 한국인을 데려갔다는 이유만으로 당의 비판을 받았다는데, 사과도 제대

로 못 했다. 이름을 내어준 동춘항운의 김해화, 이름만이 아니라 그
녀의 안방과 일등실 선표도 내어주었었다. 끝내 제 가방 속은 다 보
여주지 않았던 따이공 심아저씨, 소설 써서 얼마나 벌겠느냐고, 계
집애가 그리 무거운 짐을 지고 다니는 걸 보니 따이공이 되기에 충
분하다고, 그래 소설가 집어치우고 배 타라고 했었다. 아저씨가 비
벼준 김치비빔밥은 정말 꿀맛이었는데. 인천의 지하상가에서 중국
산 약을 팔던 서아주머니, 내가 꽤나 귀찮았을 텐데 싫다는 소리 한
번 안 했다. 청수동 세욕중심의 안마사 김군은 여전히 월급 전부를
고향집에 보내주고 있을까? 이밖에 미처 이름을 물어보지 못한 많
은 사람들, 너무나 감사하고 감사하다.

문학동네 장편소설

잘 가라, 서커스
ⓒ 천운영 2011

1판 1쇄	2005년 9월 30일
1판 3쇄	2005년 12월 14일
2판 1쇄	2011년 3월 21일

지은이 천운영
펴낸이 강병선
책임편집 백다흠 | 편집 이경록 조연주 | 디자인 윤종윤 유현아
마케팅 신정민 서유경 정소영 강병주 | 온라인 마케팅 이상혁 한민아 정진아
제작 안정숙 서동관 김애진 | 제작처 한일프린테크(인쇄) 시아북바인딩(제본)

펴낸곳 (주)문학동네
출판등록 1993년 10월 22일 제406-2003-000045호
주소 413-756 경기도 파주시 교하읍 문발리 파주출판도시 513-8
전자우편 editor@munhak.com | 대표전화 031)955-8888 | 팩스 031)955-8855
문의전화 031) 955-8890(마케팅) 031) 955-8864(편집)
문학동네카페 http://cafe.naver.com/mhdn

ISBN 978-89-546-1439-9 03810

www.munhak.com